生命

即将远行

徐观潮◎著

中国文史出版社

图书在版编目（CIP）数据

生命即将远行 / 徐观潮著. -- 北京 ：中国文史出
版社，2022.12
　　ISBN 978-7-5205-4008-7

　　Ⅰ．①生… Ⅱ．①徐… Ⅲ．①报告文学－中国－当代
Ⅳ．①I25

中国版本图书馆 CIP 数据核字（2022）第 250012 号

江西文化艺术基金资助项目

责任编辑：全秋生

出版发行：中国文史出版社
地　　址：北京市海淀区西八里庄路 69 号　　　邮编：100142
电　　话：010－81136602　　81136603　　81136606　（发行部）
传　　真：010－81136655
印　　装：北京温林源印刷有限公司
经　　销：全国新华书店
开　　本：787 毫米×1092 毫米　　　1/16
印　　张：15
字　　数：238 千字
版　　次：2023 年 3 月北京第 1 版
印　　次：2023 年 3 月第 1 次印刷
定　　价：58.00 元

CONTENTS

目 录

序　章　生命突围

一个人活着就是在进行一场生命突围。

生无法选择，死猝不及防，来时一丝不挂，去时一缕青烟。死亡是人世间最无奈的悲剧。

2021 年 3 月 1 日下午 4 点 50 分，江西宜春市下着毛毛细雨。袁州区青龙桥路段是宜春市的闹市区，昏暗的街面上车水马龙。

一个八岁的小男孩打着雨伞，在人行道上匆匆行走。玩皮是小孩的天性，他不时地移开雨伞，仰面朝上，似乎是想闻闻春雨的味道，又似乎是想找细雨洒在脸上凉丝丝的感觉，但是玩皮并没有影响他的行进速度。有一段人行道被乱停乱放的电动车、三轮摩托车塞满，小男孩被挤到了行车道的边缘。这时危险正在一步步靠近，他却丝毫没有感觉。

小男孩叫钱文博，是一名二年级的学生。这条路是学校通往他妈妈袁娟产后康复中心店铺的必经之路。

电话铃声响了。小文博把雨伞扛在肩上，接通了电话。电话是妈妈打来的，宝宝，在哪呢？

小文博说，到青龙桥了。

青龙桥离袁娟的店铺很近，走路也就三分钟。

袁娟说，宝宝今天怎么走得这么快？

妈妈每句赞扬的话都是孩子的动力。小文博像是在等妈妈这句话，用自豪的语气说，今天走得很快吧！

袁娟又赞美了一句，宝宝真棒！

再有三分钟儿子就能到店铺，袁娟没有多想便挂了电话。袁娟原是每天都要去接儿子，今天让一个产后服务耽搁了，忘了时间，突然想起来，才打这个电话，知道儿子快到，便没出门去迎。以前也忙忘过，等儿子站在面前，才记起时间，于是尴尬地笑笑说，宝宝，对不起，妈又忘了时间。儿子不生气，反而笑，妈妈忙就不用接，我能自己走回来。妈妈又赞扬一番。小文博一直是在妈妈的赞扬声中长大，越来越懂事。

时间过去了六分钟，小文博还没来。袁娟心里隐约有些烦躁，却不明所以，又拿起电话。这回儿子的电话里却传来一个男人的声音，袁娟心里仍然只有些隐隐不安，却没有往坏处想。出于本能反应她说，对不起，打错了。

挂断电话后，又核实了是儿子的电话，重拨过去。仍然是那个男人的声音，还伴随着救护车尖厉的鸣叫，没打错，我是120，快点来，你儿子在抢救。

袁娟蒙了，腿脚有些发软。她疯狂地冲出店铺，打了一辆摩的，赶到医院。儿子正在手术室抢救。就在这短短的几分钟，儿子在她耳边最后一次炫耀乖巧之后便永远失声了。

根据后来交警检测出来的报告，小文博沿着路边行走，一辆小轿车以飞快的速度将他撞飞。根据后来医生的描述，小文博在到医院去的路上就停止了呼吸，经医生抢救心跳才得以恢复。

小文博很懂事。早上爸爸钱绍云要送他上学。小文博还说，不用，我已经长大了。

去年妈妈生日，小文博独自一人在厨房忙碌了半天，最后端出一份牛奶炖蛋说，妈妈，我还不能赚钱买蛋糕，做了一份牛奶炖蛋给你吃，祝妈妈生日快乐。牛奶炖蛋是他最喜欢吃的一道甜点，妈妈经常给他做，他便学会了。小文博的可爱之处还不只这些，早在他上幼儿园的时候就能读懂大人的心事。妈妈脸上现出倦容或者不高兴，他便会扑到妈妈怀里说，妈妈抱抱。妈妈抱着笑嘻嘻的儿子，什么疲乏和不痛快都烟消云散了。

小文博最可爱的还不是在爸爸那"逞能"，在妈妈那"撒娇"，而是他呈现给每一个人的都是笑脸。爷爷和奶奶住在袁州区南庙镇的乡下，爷爷有心脏病、支气管炎、尘肺，奶奶身体也不好。爷爷是随时都可能和死神拥抱的人，奶奶也是风上烛瓦上霜。人的病痛有时很奇怪。小文博生来就爱笑，爷爷和奶奶看到小孙子的笑脸便病痛全消。爷爷奶奶一辈子生活在农村，过不惯城里的生活。爸爸每逢周末便要带小文博去乡下看爷爷奶奶。后来有了智能手机，有了微信，小文博每天早、中、晚都要与爷爷奶奶通一次视频电话。即便是小文博上了小学，不能再随意挥霍时间，每天三次给爷爷奶奶发一个自己的视频，送上一个笑脸，从未间断。爷爷奶奶也要回他一个视频，一张笑脸。爷爷因为有孙子的笑脸陪伴，奇迹般地挺过来了，医院都很少进。

今年 44 岁的钱绍云是江西省首批进藏兵，退役后分配在宜春市交通部门工作。他是独子，上面还有三个姐姐。小文博出事的当天，全家人最担心的是小文博的爷爷能不能熬过这一关。当天，钱绍云瞒着父亲。等他从悲痛、疲惫和焦虑中缓过神来时，发现有一个问题他无法解决，就是每天给父亲发儿子的视频。第二天，父亲已经有两张苍老的笑脸在手机屏幕上闪烁，他知道再也不能对父亲隐瞒真相了，便让姐姐以到医院检查身体的名义去接父亲。同时跟医生打好招呼，让医生预备了救心丸，随时抢救。一切准备就绪，钱绍云把消息告诉了父亲。父亲听到消息，恍如雷击一般，脸色突变，坐在座位上一言不发，却没有出现更危险的症状。父亲是一名共产党员、老村干部，经历过人生大风大浪，比想象更加坚强。即使是在没有任何防备的情况下突然遭到致命一击，也没能让他倒下。当老人缓过神来，听进了一句劝，你一定要挺住，如果你没挺住，你儿子还能活吗？

为保险起见，医生还是给老人吃下了一颗救心丸。

老人吃下救心丸后，居然颤巍巍地站了起来，流着眼泪对儿子和儿媳说，就是天塌了，人还要站直了。后来，见儿子儿媳不肯吃东西，还主动拿起筷子说，吃，不吃东西，哪有力气去渡过难关。

小文博独自在江西省宜春市第二人民医院 ICU 病房与死神搏击了八天八夜，全家人也陪他煎熬了八天八夜。

钱绍云问医生，还有救吗？

医生苦涩地摇摇头。

袁娟说，哪怕成了植物人，我都愿意养他一辈子。

医生仍然是摇头。

人生最悲惨的一幕便是白发人送黑发人。医生嘴唇动了动，似乎有话说，话到嘴边又咽了回去。

钱绍云曾经是一个军人，虽然仍保留着军人的直率和果敢，但为尚在生死线上挣扎的儿子抉择生死，还是难以下狠心。此时放弃，儿子必死无疑，继续抢救或许还有一线生机，然而更大的可能性是徒劳无功，浪费资源。如果抢救仅仅是为了延长儿子的死亡时间，那么延长的就不是生命，而是痛苦，儿子痛苦，全家人都痛苦。他不怕花钱，但钱有它的价值和尊严。钱绍云沉默了很久，还是忍不住问了一句，到北京、上海的大医院能不能抢救过来？

医生说，不能，所有体征都表明孩子已经脑死亡。

"脑死亡"是 1968 年美国哈佛大学医学院首次提出的一个死亡新概

念。人类首例脑死亡判定标准有四项：不可逆的深度昏迷，无自发呼吸，脑干反射消失，脑电活动消失（电静息）。凡符合这个标准，并在24—72小时内重复测试，结果无变化，即可宣告脑死亡。临床认为，脑死亡是判定人死亡更科学的标准。从医学角度来看，花费巨大的人力、物力来抢救一个脑死亡患者毫无价值，脑死亡后的抢救更类似于安慰式治疗。以ICU（重症监护病房）患者为例，ICU的费用是普通病房的4倍，而在ICU抢救无效死亡的患者费用又是抢救成活患者的2倍。这种耗费巨资换来的"安慰"，不仅给家庭带来沉重的经济负担，而且会造成巨大的医疗资源浪费。

钱绍云见所有能走的路都断了，终于说出了一家人谁也不愿意听到的话，如果真没希望，就不救了。

钱绍云说完，一家人都抱头痛哭。这句话等于是宣判了小文博的死刑。

这时，医生眼含泪水吞吞吐吐地说，你们可以考虑器官捐献。孩子的器官移植到别人身上能救人，自己的部分生命还能活。

钱绍云第一个心动了。他是一个走南闯北的人，见多识广。他心动的是儿子器官能救人，相信的是医生的眼泪。儿子活着时在学校就爱帮助同学，现在死后还能救人，他替儿子做这个决定，儿子一定乐意接受。袁娟也心动了，人仿佛沉入水底又抓住了一根救命稻草。只要孩子能活，哪怕是一部分，都能给她留下一点念想。

钱绍云的父亲却没有哼声，阎王要带孙子走，他留不住。临走还要割下身上的器官，死无全尸，他无法承受。他一辈子经历过无数悲欢离合，能接受孙子的死，却不能接受对孙子"人为的伤害"。

钱绍云说，文博是去救人，不是卖器官。

父亲仍然是沉默。

不过老人几十年的村干部生涯养成了一个习惯，无论是公事私事，遇事不决就问组织。他想了一个晚上，最后还是想到了组织。现在的"组织"

实际上是比他儿子还小得多的 80 后村支部书记。他拨通了村支书的电话，含含糊糊把儿子儿媳的心事说了。

村支书知道老人心里的疙瘩，也不正面回答，这些事原来都是你教我怎么做，怎么到了自己头上反而问我了？

老人说，我想听听你的意见，说说。

村支书说，要我说，你得支持。于公国家提倡，于私文博还活着。

老人没有表态便挂了电话。

钱绍云问，爸，怎么说？

老人叹了一口气说，你们看着办吧。

3 月 9 日，小文博经过两次脑死亡鉴定后，在江西省、宜春市、袁州区三级红十字会协调见证下，钱少云和袁娟双双签署了遗体器官捐献执行确认书。OPO 医生为钱文博做了器官获取手术，捐出了一肝两肾。

在某一家省级医院，三个和小文博一般大小的小朋友也安静地躺在手术台上，迎接即将到来的生命曙光。

钱文博是 2021 年清明节前最后一个登上南昌瀛上青山墓园江西省遗体器官捐献者纪念园名录的小英雄。

钱绍云和袁娟是我采访中第一个愿意以真名示人的捐献者家属，此中辛酸让我苦涩了很久。其一，儿子的器官捐献后，他们俩便被一种舆论包围了。儿子死都死了，还不能留下全尸，太残忍了。听说他们俩把儿子的器官卖了，弄到不少钱，这是什么人啊，要钱不要脸。人言猛于虎。其二，小文博很善良，临终他们俩又是为儿子做出了一个善良的决定，一个善举如果就此被恶言中伤，那才是真正对不起小文博，对不起支持善良决定的所有人。报道不为哗众取宠，而只为说明真相。

4 月 2 日，新华社在客户端发出了一篇专稿——《泪目！这个 8 岁男孩最后的馈赠挽救了 3 条生命》。专稿在短短的几天内点击率便突破了 100

万。省内各家媒体也纷纷报道了小文博的救人壮举。

强大的舆论击溃了一切谎言。

钱绍云原来是周末去看父母，现在改为每天下班后去陪父母，假期还要帮父母干农活。父亲没有孙子的笑脸陪伴，身体明显不如从前，有时还得吸氧。钱家就像过了一场龙卷风，表面上虽然看不出什么，心里却都是一片狼藉。

采访中我也曾问过钱绍云，想不想见见儿子救活的人？

他说，开始很想，后来又不想了。

我问，为什么？

他说，儿子有了新家，不去增加儿子的压力。让他们都轻轻松松地活着多好！

这是一种很特别的生命突围。

类似于这样的人体器官捐献在中国大地上已是一件稀松平常的事，类似于这样的器官移植也已走进了寻常百姓家。

追寻医学的脚步，人类器官移植不过百年历史。医学正在以一个神奇的速度在为人类健康领跑，人类的生命突围已经从器官移植上打开了缺口，不由不让人发问，我们离"长生不老"还远吗？

第一章　追逐梦想

医学奇葩

人类是大自然最杰出的作品。

从古至今，科学家们从未停止过对人体的探索和研究。走进生命科学你会发现，人体不仅是一台无比奇妙而又精密的机器，还是一座全自动化的工厂。它将人体摄入的各种原材料加工成能量和身体所需的建筑材料，维持着这台机器的运转，补充机器的损耗。这台由一万亿多个高度有序的细胞组成的机器，各大系统协调配合天衣无缝，其构造之精妙，其效率之高超，其消耗之低微，无与伦比。最不可思议还是人的大脑，其相当于银河系恒星数量的神经元，仅消耗 10 瓦左右的能量便能维持其运转，并且赋有丰富的情感、高超的智慧和清晰的自我意识。莎士比亚在《哈姆雷特》说："人是一件多么了不起的杰作！多么高贵的理性！多么伟大的力量！多么优美的仪表！多么文雅的举动！在行为上多么像一个天使！在智慧上多么像一个天神！宇宙的精华！万物的灵长！"

中国传统医学也有天人同构、天人同类、天人同象、天人同数、天人互泰的天人相应观，认为天地自然是"大宇宙"，人体是"小宇宙"。《黄帝内经·灵枢》说："天圆地方，人头圆足方以应之。天有日月，人有两目。地有九州，人有九窍。天有风雨，人有喜怒。天有雷电，人有音声。天有四时，人有四肢……天有阴阳，人有夫妻。岁有三百六十五日，人有三百六十节。地有高山，人有肩膝。地有深谷，人有腋腘。地有十二经水，人有十二经脉。"

人的最伟大之处还不是这些，而是富有梦想。因为有梦想，人类超越了大自然当初设计的预期，在追逐梦想的同时，也在用梦想构建人类的未来。

器官移植就是人类的梦想之一。

战国时期的列子便借《列子·汤问》说出了人类的一个梦想，鲁公扈和赵齐婴请扁鹊看病。扁鹊说，公扈志强而气弱，多谋而寡断，齐婴志弱而气强，少虑而固执。如果把你们的心互换，病就都好了。扁鹊让两个人喝了药酒，昏迷了三天，剖胸换心，再给他们吃了神药，两个人便醒了，恢复如初，心性都变了。

类似于这样的梦想在印度神话中也能找到，湿婆神与雪山神女喜得贵子，取名迦尼萨（Ganesha）。不料孩子受到诅咒而身首异处，毗湿奴神飞到河边砍下大象的头，移植到死婴颈上，孩子便复活了，后来成为印度人心想事成的象头神。

对人体器官移植最富有想象的当数蒲松龄。他笔下的陆判官因好酒与生性迟钝的书生朱尔旦成了酒友，有时还要帮朱尔旦改臭屁不通的八股文，不胜其烦。一夜，陆判官趁朱尔旦酒醉未醒，剖开他的肚子，掏出肠子一根一根整理，又从地府千万颗心中选了一颗智慧之心替他换上。自此，朱尔旦文思泉涌，不久便考中秀才，秋闱又考中了举人。

古人很早就意识到，人体健康或生命之所以不能维持，往往不是机体所有器官受到损害，而是部分组织或个别生命重要器官丧失功能所致，因而便有了更换受损组织或器官的梦想。只不过人类等待这样一个梦想变成现实等待得太久。

19世纪，欧洲开始组织与器官移植实验研究。

人类最早实验的组织移植是眼角膜移植。1796年，英国人第一次提出"角膜移植"的设想。1824年，赖辛格（Reisinger）首次设计出角膜移植术，并成功在鸡兔之间施行了异种角膜移植。动物之间可以进行角膜移植，能否把动物的角膜移植到人身上？1840年，爱尔兰内科医师比格完成了首例异体眼角膜移植。他把羚羊的角膜移植到人的眼球上。1906年，齐姆（Zirm）医生实现了人类首例同种异体角膜移植手术。他将一个男孩因眼外伤而摘除的眼角膜，移植给了一个因碱性烧伤而失明的患者，病人视力得以恢复并终身保持。眼角膜移植从最初设想到动物试验，再到同种异体移植成功，人类花了100多年的时间去探索。

器官移植比组织移植要复杂得多。完美的器官移植必须解决三大技术难题。首先，被移植的器官进入受者体内，必须立即接通血管，以恢复输送养料的血液供应，使移植器官得以存活，因此这需要一套不同于缝合一般组织的血管缝合技术。1903年，美籍法国外科医生亚历克西·卡雷尔（Alexis Carrel）尝试移植动物心脏并缝合血管成功，创造了一种血管吻合方法，使一切临床器官移植在技术上成为可能。让人难以想象的是卡雷尔这种血管缝合技术竟然是从巴黎最好的裁缝那得到启发，因而发明了血管"三线缝合法"。运用这种方法还解决了出血与血栓问题。因受材料工艺的限制，他用的缝合线竟是护士的头发。1912年，卡雷尔因血管缝合和器官移植等多项研究成果而获得诺贝尔生理学或医学奖。

其次，切取的离体缺血器官在常温下少则几分钟，多则不超过1小时就会死亡，不能用于移植。而要在如此短的时间内完成移植手术基本不可能。因此，保持器官的活性是又一大难题。1967年、1969年，美国人F.O.贝尔泽和G.M.科林斯分别创制出了实用的降温灌洗技术，用一种特制的灌洗溶液，可以保存供移植用肾的活性达24小时，为器官移植手术赢得了足够的时间。

第三是免疫排斥问题。人身体都有一套免疫系统，这个系统有一种天赋，就是对进入体内的外来"非己"组织和器官加以识别、控制和摧毁，这种生理免疫过程的临床表现就是排斥反应，最后直接导致移植器官破坏和移植失败。移植器官也像人体细胞一样，有两大类主要抗原，ABO血型和人类白细胞抗原（HLA），它们决定了同种移植的排斥反应。ABO血型只有4种（O、A、B、AB），寻找ABO血型相同的供受者并不难。但是，HLA却异常复杂，已查明的就有7个位点（A、B、C、D、DR、DQ、DP）共148个抗原，这些抗原排列组合可超过200万种。除同卵双生子外，基本不可能找到HLA完全相同的供受者。所以，同种移植发生排斥反应是一种必然现象。如果找不到强有力的免疫抑制措施，也就是扁鹊换心后喂给病人吃的"神药"，器官移植失败同样不可逆转。

20世纪60年代开始，器官移植的开拓者陆续发现有临床实效的免疫抑制药物，如硫唑嘌呤、泼尼松、抗淋巴细胞球蛋白、环磷酰胺等，逐步使移植器官得以长期存活。

人类首先进行的器官移植是肾移植。肾脏是人体对称净化器，每天要不断地排出新陈代谢产生的二氧化碳、尿酸、尿素水和无机盐等代谢物。一旦肾功能出现障碍，会使血液中的尿毒含量过多，出现尿毒症，致人昏迷，甚至死亡。1906年，法国的杰布雷首先在异种肾移植上取得突破。他将一头猪的肾脏移植到一名患肾病综合征的48岁妇女身上，因此被医学界公认为世界上首例肾移植。但因为排斥反应，病人很快便死去。1938年，苏联医生沃罗诺伊首次实现了人体同种肾移植。他为一个服毒自杀造成肾衰的女性换上了一枚死亡 6 小时的六旬男性肾脏，病人术后 48 小时死亡。

一个多世纪过去了，器官移植一直成为临床医生无法舍弃而又无力实现的一个梦想。肾移植屡遭失败，人们开始对异体器官排斥反应进行种种猜测。很多人认为，种属的生物学屏障是造成移植排斥的主要原因。揭开"神药"背后机制的是英国的免疫生物学家梅达沃。二战爆发以后，战火烧伤成了一个严重的医学问题。梅达沃通过对病人个案的植皮观察，发现异体皮肤不到一周就被排斥而脱落，且第二次异体植皮排斥还会加速，因而得出结论"异体移植的排斥是由免疫机制引起的"。他又在一处农场用小牛做试验，观测到异卵孪生小牛之间的皮肤移植并没有排斥反应，进而发现"获得性免疫耐受现象"，为利用诱导免疫耐受的方法防止移植排斥提供了理论基础。梅达沃因揭开移植排斥的本质，为器官移植打开了一个通道，1960 年获得诺贝尔奖。

基于这种原理，美国外科医生 J.E.默里成功地进行了第一例同卵双胞胎之间的肾移植。

1954 年圣诞节前夕，医院来了一对同卵双胞胎兄弟，23 岁的哥哥罗纳德·赫里克和弟弟理查德·赫里克在朝鲜战争中服役结束，正准备开始新的生活，弟弟突然患上了严重肾炎，且病情不断恶化，治疗唯一的方法就是做肾移植。而之前所有的肾移植都是凶多吉少。哥哥反复恳求医生救他弟弟，并愿意捐献自己一个肾。在场的医生都摇头走开，唯有默里心动了。同卵双胞胎间的肾移植，不正是上帝给他的一个机会吗？默里带着他的医疗小组先为两个人做小型植皮手术，确认没有发生排异反应后，便开始了手术的准备。就当他们准备实施手术时，一个道德伦理问题几乎摧毁了他们刚刚树立起来的信心。部分医生坚决反对这种器官移植，认为从健康人体摘取器官违反伦理。公众社会也是一片责难之声。默里没有反驳，也无法反驳，他们是在做一件前无古人的事。经过医生、神职人员和政治代表长时间争论之后，默里终于拿到了最高法院签署的特别法令，获得手术批准。默里拿着沉甸甸的特别法令，几乎要窒息。他的手术刀下不仅关乎一条人命，还有他的职业生涯。

手术在波士顿布里汉姆妇科医院进行，手术持续了 5 个半小时，进展顺利。随后的养护观察也没有发现任何不良反应，手术成功了！哥哥罗纳德活到了 79 岁，弟弟理查德也因此延续了 8 年寿命。默里用他顽强的医者仁心创造了器官移植新纪元，也为其他器官移植铺平了道路。

1959 年，默里又进行了首例活体非亲属供肾的肾脏移植。1962 年，他又成功进行了第一例尸体肾脏移植，这次他应用了硫唑嘌呤免疫抑制治疗，使移植肾脏获得了较长时间的存活。默里在器官移植史上创造了三个第一，他的肾移植疗法也成为 20 世纪医学最大的突破之一，因而获得 1990 年诺贝尔生理学或医学奖，并被誉为"器官移植之父"。

骨髓有造血、免疫和防御机能。1956 年，世界第一例骨髓移植获得成功。

人体的肝脏重约 1500 克，却是一个唯一能够执行 500 多项新陈代谢的重要器官。如吸收脂肪并转化成碳水化合物，调节血液中葡萄糖和氨基酸的含量，制造白蛋白、凝血剂等重要的蛋白质，以及去除有毒物质，是人体重要的"化工基地"。人体内几乎全部的血液每隔两分钟就得经过肝脏循环一次。肝脏一旦出了问题，不仅诊断难，而且治疗更难。肺是人体内结构最巧妙的换气站。肺有五叶，左二右三。肺经肺系（气管、支气管）与喉、鼻相连。喉为肺之门户，鼻为肺之外窍。人体通过肺源源不断地从外界获取氧气，排出二氧化碳。

1963 年，斯塔茨尔（T·Starzl）进行了第一例常位肝移植。同年，哈迪（Hardy）进行了临床肺移植。

心脏是生命的主宰。心脏相当于一个拳头大小，重量约 250 克。心脏主要功能是推动血液流动，向器官、组织供应氧和各种营养物质，并带走代谢的终产物，维持细胞正常代谢。一个人的心脏一生泵血所作的功相当于将 3 万千克的重物从零海拔运往喜马拉雅山顶峰。

1967 年，南非医生巴纳德（C•barnard）进行了震惊世界的第一例心脏移植手术。

尽管这些器官移植手术或因技术不完善，或因免疫排斥反应遭到不同程度的失败，但他们的失败无疑是后来者的成功之母。

20 世纪中叶，随着器官移植中血管吻合、器官保存和器官排斥三大难题的解决，器官移植得以在临床顺利应用。

中国经历了百年战乱，在器官移植上虽然起步较晚，但这个东方巨人的脚步很快就赶上了世界器官移植的节奏。

1960 年，中国首例尸体供肾肾移植手术由泌尿外科专家吴阶平院士主刀完成。虽然因术后没有有效的免疫抑制措施，病人未能长期存活，但器官移植已实实在在走进了国门。

1977 年 10 月 21 日，上海瑞金医院林言箴主刀为一名肝癌晚期患者进行了国内也是亚洲首例肝脏移植手术。一般人很难想象这台手术是在什么样的艰难条件下完成的。他们将冰块敲细放在木箱里制成"土冰箱"来保存器官。没有显微镜，没有血管缝针，只能凭肉眼进行丝线缝合，用橡皮筋阻断血管。病人术后存活了 54 天，按照当今的标准，这是一台失败的手术。但是，从世界器官移植历史来看，他们又取得了巨大成功。从 1963 年 3 月世界第一例肝脏移植手术到 1967 年 7 月四年多的时间里，全世界只做过 3 例肝脏移植手术，患者最长存活时间仅 23 天。1978 年，瑞金医院又连续完成了 3 例肝脏移植手术，术后生存期分别为 139 天、200 天和 261 天。

瑞金医院在启动肝脏移植的同时，心脏移植也在紧锣密鼓地进行。从

1967 年世界第一例心脏移植手术到 1977 年，世界上有 65 个外科手术组，进行过 354 次心脏移植手术，成功了 85 次。

1977 年，瑞金医院胸外科医生张世泽开始收集国外心脏移植手术资料，在五个多月的时间里，他带领团队在动物身上共做了 36 次心脏移植实验。1978 年 4 月 21 日，张世泽主刀为一名 38 岁的风湿性心脏瓣膜病患者施行心脏移植术。手术持续了 6 小时 15 分钟，其中体外循环 2 小时 22 分钟，血管缝合仅用了 69 分 28 秒，术后存活 109 天。这是中国第一例人类同种原位心脏移植手术，也是亚洲第一例心脏移植手术。

人类即将跨入 21 世纪，世界器官移植已如烟花在医学的天空漫天灿放，给濒临绝境的生命带来了无限生机。

《中华医史》杂志 2001 年第 1 期刊载刘勇、黄焱的文章。据他俩在《器官移植发展简史与现状》一文中统计，截至 1999 年 2 月，全球接受各种移植的人数累计超过 80 多万例次，长期存活率也在逐年提高，形成了数以万计的长期存活移植群体。特别是 1979 年免疫抑制剂环孢素（Cyclosporin）在临床上的应用，大大提高了器官的存活率，强有力地推动了器官移植，打破了肾移植一枝独秀的尴尬局面，迎来了心、肝、肺、脾、肾、骨髓、胰腺等器官移植"百花齐放"的春天。

肾移植，全球移植中心超过 500 个，已施行肾移植 50 万例次，每年以 2 至 3 万例次递增，最长存活达 36 年。

肝脏移植，已超过 5 万例，仅次于肾移植，最长存活 27 年。

心脏移植，移植数量和效果接近肝脏移植，最长存活 20 余年。

胰腺移植，全球移植 6000 余例，最长存活超过 16 年。

肺移植，全球约有 111 个中心开展单、双肺移植，总数约 4000 例，心肺联合移植约 1700 例。

脑组织移植，先后治疗 32 例，效果明显。

骨髓移植，全球以每年3000例次的速度递增，使70%重症再生性贫血和30%—60%急性白血病患者长期无病生存。

人体器官移植从梦想到现实经历了2000多年，时间跨度虽然很长，但现代医学带给人类的健康维护与由此倡导的利他行为和人文精神却远远超出了古人的想象。

人类进入了又一个千年，器官移植这一医学奇葩真的就能成为寻常百姓家里的盆景吗？

百万人过"独木桥"

一个人所有的欲望都必须寄生在健康的肌体之上。没有健康，欲望便成了无源之水，无本之木。很多人为了欲望无休止地挥霍健康，挥霍生命，当生命中某个器官出现问题，又不惜一切代价"购买"健康，如此循环往复。

器官移植为生命开辟了一条新的健康通道，成为即将枯竭的生命最后一根救命稻草。

据世界卫生组织估算，每年进行的肝脏移植手术大约2.1万例，但医疗机构称，全球每年对肝脏的需求量至少在9万个。世界卫生组织总干事谭德塞在一次演讲中说，尽管全球每年有13万例器官移植，但预估的需求接近100万。

在中国，据原国家卫生部信息中心曾发布的数据，每年有100万人肾功能衰竭，加上肝功能衰竭、心功能衰竭、肺功能衰竭患者，总计150万人，其中适合器官移植方式治疗的患者约有30万。在这30万人中，真正能得到器官移植救治的患者仅为1万多人。而剩下的28万多患者除少数出于经济、医疗条件等原因无法选择器官移植外，大多数患者因为缺少所需器官，在绝望中走到生命尽头。

器官移植是器官濒临绝境的患者通往健康的一座独木桥，且不管踏上独木桥的幸运者能走多远，但更多的患者只能站在独木桥的起点望"桥"悲叹。只有到了这座独木桥前才会发现，活着有多难！

2001年之前，器官移植都是从死人身上获取器官。2001年，美国首次利用活人器官进行肾脏移植，为器官获取找到了一条新路，也让器官获取走进了罪恶的深渊。

器官获取逐步转向活体，巨大市场需求像一双毒狼的眼睛，紧盯着一些贫苦国家的弱势群体，一个遍布全球为富人而设置的器官交易黑市网络悄然形成。"黑中介"为国内有资质进行器官移植的医院提供"货源"，只要伪造亲属证明即可成为"合法供体"，一批批"移植旅客"在一双双黑手的牵引下，踏上了器官购买所在地的漫漫"旅途"。

"器官移植旅游"是人类进入21世纪才出现的新名词，是指等待器官时间较长的国家公民，前往器官等待时间相对较短、手术费用相对较低的国家接受器官移植。这一违背世界卫生组织所倡导伦理准则和国际惯例的毒瘤至今仍然是一个世界性的难题。

21世纪之初，正在崛起的中国却是"器官移植旅游"者的理想天堂，因为中国器官移植发展的速度快，器官供应量大，手术费用低。中国有600多家医院、1700多名医生开展器官移植手术。相比之下，美国只有100家医院能做肝移植手术，肾移植也不过200家，香港能从事肝、肾和心移植手术的医院只有各一家。如此得天独厚的资源迅速吸引了韩国、中东、美国、日本、以色列等一些国家的病人来"观光旅游"。

2012年2月14日，央视网报道了一则资讯，2011年4月28日，湖南郴州某医院男性泌尿科五名外聘的医护人员将一名离家出走后缺钱的高中生右肾移植到一名马来西亚人身上。马来西亚人因患尿毒症，靠透析维持生命，由于在本国等不到肾源，才选择来中国"旅游移植"。他仅支付了20多万元，便能获得一枚黑市肾源。这名学生拿到2.4万元回到安徽老家，术后出现头晕、体力下降、无食欲、消瘦等症状，父母问明情况后报警。

中国早在2006年7月就明令禁止人体器官买卖。2007年7月，原国家卫生部又根据世界卫生组织人体器官移植指导原则，参照其他国家和地区通行做法，要求各医院停止为外国人做器官移植手术。2010年，公安部还开展了打击人体器官移植的专项行动，并在河南、山东、北京等地破获多起买卖器官团伙。2011年4月18日，原国家卫生部又下发了《关于进一步加强人体器官移植监管工作的通知》，规定"对于违规的医务人员，要给予吊销执业证书的处罚"。然而，由于国内器官捐献体系尚未建立，医疗监管不力，法律法规缺失，再加上巨大的利益诱惑，很多人不惜铤而走险。

让郴州警方尴尬的是此案发生在刑法修正案（八）生效之前四天。此前的法律对这类案件，只能以"非法经营罪"判定。检察院最终还是将此五人以"非法经营罪"起诉。修正案新增的"组织出卖人体器官罪"规定："组织他人出卖人体器官的，处五年以下有期徒刑，并处罚金；情节严重的，处五年以上有期徒刑，并处罚金或者没收财产。"非法经营是一项经济犯罪，人体器官属专卖物品，危害也只能算是扰乱市场秩序，而非人身安全。

2009年人民网东京2月7日电：据共同社6日报道，记者从日本负责脏器移植的一家非营利团体的干部处获悉，中国从2007年原则上禁止向外国人移植脏器以来，至少有17名日本人在中国接受了肾脏、肝脏移植手术。患者在中国大约停留20天，在广州市的医院接受移植手术。移植总费用大约800万日元（约合59.5万元人民币），包括向医院和医生支付的手术费、旅费和在中国期间的开销。网络公开报道后，公众一片哗然。为此，原国家卫生部新闻发言人表示，已责成相关部门对此开展调查，情况一经查实，将对违规为外国人提供脏器移植手术的医疗机构进行严肃处理。

《华尔街日报》报道，每年以色列 30 例心脏移植手术中，有 10 例是在中国进行的；在过去五年间，至少有 200 名以色列人在中国接受了肾脏移植。

自私是人类身体上一条最残忍的基因。对于富人来说，用没有温度的金钱向非亲属购买器官是最好的选择，因为任何器官移植手术都有风险，活体捐献者可能会因大量失血、细菌感染等原因造成损伤，甚至死亡。富人向穷人购买器官，失去的仅仅是银行户头上一个不起眼的数字，得到的却是无价的生命。对贩卖器官者来说，这又是一个能改变贫穷一夜暴富的"朝阳"产业。在器官交易"黑市"里，所有有生命的器官都物质化、金钱化了，毫无尊严可言，甚至毫无人性可言。

医学界认为，器官移植是晚期器官病变的最佳治疗方案。据 2007 年 4 月 2 日上海《东方早报》报道，世界卫生组织来自 98 个国家器官移植调查显示，需求与供应差距最大的是肾脏。2005 年需要移植肾脏者 66000 人，而供应的移植肾脏不到一成。因此，肾脏是交易黑市的主要器官，约占人体器官交易的 75%。富人只需支付 12.85 万英镑就能获得一个肾脏，九牛一毛而已。然而，来自东欧、印度以及巴基斯坦的黑市人体器官团伙只需支付 3200 英镑就可从穷人身上买到一个器官。巴基斯坦很多穷人都寄希望于卖肾来摆脱债务，卖肾在拉瓦尔品第和拉合尔地区相当盛行，有些村落 80% 的村民都只有一个肾，只有老人、小孩和病人才得以幸免。

器官交易巨大的利润空间足能让一群人疯狂。随着糖尿病、高血压、心脏病等富贵病的猛增，又大大促进了人体器官黑市交易的"繁荣"。在人类巨大的贫富差距中，黑市中从来不缺少"自愿"卖器官的"客户"，所谓一个"愿"打一个"愿"挨的交易充满着无奈和血腥。2012 年 5 月 28 日的英国《每日邮报》报道，世界卫生组织警告，"富贵病"促使了黑市人体器官交易的繁荣，每年大约有1万个人体器官被非法交易，平均不到1小时就有一个器官被卖出。新加坡《联合早报》也报道，世界卫生组织点名了5个人体器官交易的热点：中国、巴基斯坦、埃及、哥伦比亚和菲律宾。联合国毒品与犯罪办公室《2014年度全球人口贩卖报告》公布了一组数据，全球每年被贩卖人口高达600万—800万，其中有0.3%的人成为黑市人体器官交易的"货源"。2008年1月30日，美国有一名叫李·克鲁塞塔的男护士在费城供认，他从244具尸体上窃取器官和人体组织在黑市出卖，并伪造相关文件，使这些器官能被植入活人体内。李·克鲁塞塔是轰动全美的盗取死人器官用于移植的"主刀手"，他隶属于一个以"生物医学组织服务公司"为幌子的盗尸组织。这个组织的头目叫迈克尔·马斯特罗马力诺。之前，7名涉案的殡仪馆负责人也在纽约认罪。马斯特罗马力诺原是一名口腔科医生，他每具尸体向殡仪馆负责人支付1000美元，然后把从死人身上摘得的器官卖给向医院提供移植器官的商业机构，每件1万美元。这些商业机构转手后，价格还要翻几倍。

这是一场没有硝烟而又无比残酷的生命健康争夺战。在这场"战争"中，一条生命能够精确地计算出其价值。用美国Medical Transcription网站曾公布的一份黑市人体器官交易价格表来计算，上帝赐予我们每个人的"财富"都超乎想象：双眼1525美元，头皮607美元，心脏11.9万美元，肝脏15.7万美元，肾脏26.2万美元，皮肤1平方英寸10美元……将一个人的身体组织和器官分解来卖，以公布价格估算，可卖到4300万美元，折合人民币近3个亿。

我们每一个人生来便是亿万富翁，只不过我们都没有预估到自己的价值，甚至在贪婪和纵欲中不断地污损和透支自己的财富，到了人生终点，就成了一文不名的穷光蛋。

针对人体器官买卖日益猖獗的现状，世界卫生组织在2007年3月30

日举行的器官移植全球论坛上宣布，将协助各国制订管制措施。世界卫生组织负责器官移植议题的诺埃尔博士说："若所有国家同意采取统一的政策，制止商业剥削，这样病人移植器官的机会会更为均等，我们见到的医疗灾难会少一些。"

1993年，美国的肝移植率（每百万人口的肝移植数量）是中国的5340倍。到2007年6月底，中国肝脏移植累计14613例，这一差距迅速缩小到19.4倍。心脏移植534例（最长存活超过15年），肺移植128例，小肠移植12例。在器官联合移植上，肝肾联合移植254例，胰肾联合移植207例，心肺联合移植18例。肾移植为所有器官移植之最，早在2003年就超过了5万例。中国成为临床手术数量仅次于美国器官移植的第二大国。从2003年到2009年，中国内地仅有130位公民逝世后成功捐献器官。手术量快速增长的背后有一个巨大疑问，器官从何处来？

在中国还没有完善器官捐献体系之前，器官移植的供体来源主要有三种，死刑犯捐献、亲属间活体移植以及脑死亡和传统死亡之后的自愿无偿捐献。国际器官移植协会（TTS）重要贡献奖获得者黄洁夫教授在2011年《中华器官移植》杂志撰文提及，截至2009年底，移植器官中有超过65%来源尸体捐献，其中有超过90%的尸体器官来源死刑犯。

1984年，国家颁布《关于利用死刑罪犯尸体或尸体器官的暂行规定》规定，在三种情况下可以利用死刑犯尸体器官：无人收殓或家属拒绝收殓的；死刑罪犯自愿将尸体交医疗卫生单位利用的；经家属同意利用的。这个规定是出自器官供需尚不突出的20世纪80年代，且规定更多的是侧重尸体捐献。当中国跨进器官供需已相当突出的21世纪，这一规定就存在严重的局限性。国际社会和国内舆论对中国器官移植依赖死囚器官一直存在非议。一方面，死刑犯尽管已在法律上被判处了死刑，但作为人的基本权利应该得到尊重。死刑犯有维护自己遗体完整的权力，有维护人格尊严的权力，这不仅是法律问题，还是伦理问题。国家剥夺的只是其生命而非身体，在死刑执行后，其尸体不能被侮辱和任意处置。另一方面，中国对死囚器官捐献采取自愿原则。然而，很多人担心在没有任何制约的情况下，自由受到限制且生命权已被剥夺的死刑犯器官捐献会变成"被捐献"，一些机构和个人从中牟利。死囚器官"被捐献"，各种器官至少值几十万甚至几百万元，这些钱流向何方？

2007年，最高人民法院收回了死刑核准权，每年被处死的犯人大大减少，加上捐献者需书面同意等措施的推出，使得尸体器官移植数量又缩减了三分之一至二分之一。器官移植供体少、患者多的窘况愈加明显，很多患者不得不在痛苦的等待中死去。这时，器官交易"黑中介"也便应运而生。他们在"患者"与"活供体"之间充当"地下使者"的角色，从中获取巨额利润。在器官交易黑市中，供体、受者、中介、医院"各司其职"，形成了一个完整的链条。他们在进行非法交易的同时，甚至被利益驱动，不惜抱团结伙，一步步走向犯罪的深渊。

2010年5月6日，《北京晨报》报道了一个案例：2006年，河北行唐县农民王朝阳等四人将40岁的乞丐仝革飞拘禁。之后，王朝阳找到广州一个黑中介，又辗转联系到几名医生，谎称有一名犯人将被执行死刑，法院和监狱的熟人愿意帮忙提取尸体器官。在得到医生认可之后，王朝阳将仝革飞杀害，将尸体拖到医院。医生当即摘取了仝革飞的有用器官，并付给王朝阳1.48万元。医生后来发现情况不对，打电话给领导汇报，随后报警。警方一举将王朝阳等人抓获。

2009年，原国家卫生部办公厅下发《关于境外人员申请人体器官移植有关问题的通知》，严格限制"移植旅游"，外国国籍病人来华获取移植医疗的现象仍屡禁不止。

为打击器官买卖，2011年5月1日，《中华人民共和国刑法修正案（八）》

施行，中国死刑罪名由原来的 68 个减至 55 个，并增加了一条刑事罪："组织贩卖人体器官罪"。对非法摘取、骗取他人器官者以故意伤害罪论处，对非法摘取尸体器官者依照盗窃、侮辱尸体罪进行定罪。组织出卖人体器官"入刑"以后，北京、陕西、河北、浙江、福建、湖北、广西等省区市均出现适用这一罪名的案例。如 2014 年 8 月，北京市第一中级人民法院判决的一起非法买卖人体器官案件，组织者、中介、掮客和 4 名医护人员等 15 人涉案其中，被告共非法买卖人体肾脏 51 个，涉案金额达 1034 万元。这是一条完整、活跃且复杂的地下"产业"链，有专人活跃在医院寻找器官供体，有人负责安排为器官供体和受体进行各种检查，有专人负责联系医院手术室，有专人组织医生私下进行非法器官移植手术。他们无视生命，无视法律，无视人性，上演着一幕幕金钱奴役下的罪恶。

人口买卖（贩卖妇女儿童）、肉体买卖（卖淫嫖娼）与人体器官买卖被公为世界上最肮脏的三大交易。生命诚可贵。建立一套兼顾伦理、道德、法律、公平和效率的人体器官供求机制，让科学的光芒照耀人性的死角，需要一个国家更多的智慧设计。

国家设计

人体器官移植是用健康的器官置换功能衰竭或丧失的器官来挽救病人生命的一项高新医学技术。广义上的器官移植还包括细胞移植和组织移植。进入 21 世纪，人体绝大部分器官都可以被移植，移植技术早已不是什么难题。目前，世界上所有的移植技术几乎都能在中国进行，肝脏移植手术成功率更是达到 99% 以上。器官移植的最大难题已经不是技术问题，而是器官匮乏的问题。

要拓展器官来源，就必须提到死亡的概念。传统医学认为，死亡是人在自我意识消失基础上物质系统不可逆转的崩溃过程，分濒死、临床死亡和生物学死亡三个阶段。濒死是死亡的开始，也叫临终状态。临床死亡是生物学死亡前面一个短暂阶段，表现为人的心跳呼吸停止、反应完全消失。生物学死亡是整个机体生理功能停止且不可恢复，细胞群体死亡，尸体变冷。

传统的死亡标准认定也就是心肺死亡（心跳和呼吸停止）的标准认定。医学临床研究发现，心死固然是人的某些死亡的一种标志，但是在很多情况下，心脏突然停止跳动，人的大脑、肾脏、肝脏等器官并没有死亡。脑细胞死亡是在心脏停止搏动十几分钟甚至几十分钟后才开始的。这就是为什么"死人"有时候会复活的道理。一些人尽管脑已经死亡，心肺肝肾等器官没有死亡，在人工呼吸的帮助下，心跳同样能恢复。在死亡不可逆转的三个过程中，能否找到一个"临界点"？人的生命只要越过这个"临界点"，就可以宣布死亡。

世界医学专家通过长期研究，又经过病理生理学证明，脑死亡就是这个"临界点"。一个人如果脑死亡，生命就不可能逆转。大脑是人的思维载体，脑死亡标志着作为人本质特征的意识和自我意识已经丧失，有意义的生命不复存在。一个人在脑死亡的情况下，尽管能借助于人工呼吸机和人工血液循环系统，维持其脉搏、心跳和呼吸达一周至十几天，甚至更长，但最终都将导致病理死亡。1968 年，以贝彻为主席的美国哈佛大学医学院特别委员会发表报告，率先提出"脑死亡"的概念。所谓脑死亡就是指大脑、中脑、小脑和脑干的不可逆转的死亡（坏死）。同时还提出了四项判别标准，也就是人称的"哈佛标准"。此后，各国医学专家又先后提出了 30 多种脑死亡诊断标准，但是很多国家仍然是采用"哈佛标准"。

传统死亡认定标准已不再是界定死亡最科学的标准，脑死亡应运而生。脑死亡标准的确立，提出了一种更为可续的死亡观念，拓宽了公民另一种自由选择的可能性，也为扩大器官来源提供了可能的选择。按心肺死亡标准，从尸体上摘取器官移植到病人，保证器官能用上的医学要求是器官无血供时间必须非常短，如在恢复灌注之前肾脏只能存活 30—45 分钟。往往医生还没有赶到，摘取器官的机会就已错过，器官不能用了。而脑死亡状态（心跳和呼吸仍在维持）患者身上的器官质量通常都很高，移植效果也非常好。

"脑死亡"概念的提出使得摘除器官手术本身的法律与伦理困境得以破冰，也使得一大批欧美国家通过了"脑死亡"立法或以"脑死亡"为技术前提的器官移植立法，器官移植得到了法律保障，移植器官的来源也得到了有效扩大。

中国提出脑死亡的概念始于 1986 年。1995 年，在武汉召开的全国器官移植法律问题专家研讨会上，曾拿出过一个《器官移植法（草案）》和《脑死亡标准及实施办法（草案）》。2003 年，原国家卫生部脑死亡标准起草小组在《中华医学》杂志上公布了《脑死亡诊断标准》和《脑死亡判定程序》征求意见稿，受到社会广泛关注。

中国新闻网 2003 年 4 月 11 日报道，中国宣布首例"脑死亡"，开始接受脑死亡概念。这例脑死亡正是武汉同济医院专家根据原国家卫生部脑死亡起草小组的最新标准进行评估的。这一判定虽然因国家脑死亡标准未正式出台而未得到医学界承认，但是对脑死亡判定的呼声却是一浪高过一浪。《南国都市报》2003 年 12 月 23 日报道，武汉同济医院脑死亡协作组成功建立脑死亡动物模型，他们利用一只无头狗在人工呼吸机等现代化医疗仪器设备、技术和药物的维持下，心跳超过 20 小时。医学专家用这种方式向社会展示，脑死亡等于死亡。与心脏死亡相比，脑死亡更科学，标准更可靠。

然而，由于公民对"植物人""安乐死""脑死亡"的概念混淆不清，加上传统观念对"死亡"的忌讳，脑死亡标准并未得到多数人的认同，"脑死亡"器官捐献仍然难以为继。2003年前，中国公民逝世后器官捐献的数字几乎为零。经过多年努力，才达到每百万人捐献率0.03，与美国每百万人26.5人的捐献率和欧盟每百万人17.8人的捐献率相差甚远。因此，中国的器官供需矛盾最为突出，最高时达30∶1。而世界卫生组织统计的全球平均供求比在20至30∶1，美国为5∶1，英国为3∶1。

1998年10月，北京某医院一癌症患者去世，在举行遗体告别仪式前，家属突然发现，死者眼球被人换走。追根溯源，死者眼球是被医院一医生摘取，用于医院一个化学性烧伤眼角膜穿孔的急诊病人做了角膜移植。死者家属报案，公安机关以毁坏尸体罪立案。医生称，自己并不认识患者，手术前一天晚上，他取出保存的角膜，发现角膜不能用，医院再也没有其他的角膜。如果明天患者的手术不能如期进行，眼睛就得瞎。他便到太平间碰运气，发现一具新鲜尸体，还挺高兴，没想后果就取走了眼球，装上了义眼。医院用死者角膜同时为两个病人做了角膜移植，恢复了视力。作为医生，他问心无愧。事后想，没征得死者家属同意应该有问题。但又想，如果征求死者家属同意，两名患者能重见光明吗？眼睛烧伤的患者是河北唐山一个农民，受伤住院仅一天便安排做了手术，对医生是千恩万谢，没想到给医生惹下了天大的麻烦。此案除涉及法律问题之外，还在全国引发了一场器官移植伦理学的争论，20世纪最伟大的医学成就之一在这位医生身上遭遇了最大的尴尬。

至此，器官移植又牵扯出另一个问题——器官移植伦理学。所谓器官移植伦理学，一是器官移植是否影响人格的完整性，被摘取器官者人格尊严是否受到侵犯？身体发肤，受之父母，不敢毁伤，孝之始也。人死之后，讲究入土为安。这些传统观念往往直接将尸体捐献拒之门外。二是接受他人器官的人是否意味着他同时接受了供体的人格或其一部分，人还是原来那个人吗？器官是生命还是物品，能捐献吗？三是供者是否自愿或事先有无捐献器官的意愿？供者是否可以不需要这个器官而保持其生活质量？抑或供者已经不再需要所提供的器官？答复如果都是肯定的，则视为符合伦理学。

器官移植伦理学的实质还是一项高新医学技术给人类带来的好处与付出的代价比适宜程度能不能被伦理所接受，人类能不能从有利而又无伤医学伦理原则的夹缝中找到一条健康出路？答案是肯定的。

脑死亡作为一个更科学的诊断标准，目前已被包括中国在内的80多个国家所承认，且有14个国家为此立法。中国医学专家就为脑死亡立法的呼声也越来越高。一些专家认为，中国心、肝、肾等器官移植在临床上已经达到相当的水平，由于没有脑死亡立法，器官供体质量不如国外，器官来源的正常程序受到影响和干扰。出于对器官供体来源的怀疑，中国在临床器官移植领域的科研成果也得不到国际承认，论文在国外期刊上不能发表。国外敌对势力也借此造谣中伤。

2007年3月，在中华医学会器官移植学会上，华中科技大学同济医学院教授陈实发言指出，中国现在大约有100万名尿毒症患者，并以每年12万人递增，由于器官短缺，每年能得到移植治疗的不足五千人。

明白人都知道，中国要走出器官移植的困境，一是必须为器官移植立法，二是倡导一种全新的精神文明。

21世纪的前十年，中国陆续出现了600多家器官移植医院，服务质量参差不齐，移植医疗水平有高有低。原国家卫生部曾为此做出过很多努力，如严格行业内部评审和准入，将有移植资质的医院减少至164家，并相继在香港大学医学院、301医院、阜外医院、无锡市人民医院、南京军区总医院建立了国家肝移植、肾移植、心脏移植、肺移植、小肠移植的术后登记系统。肝移植登记系统（CLTR）负责人王海波还获得了世界卫生组织、国际移植协会重大概念领导者奖（NKOL）。

2006 年 7 月，原国家卫生部《人体器官移植技术临床应用管理规定》及其配套的肾脏、心脏、肺等临床技术准入标准公布执行，原国家卫生部人体器官移植临床应用委员会成立。11 月 14 日，人体器官移植技术临床应用委员会（OTC）在广州召开全国人体器官移植临床应用和管理高峰会议，并发布了"广州宣言"，号召全体器官移植医务人员凝聚共识，进行改革。峰会还确立了改革目标：建立一个国家监管移植服务的法律框架，为中国器官移植机构设置技术准入，禁止人体器官非法交易，杜绝器官贩卖和器官移植旅游，建立一个包括公民逝世后和活体器官捐献自给自足的国家器官捐献和移植体系。

2007 年 5 月 1 日，国务院《人体器官移植条例》颁布实施，中国器官移植管理正式步入法制化轨道。以往很多人认为，脑死亡未立法是器官移植的一道"坎"，《条例》出台后，这道"坎"似乎不存在了。从《条例》出台到 2009 年原国家卫生部脑死亡标准起草小组公布《脑死亡判定标准（成人）（修订稿）》和《脑死亡判定技术规范（成人）（修订稿）》，中国至少有 63 名脑死亡者捐出了 283 个器官，救治了 270 名患者。脑死亡标准起草小组的这个判定标准和技术规范出台也是慎之又慎，此前至少是六易其稿，并通过北京首都医科大学宣武医院五年实践与验证，在确定对脑死亡判定的可行性和安全性得到充分保障的情况下才公布执行。对于脑死亡立法，2018 年 9 月 12 日，全国人大教科文卫委员会针对人大代表建议也作出了明确答复，在法律中对死亡标准进行定义和表述，很有必要。不一定采取单独立法的形式，可以采取二元死亡的标准，在现行法律中增加"脑死亡"和"心死亡"的规定，给死者家属一定的选择权。

在强大的制度和法律保障下，中国又从社会结构特点和传统文化伦理入手，用中国的方法解决中国改革中的难题，突破了器官来源瓶颈。

2010 年 3 月，原国家卫生部与中国红十字总会在天津、辽宁、上海、江苏、浙江、福建、江西、山东、湖北、广东等 10 个省市联合启动了公民逝世后自愿捐献器官工作试点。成立了人体器官捐献工作委员会（CODC），建立了一个由中国红十字会为第三方参与的人体器官捐献体系，并依托红十字会进行广泛的社会动员和宣传，从中华民族文化中汲取营养，弘扬慈悲、大爱、互助、救人的传统美德，移风易俗，在社会中逐步形成了一个捐献光荣、生命永存的理念。

2011 年起，经申请，财政部通过国家彩票公益金人体器官捐献项目开始支持人体器官捐献工作，为器官捐献工作开展提供了稳定的经费支持。同年 8 月，中国红十字会总会、原国家卫生部联合印发《人体器官捐献登记管理办法（试行）》《人体器官捐献协调员管理办法（试行）》，规范人体器官捐献登记和协调员队伍管理。

2012 年 7 月，经中央机构编制委员会办公室批准成立了"中国人体器官捐献管理中心"，主要职责是负责参与人体器官捐献的宣传动员、报名登记、捐献见证、公平分配、救助激励、缅怀纪念及信息平台建设等相关工作，参与推动地方红十字会规范开展遗体及角膜等组织的捐献工作。8 月，中国红十字会总会和原国家卫生部联合印发《关于进一步推进人体器官捐献工作的意见》。之后，原国家卫生部和中国红十字总会又联合相继出台了近 30 个器官捐献相关配套政策文件。经过 3 年的不懈努力，成功地解决了中国器官移植的法律框架与管理机构和器官捐献三类死亡判定的科学标准与流程，对捐献者家庭实行人道主义救助等一系列难题。一个遵循世界卫生组织指导原则并符合中国国情的人体器官捐献移植体系初步形成，该体系包括人体器官捐献体系、人体器官获取与分配体系、人体器官移植临床服务体系、人体器官移植科学注册体系和人体器官移植监督体系。

2013 年 8 月，原国家卫计委出台《人体捐献器官获取与分配管理规定

（试行）》部门规章，进一步用制度保障了人体器官获取和分配。之后，又进一步规范了公民逝世后自愿捐献器官的三类标准和程序（脑死亡、心死亡、心脑双死亡），建立完善了器官获取组织（OPO）和人体器官捐献协调员（Coordinator）制度，严格使用中国人体器官分配与共享计算机系统（COTRS）实施器官分配，充分发挥中国红十字会在器官捐献中的宣传动员、报名登记、捐献见证、缅怀纪念、人道救助等方面的作用。至此，一个无偿、自愿、公开、公正、透明、可溯源人体器官捐献的"中国模式"初步确立。

公民逝世后自愿捐献人体器官工作试点开展后不久，中国人体器官捐献工作便取得了重大突破。2014年，全国人体器官捐献近1700例，实现了5000个大器官移植，超过了过去半个世纪公民自愿捐献的总和。广东、湖南、浙江、江西、湖北、广西、陕西、山东、河南等省均实现了超百例公民逝世后捐献。这一年，一些大的移植中心主动放弃了死囚器官获取渠道。2013年底，中办、国办下发《关于党员干部带头推进殡葬改革的意见》，鼓励党员干部逝世后捐献器官和遗体，为人体器官捐献注入了强大的正能量。人体器官捐献已超出了器官移植医疗服务的范畴，在中华民族传统美德中灿放着人性的光芒。

2014年12月3日，"中国OPO联盟"在云南昆明举行会议。时任中国人体器官捐献与移植委员会主任委员、中国医院协会人体器官获取组织联盟主席黄洁夫宣布，从2015年1月1日起，全面停止使用死囚器官作为移植供体来源，公民逝世后自愿器官捐献将成为器官移植使用的唯一渠道。中国彻底告别了中国器官移植过去依赖死囚的难堪。

中国采取的这一系列举措标志着中国移植事业在司法和透明、人权和伦理、纯洁与高尚诸多方面已进入了一个全新的历史阶段。

2016年5月，原国家卫生计生委、公安部、交通运输部、中国民用航空局、中国铁路总公司、中国红十字会总会联合印发了《关于建立人体捐献器官转运绿色通道的通知》，建立了人体捐献器官转运绿色通道。

2017年2月，第十二届全国人大常委会通过了《中华人民共和国红十字会法》修订案，2017年5月8日起施行。法律为红十字会授权：参与推动无偿献血、遗体和人体器官捐献工作，参与开展造血干细胞捐献的相关工作。2021年1月1日起施行的《中华人民共和国民法典》在生命权、身体权和健康权中，对遗体和人体器官、人体组织捐献做出明确规定。人体器官捐献突出精神引领，倡导移风易俗、大爱奉献的理念，践行社会主义核心价值观，弘扬"人道、博爱、奉献"的红十字精神，人体器官捐献正被越来越多的人所接受，并已成为我国引领社会文明进步的一个新风尚。

《中国器官移植发展报告》显示，从2015年至2018年，中国人体器官捐献数量连续三年增幅在22%—34%。2018年，中国大陆器官捐献达6302例，居世界第二位，百万人口捐献率上升至4.53，共实施器官移植手术20201例，移植手术总量仍居世界第二位。从2010年1月至2018年4月，中国累计完成公民逝世后器官捐献17085例，捐献大器官突破4.8万个。中国用大数据击垮了国际反华势力"中国每年有6万至10万例器官移植""中国存在'活摘器官'"的谣言。

2018年7月，在西班牙召开的第27届国际器官移植大会上，中国移植领域专家学者150余人参会，并且有50多名专家进行了交流。内容涵盖了从基础研究到临床技术创新，从器官捐献到器官移植管理，从相关技术标准到临床移植分析，充分体现了中国在国际移植舞台的分量。中国器官移植改革发展也得到了世界卫生组织（WHO）和国际移植界的充分肯定。中国器官捐献与移植的"中国模式"包含了六个方面的内容：一是政府主导；二是法制保障；三是建立了红十字会作为第三方参与的人体器官捐献与移植工作体系；四是制定了符合国情的中国人体器官捐献三类标准；五是出台了人道主义救助、荣誉表彰和缅怀纪念政策；六是形成了基于中国传统文化的器官捐献人文精神。

2019 年 12 月 6 日，第四届中国－国际器官捐献大会暨"一带一路"器官捐献国际合作发展论坛在中国昆明举行，来自世界卫生组织（WHO）、国际器官移植协会（TTS）、各大洲移植协会和 62 个国家移植协会的代表 1000 余人参加了会议。中国人体器官捐献与移植委员会主任委员、中国器官移植发展基金会理事长、世界卫生组织器官捐献与移植特别委员会委员黄洁夫在论坛开幕式上庄严宣告："中国的器官捐献与移植事业正在蓬勃向前发展，没有任何力量可以阻挡！"声音震撼全场，引发了潮水般的掌声。

十年过去了，中国器官移植的新时代已经到来。中国已经在世界舞台上向各国分享"中国经验"和"中国方案"，在"一带一路"的框架下不断加强和深化国际交流，拓展合作的广度和深度，为世界卫生组织《细胞、组织器官移植指导原则》在全球的实施展现了一个大国的风采，引领着世界的未来。

世界卫生组织评价中国："世界的器官移植像一条大船，中国已经走到了船的中央，引领船行进的方向。"

人有人的尊严，国家有国家的尊严，科学也有科学的尊严。人类所有的事业都必须建立在人的尊严之上，才能通往未来！

第二章 人生最美相遇

一场特别的诵读会

在"因爱而行、向阳而生"的中国人体器官捐献和移植事业中，有太多的邂逅。

2021年，江南的春天经历最初一系列的热身之后，活力从寂静的山和清冽的水中蒸腾出来，化作雾，化作雨，轻柔地抚摸大地枯涩的肌肤，小心翼翼地擦洗土地冻裂的伤口，阳光在云雾中穿梭，催化着生命的种子，不知不觉中改变了大地的颜色。

我对季节的感知常常比大地要滞后很多，等到绿色的视觉冲击到眼球，身体仍蜷缩在荒凉的记忆里。江西省红十字会副会长聂冬平在电话里问我，愿不愿意出来走走？南昌青山墓园有一个很特别的诵读会。聂冬平是北京师范大学中文系毕业的高才生，也是一位很有亲和力的领导。2019年我在江西省卫健委定点深入生活中结识，视为知己。

什么样的诵读会要放在墓园开？我有些迟钝，脑子里一直在想，去，还是不去？去！神经末梢已经敏锐地察觉到这将是一次奇遇，我毫不犹豫答应了。

南昌瀛上青山墓园刚才还是天清地明，只一会儿乌云便像黑夜一样压过来，雨在淅淅沥沥地下。遗体器官捐献者纪念园的诵读会在雨伞下登场。

争夺是人性乃至自然的一个法则，诵读会也不例外。一个个素不相识的人在争夺雨伞下的空地，空地又在争夺从墓园地走出来一个个疼痛的灵魂。血淋淋的生命在争夺一张张名嘴，一张张名嘴又在争夺一双双婆娑的泪眼。纪念园里充斥着一种撕心裂肺的疼痛。

我不堪疼痛，独自来到一堵矮墙下。矮墙的青石板上刻着440位从2002年至2021年部分遗体器官捐献者的名字，这些名字最大年龄95岁，最小年龄才36天。这里每一个名字都是一条逝去的生命，一条残缺不全的生命。四百多条老老少少的生命骤然呈现，给人一个感觉，生老病死是大千世界早已设计好的一个冰冷的程序，所有人都是这个程序上的一个片段，却想活出温度，便注定会变成一滴眼泪。又或者，眼泪也没什么不好，生为眼泪，死亦为眼泪。

我特别关注了一下每年的数字，2002年仅有1人，之后是空白，到2007年才出现3人，2008年17人，2009年25人，到2010年，数字呈逐年增加趋势。2021年才过去三个月，66个名字便像藤蔓趴满了青石板的额头。青石板上还留有一大块空地，预示着还有很多活鲜鲜的生命要走进来。

一个很有磁性的男声和一个湿漉漉的女声在共同讲述一老一小的故事。

晨晨是一位在人世间只停留了36天的小天使。医生推测，孩子的病是罕见的遗传基因缺陷。孩子的父母说，如果能在孩子的身上找到修复遗传基因的密码，天下父母就不再有此丧子之痛。就这样，小天使成为最小的医学"大体老师"。

刘善文是一位参加过抗日战争、解放战争、抗美援朝的95岁老兵。很多年前，老头子就办了遗体器官捐献登记。他说，一起打仗的战友都不在了，活得越久越愧疚。将来把能捐的都捐了，才好理直气壮去见他们……

这是多么纯真的一老一少，又是多么奇特的一次"相聚"！

人是大自然最有智慧的创造，人分出了肉体疼痛和精神疼痛。肉体过不了生命逆转的坎会疼痛，精神过不了情感逆转的坎也会疼痛。而这些疼痛又都在执行着一种叫因果的"程序"。我疼痛过后，就一直在寻找这些因果。

纪念碑下有一位正在祭奠的妻子，她亡夫的因我就无法探寻。丈夫廖和荣是一个四十年风里来雨里去的赤脚医生，一个疾病缠身多年没有一分钱工资的老乡村医生。廖和荣早在 2012 年就与红十字会签订了捐献遗体的志愿书。他临终时怕儿子忘了这茬，又把两个儿子叫到病榻前交待了三条遗嘱，第一要对老妈好，第二要对叔爷好，第三要了却我捐献遗体的愿望。

当儿子把他的遗体捐献出去后，村子里一片哗然。人死入土为安都不讲究了？死都死了还要让父亲经受千刀万剐之苦，孝道不要了？什么也没留下，一年三祭也省了？村里人的愤怒几乎让廖和荣的子孙走投无路。

妻子迫于无奈，把村里有头有脸的人请到家里，用央求的口吻说，和荣生前，两个儿子、两个儿媳、两个孙子都很孝顺，在生好才是真好。把遗体捐献给医学院是和荣十年前的承诺。和荣死后，子孙又了结了他的遗愿就是顺。请各位叔伯兄弟别为难孩子们，好吗？！

村里人最后相信了一个母亲的眼泪。

我在追溯一个赤脚医生因的时候，只搜寻到一句话。生前两三年，他在庭院里种了很多花花草草，看到这些花草他便念叨，人生一世，草木一秋。廖和荣的因在这草木身上？

在下榻的宾馆，我见过一个 2008 年就加入志愿者的捐友徐洪民。他父亲是一位参加过解放战争的离休干部，也是新中国第一批海军，转业后一直在核工业系统工作。2018 年，父亲已年近九十，但身体尚健硕。徐洪民动员父亲捐献遗体。父亲一阵不痛快，哪有儿子这样摔包袱的？徐洪民说，烧成一堆灰，只有我和姐姐记住你，遗体放到医学院会有很多人记住你。

父亲或许是觉得死还很遥远，便让儿子做了登记。

第二年，父亲身体一天不如一天，开始后悔了。问儿子，真捐了你和姐姐是不是不管我了？

徐洪民说，人死了真的没什么。我会把你的名字刻在青山墓园的纪念墙上，让子孙都记住你。

这一年的疫情期间，父亲患多发性骨髓瘤去世，遗体捐献给了医学院。

在传统观念中，这种捐献，很容易让人联想到一个词语，遗弃。遗弃父母，遗弃妻儿。这于社会是两种不同因果，而于普通人设置的情感似乎就是同一种因果。徐洪民告诉我，人其实都包裹着一层自己编织的禁忌外壳，诸如身体发肤受之父母，生当作完人，死要留全尸。当啄开这层外壳，让心去触摸蓝天白云，便豁然开朗，缘由心生。这种说法的确别具一格，让我心中了然。何必问因果，因果也是自己编织的一个外壳。

纪念园里唯一没有被诵读者感染的是矮墙下一位头发花白的矮个子老人，或者说他已穿越到女儿的世界里，感受不到这里的时空波动。他用一只枯瘦的手反复抚摸着刘小芳的名字，脸上的沟壑流淌着雨水和泪水。

我蹲下来问，贵姓？

老人专注于抚摸，半天没有回音。我没敢接着往下问，不忍心打搅老人与女儿一年一度灵与肉的相会。然而，台上的名嘴却恰到好处地夺取了我的好奇心。

老刘是我省第二例器官捐献者刘小芳的父亲。女儿因难产去世，长期受肾炎困扰的老刘，深深理解肾器官衰竭的痛苦，无偿捐献了女儿的双肾。女儿走了，为了抚养刚出世的小外孙女，老两口不得不远赴深圳打工，挣钱养活从小就失去妈妈的孩子。每年清明节，老刘都会一个人从深圳坐火车来南昌，站在纪念墙前，抚摸着女儿的名字，默默地流泪，直到祭拜者散尽，才擦着泪眼说，爸走了，明年再来！

红十字会遗体器官捐献者纪念园每年都要举行这样的清明追思会，让捐献遗体和器官的平民英雄与亲人团聚。在这些亲人中，有一位叫章笑妹的老婆婆。2010年，她的儿子因车祸身亡。她捐出了儿子的肝脏和肾脏，救了几个人的命。可是，我要告诉大家，老婆婆今年没有来。老婆婆成了一切人间悲剧的主角，媳妇和孙子患上了精神病，家里顶梁柱都倒了，老婆婆靠捡破烂维持全家人的生计。近两年，她双眼角膜溃烂，几乎什么都看不见。去年她来，是我们牵着她到儿子的相片前，临别时她对儿子说，明年不来了，走不动了，也看不见了。儿啊，好好照顾自己……

在纪念园里，最惨痛的莫过于生死两茫茫，最甜蜜的也莫过于生命超越时空的相遇。人群里，我见到一位穿黑棉袄背黑挎包的老钟。儿子二十五岁那年遭遇车祸，他为了最大限度留住儿子的生命，把儿子能捐献的器官都捐献了，儿子残缺不全的躯体火化后安葬在纪念园。捐献那天，老钟抱着儿子的照片，突然向红十字会提出一个条件，把儿子名字旁边的位置留给我，以后我捐献了，就和儿子再也不分开，行吗？在场的人都震撼了，情到深处，生命还能如此重逢？

生与死是人生唯一的主线。生命在绝望中寻找了一个世纪，终于在现代医学的指缝间寻找到了一种生命体的契合。茫茫人海中，医学让两个孤立无援的生命体神奇相遇，便都从对方的生命体中找到了生存下去的动力，开启一个新的生命旅程。这种拥有两个生命记忆的相遇，让一群苦难的人迅速穿过人世间最惨痛的沼泽，用眼泪滋养着一片意想不到的生命绿洲。

中国进入本世纪以来，已处于国际领先水平的器官移植技术给生命带来了无数的奇遇。人体器官捐献让逝者的生命和亲人的梦想在接受者身体里栖息，这是一个生命接力悲痛、艰辛且快乐的旅程。

十多年来，一次又一次生离死别换来一个又一个生命礼物的呈献，一个家庭的破碎换来另一个家庭的重建。器官捐献双盲原则尽管让纪念园成了捐献者亲人唯一安放灵魂的地方，只见旧人哭，不见新人笑，但他们都有一个执念，逝者以另一种形式在活着。年复一年的祭拜者，老的更老了，小的长大了，他们却从不放弃一年一次的阴阳对话，感应着活在另一个人身体里亲人生命的跳动。

他们一遍又一遍地问候，你在哪，过得还好吗？

问完之后又默默祈求遥远的生命回答，它一直在我们的身体里健康地住着，我们要为两家人好好地活！

之后，祭拜者又自言自语，感谢你们带着它一起活，活着就好！

这是一场无休止的对话，也是一个孤独的生命独特的疗伤方式。

红十字会

人生充满着苦难。生老病死，悲欢离合，天灾人祸，没有例外且有不确定性。佛说，佛的世界没有烦恼和痛苦，只有幸福和快乐。佛的弟子说，我看不见，怎么相信有呢？佛把弟子带到一间暗房里又说，墙脚下有一把扫帚。弟子说，我仍然什么也看不见呀。佛点燃蜡烛，弟子看见墙脚果然有一把扫帚。佛又说有四不能，因果不可改，智慧不可赐，妙法不可说，无缘不能度。有因便有果，别人的事代替不得。天地虽大，不润无根之草。佛是告诉弟子，人的终极目标不是消除烦恼和痛苦，而是驱逐黑暗。而眼前的黑暗就是一种因果。其实人类从来就没有停止过这种因果的探寻。红十字会就是人类在探寻中得到的佛手中的蜡烛。

《日内瓦公约》和国际红十字与红新月运动的发起者——红十字国际

委员会创建于 1863 年，它的创建源于一个瑞士商人与一场战争的邂逅。

这位后来改变人类历史并且感动全人类的伟大人物叫亨利·杜南。1859 年 6 月 24 日，亨利·杜南作为一个"旅游者"途径意大利北部小镇索尔费里诺，偶遇法国——撒丁联军和奥地利军作战。他在《索尔费里诺回忆录》中描述：

在那个值得纪念的日子——6 月 24 日，有 30 多万人相对而立，战线长达 15 英里，战斗持续了 15 个小时。

这是一场可怕的肉搏战：奥地利和法国—撒丁联军互相践踏着，在血淋淋的尸堆上你奔我杀，他们毫不留情地用步枪射击敌人，用马刀劈向敌人的头颅，用刺刀刺入敌人的胸腹。没有饶恕，拒不纳降，这完全是一场屠杀，是残暴的野兽之间为血和愤怒而疯狂地搏斗，甚至连伤者都战斗到最后一息。没有了武器，他们就掐住敌人的喉咙，用牙齿撕咬他们。

最强有力的阵地经过反复争夺，又再次被占领，到处都有成千上万的人带着四肢和腹部的伤痛倒下了，有的人被子弹打得满身窟窿，有的人被枪炮击中，奄奄一息。

就伤亡人数而言，在 19 世纪，唯一可与博罗季诺、莱比锡和滑铁卢等大战役相提并论的就是索尔费里诺战役了。在 1859 年 6 月 24 日的那场战斗过后，死伤的奥地利人和法国—撒丁联军共包括 3 位陆军元帅、9 位将军、1566 名各级军官，还有 4 万左右未授衔的军士长和士兵。两个月后，3 支军队的伤亡人数又增加了 4 万人。

……

《索尔费里诺回忆录》于 1862 年在日内瓦首次出版后，便取得举世瞩目的成功，被翻译成多种语言。杜南在回忆录里不仅介绍了战斗的过程，描述了被遗弃伤兵的惨状，而且还倡议了一种救援行动："为什么我会似乎有些自鸣得意地逗留在那些悲惨的画面上，去描摹那些极度真实的细节呢？有这样的疑问很自然。或许我可以用另一个问题作为回答。在和平安定的时期成立一些救护团体，让那些热心、忠实并完全可以胜任的志愿者为战时的伤员们服务，这难道不可能实现吗？"

……

他在书中提出两项建议：一是在各国设立全国性的志愿伤兵救护组织，平时开展救护技能练习，战时增援军队医疗工作；二是签订一份国际公约，给予军事医务人员和医疗机构及各国志愿的伤兵救护组织以中立的地位。

杜南曾经说过一句名言，真正的敌人不是我们的邻国，而是饥饿、贫穷、无知、迷信和偏见。

索尔费里诺战役四年后，也就是杜南的书出版一年后，杜南发自人性深处的呐喊有了回应。一个由杜福尔（Dufour）将军、莫瓦尼埃（Moynier）律师、阿皮亚（Appia）医生和莫诺瓦（Maunoir）医生以及亨利·杜南本人等五人组成的"伤兵救护国际委员会"在瑞士日内瓦宣告成立。1863 年10 月 26 日，"伤兵救护国际委员会"召开了日内瓦国际会议，来自 16 个国家和 4 个私人组织的 36 名代表参加会议。会议通过了 10 项决议，并采用白底红十字臂章作为救护人员的保护性标志。1864 年 8 月 8 日，瑞士联邦委员会又在日内瓦召开了一次外交会议，参加会议的 12 个国家签署了第一个日内瓦公约。公约规定救护车、军队医院和医务人员，包括志愿人员和随军牧师应被视为中立而受到保护和尊重。受伤或患病的战斗员，不论属任何国籍，都应得到收容和保护。1876 年，委员会更名为"红十字国际委员会"。委员会为了表彰杜南为国际人道做出的杰出贡献，用其祖国瑞士国旗相同图案相反颜色的旗帜作为会旗,红十字标志由五个大小相等的红色正方形组成,并将杜南的生日 5 月 8 日定为红十字日。委员会的建立和发展有力推动了《日内瓦公约》和《国际人道法》的诞生。第一次世界大战期间,红十字国际委员会已得到充分发展。各国红十字会以前所未有的规模在后方提供急救服务。1919 年,又创立了红十字会与红新月会国际联合会,负责协调 189 个国家红十字会和红新月会的活动。世界各国几乎都有自己的国家红十字会或红新月会。目前,世界共有 190 个国家红会得到红十字国际委员会承认并被接纳为联合会正式会员。2013 年 5 月 13 日,国家主席习近平会见红十字国际委员会主席毛雷尔时评价,红十字不仅是一种精神,更是一面旗帜,跨越国界、种族、信仰,引领着世界范围内的人道主义活动。

当红十字会和人道救护被越来越多的国家关注时,杜南的人生却发生了戏剧性变化。1871 年,杜南公司破产,负债累累,过上了颠沛流离的生活。他就像一个流浪汉,睡在亭子间或公园里,贫病交加,穷困潦倒。1892 年,他不得不住进了海登地区医院。1895 年,一个偶然机会,他被一位新闻记者发现。一篇关于这个红十字会创办人的报道轰动了全世界。杜南重新得到社会的重视。瑞士联邦委员会给他颁发了特别奖,表彰他的行动"促进和平与团结"。不少国际友人也给予他慷慨资助。1901 年,杜南获得首届诺贝尔和平奖。最后他把奖金 10.4 万瑞士法郎大部分捐给了挪威与瑞士的慈善事业。1910 年 10 月 30 日,杜南在海登病逝,终年 82 岁。在杜南的墓碑上刻着这样一行字:让·亨利·杜南,1828—1910,红十字运动之父。

杜南创建的红十字会宗旨是保护人的生命和健康,维护人的尊严,促进人与人之间的相互了解、友谊和合作,促进持久和平。

最早将红十字会较为系统介绍给中国的当属孙中山。1897 年,孙中山将英国医生柯士宾的《红十字会救伤第一法》译成中文,并由伦敦红十字会出版发行。孙中山在译序中这样叙述：

> 孟子曰："恻隐之心，人皆有之。"是以行路之人相值于患难之中，亦必援手相救者，天性使然也。虽然，恻隐之心人人有之，而济人之术则非人人知之。不知其术而切于救人，则误者恐变恻隐而为残忍矣，而疏者恐因救人而反害人矣。夫人当生死俄顷之际，施救之方，损益否当，间不容发，则其理不可不审求也。此泰西各国通邑大都，所以有赤十字会之设，延聘名师，专为讲授一切救伤拯危之法，使人人通晓，遇事知所措施；救济之功，成效殊溥。近年以来，推广益盛。

清末，还有一个为红十字会奔走呼号的人，他叫孙淦。孙淦不但是一位成功的商人，还是一位慈善家。他在日本就加入了赤十字社，看到日本人深得其益，便萌生了在中国创办红十字会的想法。1897 年冬，孙淦在东京向驻日公使裕庚呈递的《大阪华商孙淦呈请裕钦使转咨总署奏设红十字会禀》奏陈：

> 万国公法之中，以此会为近数十年至善之大政。凡有军事，必认此会为中立，其有加害，万国得而讨之。其爱人也如彼，其见重于人也如此，此万国之所同也。

同年 11 月，他又在《申报》上呼吁：

> 方今地球各国，联约者四十有二国，未经入会者，惟朝鲜与我耳，毋怪人之不我齿也。

孙淦拳拳之心由此可见一斑。只是他空有一腔热情，却不知清政府已是大厦将倾。

清末外交官杨儒是第一个提出设立中国红十字会的官员。1899 年，杨儒赴荷兰出席第一届万国和平会议，曾代表清政府在推广红十字救生善会行之于水战条约上画过押，却因种种原因未能签署日内瓦公约。后亦奏请朝廷："现既从众画押，自宜及时筹办，以示善与人同。"无奈清政府国际国内环境日趋险恶，内外交困，无暇顾及。

19 世纪末，中国遭受的屈辱不但国人无法忍受，就连有良知的外国人都为之动容。1894 年 7 月，中日甲午战争爆发。10 月，辽东陆战开始，清军持续溃退。12 月，营口街头出现了大量伤兵。因清军没有战场医疗救护组织，伤员死亡率非常高。1894 年 10 月下旬，英国传教士司督阁来到营口，建议成立红十字医院。12 月 3 日，英国人魏伯斯德租用营口一家客栈的两间店房创办红十字医院，进行伤兵救护。这是中国历史上第一家红十字医院。司督阁在他写的《奉天三十年》一书中详细记录了医院的创建过程、规模和救治情况。甲午战争期间，营口红十字医院挽救了 1000 余清兵的生命。

灾难接踵而至。1904 年至 1905 年，日本与俄罗斯为争夺朝鲜半岛和中国东北爆发了日俄战争。这是一场强盗之间分赃不均在中国土地上发起的肮脏之战。战事一开，东北数万同胞突遭兵燹。而清政府却荒唐至极声明中立，置难民于不顾。为了解救东北同胞，1904 年 3 月 3 日，上海海关道沈敦和任锡汾、施则敬等士绅出于义愤，仿效国际红十字会例成立"东三省红十字普济善会"。这是中国第一个与红十字有关的组织。

由于中国没有正式加入国际红十字会，普济善会的救护行动经常遭到战争国的阻挠，收效甚微。沈敦和等人意识到必须借助红十字会的国际势力才能实现这一愿望。经沈敦和与英国传教士李提摩太从中斡旋，再由上海商约大臣吕海寰等人约集上海官绅与英、法、德、美等国驻沪机构代表商议，同年 3 月 10 日，联合组建了"万国红十字会上海支会"。3 月 17 日，正式定名"上海万国红十字会"。红十字会在中国正式落地生根。5 月，在营口设立第一个分会，筹建营口医院。8 月，医院建成，设置了 50 张床位，最多可同时救助伤员近百人。同时着手赈济难民，经费全部来自国际社会。至 1906 年 3 月战争结束，万国红十字会营口分会共救治 2.6 万人。

1911 年，中华民国成立，红十字会更名为中国红十字会。

中国共产党与红十字会走过的历程有很多相似之处。红十字会是从战争中走来，而中国共产党也是从灾难深重的旧中国走来。就红色而言，红色是红十字会的悲悯情怀和历史担当。从红五星到五星红旗，"红色"承载了中国共产党人的百年历史。同样拥有百余年历史的中国红十字会也见证了中国共产党和中华民族从站起来到富起来的光辉历程。

"中国济难会"是中国共产党领导的第一个具有红十字理念的群众性救济组织。五卅运动遭受帝国主义和北洋军阀的镇压，工人群众和学生死伤达 2000 多人，被捕入狱 1000 多人。为营救被捕的革命者，筹款救济他们的家属，1925 年 9 月 20 日，中国济难会在上海召开第一次筹备会，推举韩觉民为主席，通过《中国济难会发起宣言》。10 月，召开代表大会。11 月，江西、广州、长沙、天津、北京等地先后成立省总会。1927 年秋，中国济难会随中共中央机关由武汉迁回上海，被迫转入地下活动。1929 年12 月，改称中国革命互济会。由于不断遭到国民党当局的镇压，后随中共中央迁往苏区。

在江西省红十字会 2021 年出版的《红五星与红十字会》中还提到了两个源头，一个是福建长汀的福音医院。傅连暲曾任红十字会主任医师，后任福音医院院长。中央红军攻下长汀，需要有一家自己的医院。傅连暲受这样一支为穷苦人打天下的军队感召，将福音医院改为中央红色医院。从此，傅连暲一直追随中国共产党的革命事业，成为新中国的开国将军。另一个源头是中央红军总医院与中央红色医院合并为中央红军卫生学校附属医院。1931 年第二次反"围剿"前，中央红军在江西兴国成立红军总医院。1934 年，红军总医院转移到瑞金，与中央红色医院合并。这两家医院合并，是共产党人的血脉与红十字会"血统"的深度合作和融合，也是共产党人的人道、公正、平等、志愿和奉献的革命理念与红十字会的人道、博爱、奉献的理念高度契合。

"三源"归一，开启了近代中国红十字会与红五星"双红"理念的伟大实践，走出了一条具有中国特色的红十字会道路。

在中国红十字会的红色记忆中，记录着无数传奇故事。中国共产党以自己的方式诠释着红十字精神的深刻内涵。

1926年，北伐战争开始，身为共产党员的国民党党立红十字会女子北伐救护宣传队队长高恬波带领女救护队员随军北伐，辗转湘、鄂、赣三省之间，行程万里，称誉为救护队的"女将军"。

1938年，在中国共产党"到敌人后方去"的感召下，来自中国红十字会交通股一组、二组的上海红十字会煤业救护队百余人集体加入新四军。同年，中国红十字会救护总队第61医疗队克服国民党的重重阻碍，奔赴晋东南游击区开展战时医疗服务，投身民族解放的滚滚洪流之中。

新中国成立之后，中国红十字会在重大疾病控制、爱国卫生运动、自然灾害防疫、战地医疗救护等方面发挥了不可替代的作用。

1950年8月，新中国召开中国红十字会协商改组会议，中国红十字会定位为"中央人民政府领导下的人民卫生救护团体"，定名"中国红十字会"。1952年，中国政府外交部部长宣布承认1949年修订的《日内瓦公约》，8月，第18届红十字会与红新月国际大会承认中国红十字会是中国唯一合法的全国性红十字会。这是新中国在国际组织中恢复的第一个合法席位。

1985年，中国红十字会第四次全国代表大会首次提出要办成"中国特色的社会主义的红十字会"，展现了红十字会自强不息、改革创新的时代精神。

红十字事业根植于中国几千年的传统文化，根植于中国红色的土壤，早已融入中国历史血脉里，刻下了鲜明的红色印记。

生命之花上的中国红

人体器官捐献是挽救患者生命、服务医学发展、传递人间大爱、促进社会文明的高尚事业。然而，要建立遵循国际伦理准则、科学公正法治和符合中国国情、文化的人体器官捐献"中国模式"，遇到的第一个难题就是这一历史使命将由谁去完成，或者说谁更适合让这个人类用 20 多个世纪编织的梦想在中国遍地开花。

从世界各国器官捐献现状来看，不同的人体器官捐献制度带来不同的社会反响，不同的捐献率，不同的效果。

器官捐献立法先行是各国通行的做法。为提高器官捐献率，规范器官移植的发展，美国、法国、西班牙等 11 个国家率先出台了器官捐献相关法律。立法的内容主要包括禁止器官买卖、死亡判定标准、捐献规则、器官分配原则、器官捐献经济补偿等方面。

各国捐献规则不外乎两种类型：一种是自愿捐献下的推定同意。自愿捐献以个人意愿和知情同意为原则，自愿加入或者同意捐献。如美国原先是在驾驶执照背后标记是否愿意捐献器官。德国则由医疗保险公司为所有 16 岁以上医疗保险投保人投保时同时提供有关器官移植详细信息、器官捐献证书和征询意见信，信中呼吁投保人自愿捐献器官，并要求其在征询意见信上填写是否"同意捐献本人器官"或"不同意捐献本人器官"。荷兰、韩国和日本公民在 16 岁之后会收到人体器官捐献普查表。随着互联网时代到来，各国又同时提供在线捐献意见征询。总之，只有捐献者本人生前自愿做出器官捐献，在其死后移植管理部门才可以摘取器官。另一种是默认规则下的推定同意。如果死者生前没有做出明确反对器官捐献的决定或表现出不同意捐献的意愿，那么指定的医生在其脑死亡后有权摘取相关器官，移植给其他患者。

实际操作中又分为两种，一是法国、西班牙、新加坡等国实施的医师推定同意，即只要死者生前未明确反对，医师可以根据法律授权而不用考虑亲属的意愿。二是罗马尼亚、芬兰、希腊、瑞典的亲属推定同意。即死者生前未做出明确反对器官捐献，其死后具体由亲属决定是否捐献。

器官分配原则。器官分配根据公认的医学标准，考虑捐献者和接受者之间身体的配对兼容性、患者等待移植器官的时间长短、患者的病情轻重缓急、年龄等因素，及捐献者与其近亲属的优先地位，最大程度客观公正地保证每一位患者的需求。在基本条件都符合的情况下，则主要依据等待时间的长短。新加坡、以色列、韩国则建立了一种激励机制，对于事先已登记为器官捐献者的个体，当自身也需要器官移植时，给予他们在器官移植等候中的优先获取权。

还有诸如成立专门的捐献和移植负责机构，构建移植协调网络，建立器官分配与共享系统，开通在线器官捐献意愿登记系统，器官捐献宣传教育，建立较为完善的器官捐献和移植体系，等等。

从捐献率来看，2013 年在有数据的 62 个国家中，每百万人口尸体器官捐献率最高的是西班牙，达 35.1。依次是克罗地亚 35、马耳他 34、比利时 29.9、葡萄牙 28.3、美国 25.9、法国 25.5、奥地利 24.6、爱沙尼亚 24.4、斯洛文尼亚 24.3。最后两位是马来西亚和日本，分别为 0.5 和 0.6。

浙江财经大学副教授郑恒 2016 年在《南方经济》撰文认为，死亡判断标准、捐献同意规则、优先权分配机制、非货币补偿等相关激励机制是影响器官捐献率的主要因素。郑恒还对捐献率排前两位的西班牙和克罗地亚进行了剖析。1979 年，西班牙颁布第 30 号法令，对器官的获取与移植进行了一般化规定，同时规定公民死亡后器官捐献采用默认规则推定同意方式，但器官捐献率并没有显著升高。一直到 1989 年国家移植组织（National Transplant Organization，ONT）建立，西班牙的尸体器官捐献率才明显升高，从 1989 年的每百万人口 14.3 上升到 2000 年的每百万人口 33.9，年均增长率达到 18%。她认为捐献率暴涨得益于 1989 年成立国家移植组织，构建移植协调员网络，1991 年提供专业培训，1998 年实施临床治理框架和质量保证计划。2000 年至今，一直稳定在每百万人口 34 或者 35 左右，位居世界首位。建立国家移植组织、设立移植协调员、加大培训和教育、密切关注媒体、对医院进行补偿就是国际上被称为的"西班牙模式"。克罗地亚 1998 年立法，立法后器官捐献率并没有明显上升。2000 年，克罗地亚建立以医院为基础的移植协调员（捐助者协调员）网络后，尸体器官捐献率开始显著上升。之后，克罗地亚采取了一系列改革措施才导致从 2000 年至今，克罗地亚的尸体器官捐献率在波动中快速提升，捐献率从 2000 年的 2.6 上升到 2013 年的 35，年均增长速度达到 22%。究其原因，2001 年国家移植组织建立，2002 年实施外部审计、临床治理框架，2003 年开展专业培训，2004 年通过新移植法，2006 年采取捐献金融支持，并设立首届全国捐献日，2007 年开展国际合作，借鉴了国际经验。

中国要短时期内大幅提高器官捐献率，缓解器官短缺的巨大压力，不让生命之花过早凋谢，应该走什么样的路子？

人体器官捐献不是捐钱捐物，而是捐有生命、有灵性、有伦理情感的器官，这已不仅仅是医学问题，而是社会问题。现代医学把新时代精神文明建设和社会全面进步推到了又一个十字路口，箭已在弦。要做好这项工作有三大难题，一是不能用金钱来推动，二是不能依靠行政力量，三是要取得社会理解、认同和支持。谁来当主攻？

其实在立法之前，中国不乏成功捐献的案例。最有影响力的是 2006 年 7 月 23 日《南方日报》报道的一个案例，主角杨女士在广州创下了当时中国单个捐献器官最多、救人最多的纪录，媒体盛赞她是"中国器官捐献第一人"。

7月20日，广州番禺时年39岁的杨女士，因患脑膜瘤手术后复发救治无效进入脑死亡状态，患者丈夫、姐姐和侄儿等三人代表家属表态自愿无偿捐献器官。在中华医学会器官移植学分会器官捐献项目负责人、武汉同济医学院陈忠华教授的统一指挥和安排下，来自上海、无锡、深圳等七个城市的7支医疗队聚集广州，与时间赛跑，对捐献者脑死亡鉴定、签署器官捐献申请书、获取器官、器官分流、器官接受者选择、分别实施移植、捐献者丧葬安排，一系列规定动作有条不紊在进行。杨女士成功捐献了心脏、肝脏、双肺、双肾及双眼角膜等八个健康器官和组织。当天下午4时，杨女士的心脏被运往上海，晚上6时移植手术开始，4个小时后患者心脏在受者体内恢复跳动。当晚，杨女士的肝脏和双肾也分别在广州军区总医院和广东省中医院成功植入3个危重患者体内。与此同时，杨女士的双肺随医疗队车辆运往深圳市人民医院。肺移植手术7时开始，次日凌晨肺移植成功。眼角膜于21日在深圳市眼科医院分别移植给3位眼病患者。至此，由国内7家医院专家联手的器官捐献和移植成功救治了9位危重病人，且患者顺利渡过24小时危险期，恢复全部功能。

如果说2007年5月1日施行的《人体器官移植条例》是中国人体器官捐献的第一声春雷，人们期盼的一场春雨并没有随之而来。中国人体器官捐献仍然是春寒料峭，在某些人眼里甚至仍然是灰色的冬天。因为中国没有建立科学规范的人体器官捐献体系，国际学术界针对中国医学专家制定"三不"政策：不允许参加世界移植会议，不允许中国临床器官移植文章在国际期刊发表，不允许中国进入世界器官移植组织。我国肝移植领域专家叶啟发在回忆往事时，仍不胜唏嘘。当年他带队出国开会，走到哪都有人在背后指指点点，哪像是个专家，活像是个小偷，没有半点尊严可言。他撰写的器官移植学术论文也被国际学术界拒之门外。此种窘境，不堪回首。个人屈辱事小，一些别有用心的国家甚至以中国器官来源不明而大肆造谣，抹黑中国国际形象。人体器官捐献，不仅关乎民生福祉，更关乎一个人口大国的风范。

机遇是留给有准备的人，而成功则是留给准备好的人。

20世纪80年代，中国红十字会从保护人的生命和健康、推动医疗科研事业发展的需要出发，便开始了遗体、组织捐献工作。90年代初，在国务院提交全国人大常委会的《中华人民共和国红十字会法》草案中也有关于红十字会开展人体器官和遗体捐献的宣传组织工作的内容，只是在最终颁布时改为"开展其他人道主义服务活动"的表述，但在法律释义中明确了这方面的内容。此后，中国红十字会根据人道宗旨和法律赋予的职责，开展了遗体和组织捐献的宣传动员、接收登记、捐献见证、缅怀纪念等工作，并在提高广大民众文明素质、崇尚科学、移风易俗、树立社会新风尚等方面为社会主义精神文明建设和医学教学、科研的发展进行了有益探索。截至2010年12月底，全国有28个省（市、自治区）开展了遗体、组织捐献工作，设立了近千个登记站。累计登记遗体捐献76700人，实现捐献10761人。累计登记角膜捐献29089人，实现捐献1175人。

深圳是中国改革开放最前沿，也是打响器官捐献"发令枪"的首善之城。1999年5月25日，深圳大学29岁的女教师向春梅得知自己身患绝症，决定捐出自己的一双眼角膜。她在中国第一张人体器官捐献申请表上写道："我相信我的两个眼角膜是完好无损的，也许能给需要它的人带来一线光明。"向春梅并不知道这一丝善念，竟然是一个新时代的开端。2003年，深圳出台了器官捐献的第一部地方性法规。然而，事隔六年深圳才实现首例通过红十字会开展的非亲缘公民逝世后多器官捐献。捐献者是一位四川籍农民工，因突发脑出血去世，无偿捐献肝脏、肾脏和眼角膜。一步六年，由此可见器官捐献推动之难。

中国红十字会也一直在器官捐献上艰难前行。2005年9月，中国红十字会总会与原国家卫生部举行联席会议，同意两部门共同合作，推动将遗体器官捐献立法列入全国人大立法规划，并积极配合国务院法制办开始了《人体器官移植条例》立法。《人体器官移植条例》于 2007 年 3 月 31 日颁布，但因为器官捐献体系没有建立，器官来源问题仍没有得到解决。主要原因是条例中没有对人体器官捐献相关内容进行详细地规定，只在条例第四条第二款中提到"各级红十字会依法参与人体器官捐献的宣传等工作"。对此，各级红十字会也有不同意见。《条例》对红十字会多年的工作没有确认，加之红十字会开展器官捐献工作本身就是在缺人力、缺财力、缺法律政策保障的情况下负重前行，一些地方不同程度存在畏难情绪。

2007 年 7 月 6 日，国务院召开人体器官捐献工作协调会，要求红十字会全面介入此项工作，并要求相关部门积极支持、配合。中国红十字会总会也与原国家卫生部保持着经常性沟通，并于 2009 年 1 月 15 日下发了《中国红十字会总会关于推动人体器官捐献及试点工作的意见》，选择山东省、广东省、南京市、厦门市红十字会为首批试点单位。8 月，总会和原国家卫生部联合在上海召开了"全国人体器官捐献工作会议"，探讨在全国范围内开展试点工作。总会主要领导还先后两次向国务院有关领导做了专题汇报，得到了国务院领导重视支持。经过与原国家卫生部反复协商，2010 年 1 月 25 日，原国家卫生部正式发函委托红十字会开展人体器官捐献工作。明确中国红十字会负责全国人体器官捐献的宣传动员、报名登记、捐献见证、缅怀纪念、救助激励等方面的工作，负责建立人体器官捐献工作队伍并建立国家人体器官捐献者资料数据库。2010 年 1 月 28 日，双方签署了人体器官捐献试点工作协议，进一步明确了双方的职责。3 月 2 日，在天津召开会议，正式启动全国试点。

历史虽然是毫无悬念地选择了红十字会，然而此中蕴藏的艰难不亚于蜀道之难。这种难主要来自受托方内部，红十字会除无人力、财力外，更主要的还是缺少开展器官捐献的专业人才，强摘的瓜是个苦瓜。委托方也有不少反对意见。有人认为红十字会的战线拉得太长，人手又少，器官捐献不同于献血和造血干细胞捐献，程序复杂，难度很大，红十字会最好不要参与。受托方内部意见不一，委托方也有意见，按惯例这件事多半会被暂时搁置，等待时机。但是，器官捐献事关患者生命，事关国家形象，等不得，也不能等。最后是时任中国红十字会会长彭珮云一锤定音，把不可能变成了可能。她在上海召开的全国人体器官捐献工作会议上说："这项工作符合红十字会的宗旨，也有利于拓展红十字会的人道救助工作领域，提升红十字会的声誉，红十字会理应积极参与，作出应有的贡献。"

中国人体器官捐献管理中心主任侯峰忠在河南的一次专题讲座上曾讲述了这一段艰难抉择。他说："在探索的过程中，各方逐渐意识到，红十字会参与是比较合适的。""从这一点来看，红十字会参与人体器官捐献工作，不仅是党和政府交给红十字会的使命和任务，也是历史的必然选择。"无论生存境况堪忧的器官衰竭患者，还是遭遇重大不幸的捐献者家庭，都是红十字会关心的弱势群体。人体器官捐献事业与"人道、博爱、奉献"的红十字精神血脉相通，倡导和推动人体器官捐献与红十字会"保护人的生命和健康"宗旨一致。捐献就是奉献，是社会文明进步的又一种形式。它摆脱了市场经济商品交换的法则，带给人类社会一股暖流，诠释了生命至上的人道准则。红十字会作为独立第三方参与人体器官捐献体系的建立，使之成为一个公开、公正、公平的事业，是中国人体器官捐献移植事业的创新。卫生部委托红十字会建设人体器官捐献工作体系，不仅可以有效发挥红十字会作为第三方参与人体器官捐献工作的作用，也是落实深化医药卫生体制改革、转变政府职能的重要实践。既是发挥社会力量参与社会管理的新思路、新要求，也是深化医药卫生体制改革的创新举措。

好雨知时节，润物细无声。中国人体器官捐献迎来了万紫千红的春天。

改革的方向明确之后，国务院持续发力，2012 年 7 月 10 日发布《国务院关于促进红十字事业发展的意见》，指出：积极支持红十字会依法履行职责，加强无偿献血、造血干细胞捐献、遗体和人体器官捐献工作。支持红十字会依法开展遗体和人体器官捐献工作，探索在省级以上红十字会设立人体器官捐献救助基金，为捐受双方提供必要的人道救助。充分尊重捐献人的意愿，按照公平、公正、科学的要求，建立严格的管理制度，确保捐献人及法定受益人的合法权益。2017 年 2 月 24 日，第十二届全国人大常委会第二十六次会议通过了《中华人民共和国红十字会法》修订案，2017 年 5 月 8 日起施行。第三章第十一条第三款规定红十字会履行的职责：参与推动无偿献血、遗体和人体器官捐献工作，参与开展造血干细胞捐献的相关工作。完善了国家法律授权。成立中国人体器官捐献工作委员会、中国人体器官捐献办公室和中国人体器官捐献专家委员会，设立中国人体器官捐献管理中心，完成机构职责授权。制定完善各项制度，规范工作流程。多渠道筹集经费，探索救助机制。采取"政府投入一点、医院支持一点、社会募捐一点、受益者拿出一点"的办法，为人体器官捐献提供经费保障。2011 年，通过协调财政部申请了国家"十二五"彩票公益金，共批复经费 4315 万元，用于支持中国红十字会组织开展人体器官捐献的"宣传动员、报名登记、救助激励、缅怀纪念"及制度和信息平台建设，推动建立中国人体器官捐献体系。各地也积极建立救助机制，累计筹集经费多达 2400 多万元。

在原国家卫生部和中国红十字会总会及相关部委共同组建的中国人体器官捐献体系中，最核心的是建立了一个自上而下的完备捐献和移植责任机构。中国人体器官捐献工作委员会是最高管理机构。中国人体器官捐献办公室是中国人体器官捐献工作委员会的日常执行机构。中国人体器官捐献专家委员会由医学、伦理学、社会学、卫生法学等方面的专家组成，主要负责技术应用规范、决策咨询和技术培训。中国人体器官获取组织接受中国人体器官捐献工作委员会监督指导，主要负责器官获取和技术培训。省级人体器官捐献工作委员会为中国人体器官捐献体系的组成部分，由省级卫生健康行政部门、红十字会和其他相关部门组成，下设省级人体器官捐献办公室、省级人体器官捐献专家组和省级人体器官获取组织等。负责管理本行政区域内的人体器官捐献工作。

其次是有人体器官捐献登记管理、协调员管理、基金管理、器官获取和分配管理、技术指南等五大制度体系和器官分配与共享、在线器官捐献意愿登记两大系统作为有力保障。人体器官分配与共享在坚持符合医疗需要，遵循公平、公正和公开的总体原则前提下，坚持区域优先原则，先获取医院，再全省，最后在全国分配。在区域优先的基础上再坚持综合评定原则。客观分配标准是病情危重优先、等待顺序优先、儿童匹配优先、HLA配型优先、血型相同优先、稀有机会优先、器官捐献者直系亲属优先、已登记自愿捐献器官者优先。

再就是有一套符合国情、有人情味的激励机制。如人体器官捐献基金使用范围有一个明确的界定和标准。捐献者家属签署同意捐献文书后，捐献者继续留院期间所产生的所有费用据实报销。捐献者末次发病在门诊及住院治疗期间，在国家各类医疗保障制度报销后，需由捐献者家属承担的医疗费用，设定上限，由家属申请报销。捐献者捐献器官后举行悼念活动、遗体处置等丧务费用设定上限，据实报销。捐献者家属在办理捐献过程中发生的食宿、交通、误工等必要费用，设定上限，据实报销。协调员、评估小组和获取组织等在办理捐献过程中发生的相关费用，据实报销。各省根据当地社会经济发展水平及捐献者家庭的贫困状况，由捐献者家属提出申请，酌情实行一次性人道救助。

中国的改革一直是走"摸着石头过河"的路子，起步慢，走得稳，一旦认准了路子，明确了目标，便勇往直前，人人争先。

器官捐献工作在极短的时间内就取得了巨大进展。截至 2012 年 8 月 27 日，共完成捐献 390 例，捐献大器官 1060 个（器官贡献率 2.7 个/例）。其中广东 100 例，浙江 48 例，湖南 33 例，天津 31 例，河南 20 例。全国共有 19 个省开展了器官捐献工作。2015 年，我国实现器官捐献 2766 例，捐献器官 7788 个，基本达到了停用司法渠道的器官来源之前的水平，实现了我们国家器官来源的根本转型。2016 年，实现器官捐献 4080 例，捐献 11000 多个器官。2018 年，捐献器官达到 18000 多个。2019 年和 2020 年受疫情等因素影响，捐献数量略有下降。截至 2021 年 4 月，中国的登记志愿者已发展到 318 万余人（2010 年登记者人数 1087 人，2011 年 1900 多人，2012 年 3000 多人，2019 年 85 万人），实现逝世后器官捐献 3 万余例，捐献器官挽救了 9 万余人生命。这些数据每天都在增加，像脚下的路，不断伸向远方。

器官捐献从发现潜在捐献者到和家属沟通再到器官获取之后的器官转运，最后移植到患者身上，既是一次器官的"长征"，也是一次灵魂的"洗礼"。之后，还要对捐献者做好火化殡葬、缅怀纪念，要对生活陷入困境的捐献者家庭抚慰、帮扶。每一例捐献者背后都有无数医护人员、红十字会工作者、人体器官捐献协调员和各个方面有专业背景和专业知识的人全身心地投入。这不是一台夹杂着痛苦和欢笑的悲喜剧，而是一场由死及生的煎熬。每个人都是主角，没有看客。

这里的生命之花为什么这样红，因为红十字上渗透了中国红！

红土地上的又一次革命

在中国人体器官捐献确立的 10 个试点省中，有 8 个在东部地区，江西是中部两个试点省之一。由于地理位置、历史和国家发展战略等方面的原因，东部与中部、西部之间无论是经济基础、发展水平、对外开放程度还是思想观念、民风民俗都存在很大差异。试点省的选择向东部倾斜应该是别有深意。江西作为经济欠发达、思想观念相对传统的地区，试点工作能顺利发展吗？我带着心中的疑问走访了江西省红十字会人道救助服务中心。

从组织架构上看，江西也别有特色。或许是为了让机构运转更便捷高效，2014 年 7 月，当时的省卫计委和省红十字会决定将省人体器官移植技术临床应用委员会与省人体器官捐献委员会合并调整，重新成立江西省人体器官捐献与移植委员会，由副省长任名誉主委，省卫计委主任、省红十字会常务副会长任主任委员。委员会聘请了 45 人作为省人体器官捐献和移植专家组成员。委员会属最高管理机构，负责统一协调和指导全省人体器官捐献和移植的管理工作，研究制定全省人体器官捐献和移植技术临床应用规划，组织专家评估审核医疗机构人体器官移植临床技术能力及管理水平，对人体器官移植技术临床应用及监督管理工作提出意见和建议。组织开展人体器官捐献和移植的法规、政策、技术等培训。

江西省人体器官捐献管理中心也历经了几次改革。2017 年 6 月，改为江西省红十字会捐献服务中心，负责三献（无偿献血、捐献造血干细胞、捐献遗体、器官及其组织）工作。2021 年 6 月，又与人道资源发展中心合并为人道救助服务中心，负责推动无偿献血宣传动员，参与、推动遗体和人体器官捐献的宣传动员、报名登记、捐献见证、缅怀纪念等工作，参与开展造血干细胞捐献的宣传动员、血样采集、信息录入、捐献服务等工作。推动红十字养老服务工作。指导相关的志愿服务队伍建设。

江西省红十字会身处革命摇篮，得天独厚，血脉里的"双红"理念自是非比寻常。他们从保护人的生命和健康根本宗旨出发，从移风易俗、建立健康文明的生活方式出发，将"三救（即救灾、救助、救护）三献"并称为红十字会的"双核"。第一个"核"已普遍被人所接受。在触碰第二个"核"时，他们也曾一度陷入困境。

志愿捐献遗体，用于医学研究、医学教学和医学临床是一项延续生命、造福人类的崇高事业，是社会文明进步的标志。但是，一旦将号召实质性展开问题就来了。江西省红十字会在全省倡导逝世后捐献角膜、遗体，高尚地活着，文明地离去。2000年7月，出台了《关于开展志愿捐献角膜活动的意见》。2001年3月，又出台了《江西省红十字会接受志愿捐献遗体管理暂行办法》，主动将遗体、角膜捐献扛在肩上。2001年12月7日，"江西省红十字志愿捐献遗体登记接收站"在江西医学院正式挂牌成立，江西省接受志愿遗体捐献工作正式启动。

挂牌的鞭炮声刚刚响过不久，还真迎来了一个捐献遗体的人。这人叫蔡维廉，时年62岁，膝下有一上大学的女儿和一个上小学的儿子。他早年毕业于同济医科大学，在南昌市按摩医院工作了38年。1997年2月，老蔡被确诊患了肺腺癌。在经历了最初绝望的折磨之后，老蔡也冷静下来了，人生自古谁无死？都是早早晚晚的事。在屈指可数的日子里，自己还能做些什么？老蔡是学医出身，很快想到了捐献眼角膜和遗体，欲将自己的遗体捐献出来用于医疗科研。可那时候，他也只能是想想，真要公开向社会表达这个崇高的想法，还真找不到一方舞台。2002年春节过后，老蔡的癌细胞已转移到脑部，自知不久于人世，又把自己的想法跟家里人提出来，得到了老伴李淑梅和儿女的理解和支持。李淑梅尽管是南昌市退休职工，但嫁到丈夫这样一个书香门第，耳闻目染，人生境界自是比一般人要高出很多。她说，人死如灯灭。咱姨妈蔡奠华的骨灰不就撒到鄱阳湖里么？你搞一辈子医，遗体捐献给医学院比姨妈的骨灰撒到鄱阳湖更值！老蔡的姨妈蔡奠华在江西是一个了不起的人物，著名的华侨教育家，省侨联名誉主席。老人在遗嘱中要求死后将骨灰撒入鄱阳湖。2002年3月1日，蔡维廉正式填写了江西省红十字志愿捐献遗体申请登记表，4 月 10 日，获得江西省卫生厅的批准，2002 年 4 月 15 日，江西省红十字会将江西省第 001 号《志愿遗体捐献纪念证》颁发给了躺在病床上的蔡维廉。4 月 16 日的《江南都市报》报道了这一历史时刻。蔡维廉拿到纪念证激动地说了一番话："希望在我有幸获得政府颁发的'志愿捐献遗体第 001 号'纪念证之后，会有更多的纪念证依法在社会上相继产生，有助于祖国医学的发展，造福后世。"

江西省红十字会组织宣传处负责人夏晓雯也说过一句很经典的话，2002 年，是我省遗体器官捐献、登记元年。

在南昌市瀛上青山墓园的"江西省遗体器官捐献者青山纪念园"捐献者名录第一个刻上去的名字便是蔡维廉，可这时已经是 2008 年。在蔡维廉的家族里，他和姨妈都没有坟墓。老伴李淑梅一句话让很多人释怀，凭吊是为了记住亲人，我把亲人铭刻在心里。

"志愿捐献遗体第 001 号"既是蔡维廉的幸运，也是江西省红十字会的幸运。在江西捐献者名录里，一直到 2007 年才出现了三个名字。名录五年空白，江西人"一言不发"，不仅说明红十字会的倡导遇到了空前的困境，而且说明禁锢这项崇高事业的传统观念无比强大。

江西的遗体捐献面临着新的机遇和挑战。要冲破传统观念的束缚，首先要了解传统观念，熟谙风土人情。过去的观念现在称之为传统，现在的观念将来也会成为传统。人类就是在不断地吐故纳新中成长。要别人改变观念，首先自己要转变观念。移风易俗和构建新的价值观是一个循序渐进的过程。有人说，从土葬到火化是一次进步，从火化到捐献是一次革命。准确地说，这是一次精神领域的思想革命，如果没有足够的恒心和牺牲精神，同样难以完成这一历史使命。

2007 年，江西省红十字会领导动员爱心企业捐助，在南昌市瀛上青山墓园筹建"江西省遗体器官捐献者青山纪念园"，作为安葬遗体器官捐献者的公墓。2008 年，遗体器官捐献者纪念园竣工。纪念园占地 1000 余平方米，绿树环抱，小桥流水，庄严肃穆，集纪念、观赏功能为一体，为遗体器官捐献者提供了一个花园式的归宿。所有遗体捐献者的骨灰都撒在纪念园中，他们的照片和名字被镶刻在纪念碑上。江西省红十字会每年清明节前后都要在此召开清明追思会，邀请捐献者家属、医学院在校学生和社会各界人士共同缅怀追思捐献者为医学事业所做出的贡献。

好运再一次眷顾江西的人体器官捐献事业。纪念园刚刚竣工，江西事实上首例器官捐献者便走进了纪念园。2008 年 4 月 23 日，景德镇一个 8 岁小孩严宸武在省人民医院捐献了肝脏，挽救了一名肝病重症患者。对这名捐献者，新闻没有报道，只是凭工作人员回忆在省红十字会捐献档案里找到。我再到纪念园查 2008 年捐献者名录，果然有一个严宸武。

2008 年 11 月 5 日，经江西省红十字会批准，江西省红十字志愿捐献者之友协会成立。

2009 年 8 月，中国红十字会总会和原国家卫生部在法律不健全、制度不完备的情况下，也想打破捐献的沉闷局面，商定首先在天津、辽宁、上海、浙江、山东、广东、江西、厦门、南京、武汉等 10 个省、市启动人体器官捐献宣传、动员和器官分配试点，积累经验，摸索一条适合中国自己走的路子。江西省红十字会在遗体组织捐献方面的有益探索和破冰之举备受关注，名列其中。这次试点与 2010 年开展的全国范围内的试点比，只能说是一次"侦察"，或者说是一次"探路"。由于这次试点是在法律依据不足、地方法规缺失、标准和规范不统一，工作中暴露出不少困难和问题，捐献纠纷、侵权事件时有发生，行业秩序也比较紊乱，地下买卖行为屡禁不止，全省的遗体及其器官、组织捐献工作仍然是举步维艰。

然而，在江西这块红土地上，红十字会就像一台播种机，不断地在赣鄱大地上播撒文明新观念的种子。种子到了春天就会发芽，长出幼苗。他们重启了江西人对生命归宿的思考。生命对于每个人只有一次，当生命走向终点时，应该选择哪种方式与世界告别？烧成一盒骨灰埋于泥土或撒于江河，还是将遗体作为礼物献给医学，将器官赠予需要的人？

据《信息日报》2009 年 8 月 27 日报道：江西省自 2007 年 10 月以来，已有 450 人填写了遗体志愿捐献申请登记表，其中 36 人可实施捐献。而遗体捐献有三种情况：一是捐献器官，主要用于救治病人；二是捐献组织，如皮肤、骨骼、眼角膜等，可用于救治病人或医学研究；三是捐献遗体，主要供给医学院校教学使用。据悉，江西 36 名可实施志愿捐献遗体者，仅有 1 名市民 2008 年上半年成功捐献了肝脏，且已成功救治了江西省 1 名市民。时隔一年，《信息日报》在次年的 10 月 25 日又报道，已有志愿捐献登记者近 600 名，实现捐献遗体者 58 名。江西省人民医院今年至今，一共做了 14 例肝移植。来自南昌的许国（化名）在 1995 年发现自己得了尿毒症后，医生建议进行肾移植。他很幸运，两个月就等到了合适的肾源。

从媒体报道来看，当年红十字会的善举已不再是播种那么简单了，而是已经在收获希望。

2010 年 3 月，天津会议重新启动了新一轮试点，江西省再次名列其中。按照全国的统一部署，江西及时拟定了《江西省人体器官捐献实施细则》，确定了人体器官捐献试点工作方案、步骤和方法。2010 年 8 月 27 日，原江西省卫生厅和江西省红十字会共同召开了江西省人体器官捐献试点工作新闻发布会，向全社会宣布成立江西省人体器官捐献委员会，组建江西省人体器官捐献专家组、江西省人体器官捐献协调员队伍。江西省遗体器官捐献一改羞羞答答在后台"吊嗓子"的作风，落落大方地走上了万众瞩目的前台。

同年，江西省红十字会与江西省卫生厅共同筹建"江西省人体器官捐献管理中心"，对外公开聘用工作人员，全力打造一支全部通过中国人体器官捐献管理中心专业培训、持有国家级协调员证书的专门工作人员队伍。

好运其实总是伴随着有准备的人。在江西人体器官捐献试点工作如火如荼展开的第八个月，又迎来了试点后器官捐献第一人。

据《江西日报》2011年4月8日报道，2011年3月22日，在江西一建筑工地工作的53岁农民工宋志明突发疾病，头痛、站立不稳、神志不清、四肢抽搐，伴喷射状呕吐、小便失禁症状。CT提示左侧基底节区脑出血破入脑室、蛛网膜下腔出血。经江西省人民医院抢救治疗，病情无好转，昏迷程度逐渐加深，瞳孔散大，血压下降，生命已无法挽救。3月24日，江西省红十字会的工作人员了解情况后，到医院向家属宣传器官捐献的精神，强调了自愿、无偿的原则。家属了解到有很多患者正在苦苦等待器官移植以求获得新生时，表达了捐献器官意愿，并签署中国人体器官捐献同意书。3月29日，江西省人民医院移植医生本着对捐献者的崇敬心情，对患者高度负责的精神，在捐献者死亡后，成功地为另一位肝硬化造成肝功能衰竭患者进行器官移植手术。江西省红十字会工作人员见证了整个过程，并于手术结束后与家属共同举行了悼念仪式。

2012年9月25日，江西省第十一届人大常委会第三十三次会议对《江西省遗体捐献条例（草案）》进行了一审。据《时代主人》记者潘辛菱在其《初审实记》中说，该法规案引起了人大常委会委员热议，有两个观点都不可否认：一是这个话题看似很远，又谁也说不准几时会与自己的生活发生关联。二是捐献遗体器官是谁都能做到的一种崇高的生命救助行为。

起草小组根据人大常委会委员提出的意见进行了再次修改。2012年11月30日，《江西省遗体捐献条例（草案）》高票通过了江西省人大常委会第三十四次会议的二审，并定于2013年3月1日颁布实施。《条例》明确了江西省红十字会在捐献工作的宣传动员、报名登记、捐献见证、救助激励、缅怀纪念五项职责，并突显了江西遗体捐献、器官捐献、组织捐献"三位一体，共同发展"的特点。

春天看似来了，却免不了来几场倒春寒。截至 2014 年，江西共发展登记遗体器官捐献志愿者 1600 余人，成功捐献遗体和器官组织者达 215 人，其中器官捐献 7 年仅成功 17 例（肾脏 29 个、肝脏 16 个）。这对于 4500 万人口的江西来说，无疑是杯水车薪，于医学和人道的实际需求也相距甚远。

地面上的"市场"冷冷清清，地下"市场"却"春意盎然"。从当年南昌市青山湖区人民法院审判的南昌市一起特大组织贩卖人体器官案来看，在 2011 年 10 月至 2012 年 2 月期间，以陈某为首的 12 名成员招募和"圈养"供体近 40 人，先后对 23 名供体进行肾脏摘除手术。团伙成员通过组织贩卖人体器官非法获利达 154.8 万元，其中陈某一人的犯罪所得就达到 43.5 万元。

红十字会一名工作人员告诉记者，他就曾在某次捐献过程中碰到过非法贩卖器官的人。他们当时自称是广东某医院的工作人员，但无法提供有效证件。4 个五大三粗的男子一到医院，便直接去骚扰捐献者家属，威逼利诱，毫无顾忌。红十字会工作人员只好跟家属寸步不离，不给非法分子有任何可乘之机，才最终完成了捐献。

从全国来看，非法贩卖器官的案件不在少数。他们依附于中介人之间的网络，由年轻的卖肾者、医院承包商、逐利的医护人员组成一条完整的地下器官交易链条。这一非法链条的存在，源于器官市场供需间的巨大缺口。

造成遗体器官捐献"倒春寒"更主要的原因应该还是传统观念。传统观念的改变不是改变某一个人，而是要改变一群人。有时候一个人愿意捐献，但只要亲属中某一个人不同意，便全盘否定了。志愿者生前签了捐献协议书，死后往往是不了了之。如九江曾有一小女孩，父亲生前签有角膜捐献协议书，小女孩和她母亲也表示同意。但当捐献接收站工作人员前去取角膜时，受到小女孩的舅舅阻拦。舅舅说，死都不能留全尸是大不敬。几经劝说无果，工作人员只好放弃。

观念改变也要用时间去换空间。

为规范人体器官捐献工作管理，切实贯彻好《条例》，江西逐步形成了一套较为完善的制度和流程。2015 年，出台了《江西省遗体捐献管理办法》《江西省生命光彩基金管理办法》。截至 2021 年底，生命光彩基金共救助 898 户遗体器官捐献者家庭，发放慰问金和救助款 4441 万元。2017 年，江西省红十字会与原省卫计委联合下发了《关于做好全省遗体器官捐献宣传工作的通知》。2018 年，出台了《关于道路交通事故受害人死亡捐献遗体的若干意见》《江西省遗体捐献见证制度》《关于参与开展遗体器官捐献见证工作的通知》。2020 年，出台了《关于促进全省遗体捐献事业健康发展的意见》。

2016 年 4 月 1 日，爱心企业西山万寿陵园有限公司捐建的江西省遗体器官捐献者西山纪念园正式投入使用，这是江西省红十字设立的第二座纪念园。

截至 2018 年 3 月 30 日，全省捐献志愿者登记突破 5000 人，实现遗体捐献 549 例，其中器官捐献 215 例，捐献大器官 641 个，挽救了 642 条垂危生命。角膜捐献 614 个，让几百名患者重见光明。

截至 2021 年底，全省遗体器官捐献志愿者登记累计 107912 人，成功实现遗体、器官和组织捐献 1521 例，其中遗体 417 具，器官 977 例（大器官 2876 个），眼角膜 1013 个。十多年来，417 具遗体与现代医学相遇，1879个肾脏、933 个肝脏、34 个心脏、30 个肺脏和器官衰竭患者相遇，1013

个眼角膜和失明患者相遇，2800 多个即将枯萎的生命完成了生命重组，1000 多个黑暗的世界重现光明。江西人体器官捐献例数列全国第九位，跨入了中国人体器官捐献第一方阵。

江西人体器官捐献者在默默无闻中完成了一个又一个爱的传递。这种爱如火山熔岩，静默而又炽热。

第三章　人道救助服务中心

五百次亲历生离死别

人道救助服务中心是江西省红十字会"三献"工作的协调指挥中心。

主任田丽春是中心的"大姐大",别看人长得柔弱秀气,却是一个快言快语做事干练的女强人。初到中心,她三言两语便将我几天的行程安排妥当了。她有两位副手,一位是张知璜副主任,为人沉稳,言语不多,工作严谨。听说还有一位美女副主任张志恬,分管干细胞捐献和无偿献血,可惜无缘得见。

张知璜副主任分管人体器官捐献,我在接下来的采访中便是与他朝夕相处。

中心工作人员不过十余人,所有人都很忙,加班熬夜是家常便饭。忙还不是他们工作的主流,主流是亲历生离死别。中心的工作人员谁没有亲历过百十次生离死别!

然而,当王玮说她见证过五百多例人体器官捐献时,我还是大吃一惊。五百次直面生死,五百次在撕心裂肺痛哭中煎熬,五百次感受生命在绝望中挣扎，内心要多么强大才能承载这一切？

王玮 1986 年出生，是服务中心年轻人中的大姐，人长得很漂亮，说话语速很快。她毕业于南昌大学医学院护理专业，原是解放军九四医院的护士。2007 年 10 月，王玮或许是想逃离"护士"这个天底下最辛苦的职业，调进了江西省红十字会，从事遗体捐献工作。她原以为这是一份很轻松的工作，没想到从此走进了别人的丧亲之痛，一次次被哀伤吞噬。

在此之前，遗体捐献是由江西医学院来做。他们很少去宣传，也没有那么多捐献的程序，更没有人文关怀之类的仪式。有些市民想捐献遗体都找不着地方。江西省红十字会接手这项工作之后，医学院便将他们从 2001 年以后陆续来申请志愿捐献遗体的二百多份登记表，一股脑儿移交给了江西省红十字会。

王玮到新单位的第一件事就是按登记表上的通讯方式一个一个打电话，重新核实信息，对接志愿捐献者。一通电话打下来，有 3/4 的捐献者已经联系不上了。那时登记的都是固定电话，因时间间隔太久，电话升级，很多电话都是空号。最后好不容易联系上了 50 多位志愿捐献者，她如获至宝，一户一户上门走访，确认志愿有没有改变。然而，她多数时候是失望而归。

那时候，一年全省遗体捐献也就是一两个。很多人即便是死在医院，还要央求医生给死人戴上氧气包，用救护车送到村里，意思是人还未死，运回老家才辞的世。这就江西的死亡风俗。人若是在外面死亡，冷尸进村是很不吉利的一件事，村里人会群起而拒之。人死要入土为安，更谈不上将遗体捐献出去。

为了加大对遗体捐献宣传力度，12 月份，红十字会在南昌滨江宾馆召开了一个新闻发布会。

王玮在服务中心的分工是联系全省人体器官捐献协调员，同时担任中国人体器官捐献案例报告系统管理员。

王玮通过登记系统发现三个很有意思的现象：一是每当开展一次宣传或进行纪念活动，系统的登记量就会迅速攀升。二是在江西 10 万+的人体器官捐献志愿者中，有 85%以上的志愿者是在沿海经济发达地区的打工仔，他们常年在外，渐渐摆脱了江西农村旧观念的束缚，接受了相对前卫的新思想。三是登记的志愿者又是年轻人居多，40 岁以下的志愿者占 90%，40 岁以上的志愿者只占 10%。年轻人中又以 30 岁以下的为主。因此，红十字会有相当一部分工作是通过宣传，不断地剔除国人根深蒂固的旧观念旧风俗，用人道主义的生死观和至真至诚的爱去影响一代人，为当下乃至未来作资源储备。

2019 年 3 月 26 日，江西省红十字会在南昌市遗体器官捐献者西山纪念园举办的"生命如花——2019 年江西省红十字清明莲丝会"，来自全省各地的遗体器官捐献者家属、捐献志愿者、社会爱心人士 400 多人参加了这次缅怀活动。莲丝会通过捐献者亲属的讲述，一次又一次震撼着听众。2018 年 5 月，江西鹰潭周小燕年仅 16 岁的儿子李嘉林因车祸不幸遇难，悲痛中的周小燕和丈夫选择了捐献爱子的遗体器官。周小燕说："我通过这种方式使儿子的生命得到延续，感觉他从未离开。儿子帮助了别人，别人就会帮儿子实现未完成的梦想。"

同样是 2018 年，杜佳萍的丈夫周振华因意外脑死亡离开人世。在生命的尽头，杜佳萍将丈夫的一对眼角膜、肝脏、心脏和双肾捐献出去，"重启"丈夫新的"人生"。44 岁杜佳萍有两句话让人动容，一句是"至少丈夫的器官还活着，让我下半生有个牵挂"，一句是"丈夫生前乐意助人，病重期间又得到许多好心人帮助，捐献的器官是他留给世上最好的礼物"。与其说是"重启"了丈夫的"人生"，不如说是重启了杜佳萍的人生。死者已矣，活着的人终究要走出哀伤。走出哀伤需要一个理由，这就是天底下最高尚的理由，也是最至情至性的理由。

王玮和红十字会的团队每年清明节前都要围绕一个主题，开展不同形式的纪念活动。江西的志愿者登记量和人体器官捐献量能在一个极短的时间内迅速上升，说明他们的努力取得了巨大的成功。

王玮是江西省红十字会第一批通过全国培训考试获取资格的协调员，她的编号是Z36001，人称她是红十字会"首席"协调员。作为协调员，要见证人体器官捐献的全过程。这是一个充斥着伤痛的过程，也是一个铺满悲惨的过程，更是一个情感倍受煎熬的过程。

王玮最开始接触这份工作，遇到最多的是拒绝和不理解。随着见证案例的增加，渐渐觉得这没什么。拒绝或不理解，她便用不着经历情感上的折磨。只有她的情感与失去亲人的家属一起在绝望和痛苦中挣扎时，才是最难熬的时候。王玮说，对自己参与的案例，她总能清楚地算出捐献者的捐献可以救治多少人，"这是我坚持的动力！"

2021年11月份，王玮一个人见证了十多个捐献案例，一个月几乎都浸泡在哀伤中，人的精神也几乎到了崩溃的边缘。如有一个小孩，父母都是大学教师，江西引进人才，年龄与她相当。小孩在家里由外婆照看，吃龙眼时堵住了气管，在医院没抢救过来。王玮见证了这个小捐献者之后，几天都没有从小孩的死亡阴影中走出来。她也有一个这么大小的孩子，在情感上她无法面对这花蕾一样的小生命过早凋谢。有时甚至在梦里将这孩子当成了自己的孩子，醒来时惊出一身冷汗。她老公说，实在觉得压力大就别做了。她也说，真不想做了。但当她回到单位，进入工作快节奏模式，潜意识里那点可怜的惰性随之抛到脑后。

江西萍乡有这样一位老人，他叫徐明光。多年前，他收养了一名遗弃儿，叫高游。高游患有脑瘫。收养高游给徐明光一家带来了巨大的经济压力。为了给高游治病，徐明光花光了家中所有的积蓄，妻子与儿子都不理解，他被迫去外地打工。高游的去世，让徐明光老人竹篮打水一场空。老人最后决定捐献了高游的遗体和眼角膜，这或许是他精神唯一的寄托。他虽然没救活这个"弃儿"，却在人世间留下了一片光明。面对这样一位背负苦难和辛酸的老人，王玮的情感世界又如何能做到波澜不惊呢？

2018年2月27日凌晨，王玮接到来自吉安的一个电话，井冈山大学附属医院ICU有一个小男孩，因在家中洗澡时不幸发生一氧化碳（煤气）中毒，当时心脏骤停，后被家人送到医院抢救，心跳虽然恢复，但是出现缺氧缺血性脑病，经南昌大学第二附院神经内科脑死亡判定专家鉴定，已经出现了脑死亡迹象。这是一例潜在的器官捐献者。一大早，王玮邀上协调员李勇急匆匆往吉安赶。

小男孩的父亲老周是一名货车司机，走南闯北，对遗体器官捐献有所了解，家里人也从新闻上看到过遗体器官捐献的报道，对人体器官捐献不反感。王玮到了ICU病房，与小男孩的家里人进行了一番交流后，没花费太多周折便得到了他们的认同。老周是一个爽快人，还为小男孩捐献找了不少"理由"：孩子住院后，他外甥女为孩子在网上搞了个爱心筹款，得到了很多人帮助，让他感动。许多陌生人对孩子帮助很大，孩子要走了，就让他以这种方式回报社会吧。或许有人说，我这个做父母的很残忍，走自己的路，让别人说去吧。我们每个人都是社会一分子，只要人人为社会都贡献一点，社会才会更美好。起初家里的亲属有顾虑，我说，我们问心无愧！

多么开明而又富有爱心和社会责任感的父亲。王玮面对这样的亲属往往会油然而生出一种愧疚感。尽管自己不欠他们什么，但我们的社会和医学事业欠他们太多，他们应该得到社会更多的关爱！王玮恰恰什么也做不了，只能陪他们一起悲伤，一起流泪。

脑死亡判定要进行两次，中间间隔12个小时。中午12点，年仅14

岁的小男孩生命画上了句号。在医生宣布孩子脑死亡后，父亲老周和家人都痛不欲生，但还是含泪签下了《遗体器官捐献自愿书》，小男孩捐献了一肝两肾和一对眼角膜。当晚，小男孩捐献器官和组织被送到南昌大学第二附属医院，移植科医生为3名重症患者进行了器官移植。其中肝移植受者是一个肝衰患者，如果没有小男孩捐献的肝，他的生命最多超不过7天。肾脏移植患者也是两名严重的肾衰竭病人，每周要进行两三次血透才能维持生命。

王玮劳累奔波一整天，身体上的疲惫和情感上的负重让她不愿多说一句话，只想回家好好睡一觉，用睡眠去修复昨天的伤痛。然而，当听说她已为三条濒危患者打开生命通道，又精神抖擞起来。

她对我说，她想用一句话来纪念遗体器官捐献者：这个世界，他们曾经来过，他们从未离开。

王玮见证过的五百多例人体器官捐献者，一直住在她用真情构建的天堂，百般呵护，定期祭祀。以此来纪念这些平凡而又高尚的草根英雄。这就是一个普通的红十字会工作人员的内心世界。

播洒生命阳光的"信使"

当一个人的生命之路突然被黑沉沉的迷雾一点一点地吞噬的时候，他最渴望的是有一束阳光驱散迷雾，照亮脚下的道路。

单若毅就是一个播撒生命阳光的人，他总能给绝望人生送来一张健康"通知单"。

单若毅也是80后的年轻小伙子，皮肤白净，浑身散发着青春活力，乐呵呵的脸上总是充满阳光。他在人道救助服务中心已小有名气，先后荣获"全国优秀人体器官捐献协调员""江西省红十字博爱大使""第二届赣鄱慈善奖优秀慈善工作者"等多项荣誉。

2008年，单若毅在南昌大学医学院抚州分院临床医学专业毕业。学医是他的第一次人生选择，或许有着很强的自主意识。当他走出校门时，却觉得前途一片迷茫。是留在老家抚州老老实实做一个医生，还是到一个更高的平台寻找机会？人生往往是赢在起点上。

就当他在人生的十字路口徘徊不前的时候，一个同学给他指了一条出路，江西省红十字会有一个招聘。单若毅在南昌出生，在南昌长大，南昌才是他记忆中的故乡，抚州只是籍贯而已。南昌又是省会城市，等待他的机遇肯定会更多。他心动了，这一应聘，竟然成功。他进入了干细胞库管理中心，成为红十字会下属单位一名没有编制的合同制职工。

人生在某个起点上看似道路很宽，且有很多种选择，但一旦做出了选择，这条路就可能是你的终身选择。单若毅选择了红十字会，进了干细胞库管理中心，从事遗体捐献工作，就等于否定了他第一次选择，告别了治病救人的医生职业。他这一干就是14年。路虽然没有再给他选择的机会，但并不影响他人生的高度和宽度。

他从2008年至2010年两年多的时间里，一直是没日没夜跟遗体打交道，见证遗体和组织捐献。他当时也是懵懵懂懂，为什么有这么多人愿意捐献遗体？他们不要安葬吗？不要家里人四时祭祀吗？捐献的时候，大多是死者生前要捐，死后家属又哭哭闹闹说，我们是不同意的，但是还得尊重死者的意愿。

2010年至2012年，人体器官捐献试点开始之后，江西陆续出现器官捐献。在单若毅见证的三例器官捐献中，起步也是一波三折。

第一例是在江西省人民医院。一个二十岁的女孩因生小孩，出现呼吸衰竭即将死亡。女孩属未婚先孕，只需女方父母首肯就可以进行器官捐献。女方父母确认签字，医生做肝、肾器官获取手术，前面各个环节进展都很顺利，正准备将遗体运往殡仪馆火化。突然，从浙江赶来的女孩表姐说，这种捐献是骗人的，说是说取肾脏，说不定趁我们没注意，把心脏等其他器官都掏空了。这项工作全国还是刚刚启动，里面有名堂，医院说不定将表妹的器官拿出去卖钱，这些人说不定都拿了医院的好处。一切都是"说不定"，表姐却说得有鼻子有眼，不得不引人生疑。单若毅正与同事们在处理死者的后事，表姐向当地派出所报了案。报案的理由是医院多取了器官，拿死者的器官去买卖。派出所出警，启动调查，将省红十字会在场的领导、单若毅、医院方和捐献方都带到了派出所，火化流程暂停。单若毅代表江西省红十字会出具了见证的有关手续，在派出所待了半天，总算消除了一个天大的误会。为了完全消除家属的疑虑，遗体在两天之后才火化。

第二例在南昌大学第二附属医院，捐献者是南昌市郊区一位40多岁的男性，脑出血导致脑死亡。捐献者配偶是一个精神病患者，还有一个十多岁的男孩和体弱多病的母亲，家庭情况惨不忍睹。不仅死者无钱安葬，家庭未来生活更是难以为继。死者老婆在精神病医院住院，无法沟通，单若毅联系到了他的母亲和小孩。捐献方不是人有多高尚，而是冲着政府人道救助才做出捐献决定。捐献流程同样进展很顺利，器官也已移植到患者身上。然而，死者的亲戚和村里人却蜂拥进城，声称死者值一百万的器官，却只拿到了几万块钱的报酬，这是欺负他们孤儿寡母，骗他们签的字。那年江西的器官捐献条例还没出台，人道救助也还没有规范，但也绝不是村民信口开河的一百万。村民在医院和红十字会静坐了很多天。弱者的煽情更容易博取人们的同情。村民这么一闹，整个南昌城都沸沸扬扬。后来，红十字会和医院、死者家属坐下来，反复沟通协商，告诉村民，器官捐献是无偿自愿，不是器官捐献买卖。最后还是以追加三万元救助才平息这一事件。

因为立法的滞后，让人体器官捐献举步维艰。

第三例在南昌大学第一附属医院。这一例是企业下岗工人替自己的小孩做出的器官捐献。小孩 12 岁，独生子女，中学生，先天性脑血管畸形，在校读书时突然晕倒。小孩突然病倒无疑给本来就十分艰难的家庭雪上加霜。孩子住院期间花费的十多万元一是靠亲戚朋友东拼西凑，二是靠学校、新闻媒体发起的社会救助。小孩脑死亡五天之后，父母终于接受了孩子救不回来的现实，主动做出了器官捐献的决定，他们唯一的理由是，孩子得到了社会帮助，他们要替孩子还这份情！

这对父母之后的几年都与单若毅保持着电话联系。因为年龄的原因，他们一直没有生育，也曾想过领养一个孩子，但终究没有成功。这对父母给单若毅打电话，单若毅就知道，这是想孩子了，他便耐心地听他们诉说心中的苦闷，把他们逗乐了才放下电话。

这三例器官捐献不仅见证了江西器官捐献走过的艰难历程，也见证了江西人对人体器官捐献认识的全过程。人不是一开始就高尚，而是在朝人类目标不断攀登的过程中变得越来越高尚。

2013 年，《江西省遗体捐献条例》出台，捐献工作得到进一步规范，江西的人体器官捐献逐步进入了快车道。

人体器官捐献协调员的前身叫"劝捐员"，"劝"有误导之嫌疑，影响到自愿的初衷，按国际惯例，改为"协调员"。

就人体器官捐献协调工作而言，单若毅先后成功协调了几百例人体器官捐献，帮助上千名患者重获健康。一边是死，一边是生，他充当死与生之间的"信使"，传递生命，传递大爱。他虽然自己没有直接拿起手术刀，却不断给重症患者创造活下去的机会，又没有背离他救死扶伤的初衷。

在现有的器官捐献案例中，大部分都是发生意外临时发起的捐献。即便是捐献者本人生前曾经做过器官捐献志愿登记，也已没办法表达意愿，需要直系亲属同意捐献。对器官捐献协调员来说，就是把捐献请求说出口都异常艰难，遭遇拒绝是常有的事，甚至不到最后一刻，都不知道最后结果。

2014年，江西赣州崇义县有一个捐献案例让单若毅念念不忘。捐献者有两个尚未懂事的孩子，一个5岁，一个8岁。刚见到单若毅时，以为他是医生，双双抱住他的大腿，哭着喊，救救我爸爸！单若毅被两个孩子弄得一句话都说不出来，更别说提捐献请求。最后是捐献者的哥哥说服所有亲属，才签字同意捐献。单若毅对两个孩子说，虽然救不了你们的爸爸，但是我可以帮助你爸爸成为活在别人心目中的英雄！也许两个孩子暂时还不懂这句话的含义，但英雄的爸爸肯定将影响他们的一生。

生死原本是不可协调，但现代医学和红十字会的"人道、博爱、奉献"把不可能变成了可能。当一个生命终止时，选择用什么样的方式和这个世界告别，都不可能十全十美。身体完整了，理想或许有遗憾了；身体残缺了，灵魂却得以永生。

2014年是江西人体器官捐献的转折之年，无论是从江西人的观念，还是实际捐献的数量，都可以看出这种大反转。从人体器官捐献纪念园捐献者名录上看，2014年名单达到了一个高峰。从实际情况看，工作体制和工作条件跟不上老百姓的观念转变。

2014年9月10日的《江西晨报》报道，一名年过七旬的老大爷致电本报称，我和我的老伴年事已高，希望在死后能为社会做点贡献，把身上有用的器官捐献出去，但是根据朋友提供的地址找了三四次都没有找对地方。随后，记者根据老人的描述，来到省政府大院西二路，在一栋老旧的大楼里找到了省人体器官捐献管理中心。而事实上管理中心只是省红十字会自己成立的一个机构，无级别，无编制，也无正式身份的职工，人手更是严重不足。当时管理中心的工作人员包括一名实习生才6个人，其中还有两名新进人员，一人正在休产假。依靠这样一支队伍开展全省的遗体器官捐献，工作量是难以想象的。他们一般每天要跑两个县区，联系各家医院，宣传遗体器官捐献政策，获取志愿者信息。遇有志愿者捐献，便立即前往。按照器官获取要求，器官捐献必须由省红十字会指定两个协调员现场全程监督，而管理中心包括单若毅在内也只有3名协调员。在具体工作中，工作人员由于身份的原因，还往往遭遇一些捐献者家属的质疑。同时，资金也是一个大问题。宣传需要钱，人道救助也需要钱。中国人体器官捐献管理中心下拨的10万元宣传费用也只是杯水车薪。在南昌，一条比较好的公交线路投放广告，一辆车一年的广告费就在10万元以上。他们只好退而求其次，选择花钱少的医院做广告，再就是靠自己两条腿一张嘴一个县一个县去宣传。江西省红十字会和原省卫计委设立了生命光彩基金。单若毅就曾建议，应借鉴浙江等省的经验，由政府牵头将多个部门联合起来出台人道救助系列政策，公安、交警、殡葬管理等相关部门应相互配合，统筹全省资源，而不应是卫生部门和红十字会演"二人转"。

单若毅曾到鹰潭做过一例遗体捐献见证。捐献者是一位60多岁的女人，生前也做过遗体捐献志愿登记，也交代子女要捐献遗体。因医院没有太平间，子女只能将遗体运至殡仪馆，同时联系了江西省红十字会。单若毅从南昌赶到鹰潭，办完了一切见证手续，殡仪馆却不让拖遗体出来，理由是怕家属抬尸闹丧。单若毅又联系鹰潭红十字会，红十字会人来了还是不行，最后逼着家属写了"保证书"才放行。一群善良的人遭遇官僚的条条框框，也不得不低下高贵的头。

些许泥泞阻止不了江西人迈向文明的步伐。同样是在2014年，江西的第一例心脏捐献诞生。捐献者刘婧瑶是吉安县一位年仅3岁的小女孩，父母在外打工维持一家人的生计。主动联系红十字会捐献的是刘婧瑶的爷爷奶奶。爷爷联系单若毅时说，孙女这么小就遭遇不幸，我们想为她做点好事，也不白来这世上一趟。多么质朴的中国农民，又是多么温暖的红土地语言。刘婧瑶患有脑髓母细胞瘤，生命不可逆转。为了顺利完成捐献，单若毅联系了江西省人民医院器官获取组织，医院第一次评估，刘婧瑶还能说话。三个月后，刘婧瑶陷入昏迷状态。第二次评估，刘婧瑶已经脑死亡，可以捐献。刘婧瑶父母回家后，也同意爷爷奶奶的选择，刘婧瑶捐出了自己的肾脏和心脏。

单若毅与这一家人的缘分还不止于此。刘婧瑶的父母只生了这一个孩子。刘婧瑶去世后，母亲也一直没怀上孩子，便想做试管婴儿。在省妇幼保健院，他俩又遇到了单若毅的爱人钟媛。钟媛就在妇保院辅助生殖中心。钟媛听说他俩的孩子捐献器官是单若毅作的见证，感慨万千，便全力以赴帮助他俩生下了一个男孩。他俩再见单若毅时，刘婧瑶的母亲说，我现在相信好人有好报！单若毅问，为什么这样说？女孩母亲说，女儿出殡那天，天突然放晴。又说，如果好人没好报，为什么又让我遇到你的爱人。这位母亲现在已经是两个孩子的妈妈。

也是从这时候开始，单若毅夫妇"一个见证死亡、一个见证新生"成为红十字会的佳话。

单若毅的协调员编号是 Z36003。在他从事遗体器官捐献的十多年里，曾在去见证捐献的路上发生过三次车祸，他心里装着捐献者亲人太多悲伤，一度让他无法坚持下去。他不止一次问自己，我为什么还要坚持？但最后都被捐献者背后的故事感动，放弃了那点自私的想法。

上饶玉山县有一对 60 多岁的夫妇，夫妻俩都身患绝症。2015 年，丈夫去世，生前留下遗言，要捐献遗体器官。单若毅刚到现场，死者的妻子扑通一声跪在单若毅面前，要他照顾好自己的丈夫。为了人生一段情，一个 60 多岁的老人给一个可以当孙子的小伙下跪，这一跪是多么沉甸甸的责任！第二年，妻子也去世了，见证捐献的仍然是单若毅。妻子的女儿悄悄告诉单若毅，两位老人是再婚组合，他们都曾经失去过自己的爱人，再婚之后彼此十分珍惜这样的组合，没想到命运弄人，又都得了癌症。感叹命运不公，才相约捐献遗体器官，为医学做最后一点贡献，又或许是想用爱去照亮来生！面对这些捐献者的寄托，单若毅还敢放弃这份责任吗？

江西省人体器官捐献管理中心几经改革，终于有了自己的名字——人道救助服务中心，也有了自己编制、全额拨款和专业队伍。2021年，13年无正式身份的单若毅通过了江西省事业单位公开招聘考试，正式录用为江西省红十字会事业单位工作人员。一个播撒生命阳光的人前途也充满了阳光。

用爱去呵护爱

2014年7月，中国"四大火炉"城市南昌已经进入了最炎热的季节，炽热的阳光恨不得把大地所有的水分都挤压出来，尽收囊中。在省政府大院西二路的一栋陈旧的大楼里匆匆走出一行人，逃也似的钻进车里。就在他们与阳光亲密接触的一会儿，一层细密的汗珠已浸湿了衣衫。

一个浓眉黑发的小伙子问，这是去哪？

一个领导模样的人说，萍乡湘东区。

小伙子显然是被临时安排来的随行人员。小伙子叫李勇，是刚来的实习生，90后，南昌人，井冈山大学新闻学专业在校学生。学新闻的第一个基本功就是要善于与人打交道。李勇到人体器官捐献管理中心实习是毛遂自荐。他通过短暂的交流便让领导觉得中心缺少一个专业的宣传员，并把他留了下来。这其实也是他给自己安排的一次"实习"。

李勇平时的话不多，而当他进入了"记者"或者"宣传员"的角色，便滔滔不绝起来。上车不久，他已从领导口中了解了此行的目的和全部安排。他们要去见证一个 8 岁小孩的器官捐献。因为是第一次接触器官捐献，他不敢多说一句话，力所能及地为同事搞服务。他亲眼看见了器官捐献的全过程，内心一次次被震撼。小孩的父母都是 30 多岁的农民，精神完全是萎靡的，瘫坐在椅子上，不时地掩面哭泣。捐献签字确认流程结束，小孩已经被推进了手术室。那时李勇还不能进手术室，只能与家属在外面等待。获取手术需要一段时间。出于专业的习惯，李勇还是忍不住对小孩父母心灵进行了一次探寻。

李勇问，你们怎么想到要捐献孩子的器官？

小孩的父亲看上去很憨厚，眼睛与李勇对视了很久才说，我在电视里看到的。

李勇追问，看到电视就想捐吗？

小孩的父亲又是一阵沉默，后来叹了一口气说，辛辛苦苦把孩子养了这么大，突然要走了，什么都不留下，我不甘心，就是想留下一点念想。

李勇找到了他想要的新闻视点。既然一切都无法挽回，也许这是最好的选择。他突然产生了一个想法，这里或许能成为自己就业的一个方向。

一个多小时以后，李勇有事找同事。刚到电梯口，电梯门开了，两个穿白大褂戴口罩的医生抬着一个黄色的袋子走了出来。李勇觉得黄色的袋子怪怪的，又想不出是什么，脑子里出现了两秒钟空白才反应过来，黄色的袋子里应该是捐献者。李勇顿时肃然起敬，朝即将消失在走廊尽头的黄色袋子深深鞠了一躬。这个动作后来成为他见到捐献者一个习惯性动作。对于捐献者，他什么都做不了，也只有这种方式才能表达他的尊重和敬意。

如果第一个案例仅仅是给了他一个念头，那么经历 2016 年的一件事之后，他便铁心待下来了。

实习的时间很短暂，之后李勇便要面临就业。他一时也没找到就业去处，人体器官捐献管理中心也需要他，他便留了下来，正式成为中心的一名聘用职工。

仍然是一个炽热的夏天，李勇与同事来到上饶县人民医院 ICU，见到了一位叫张文燕的大姑娘。张文燕之前一直在浙江衢州创业，无暇顾及自己的终身大事。就在她 29 岁那年，不幸降临在她身上，身体检查已是癌症晚期。她不得不放下事业，回到家乡。她时日无多，对人生已心灰意冷，却有一个执念，捐献她一切有用的器官。家里人死活不同意。她开始是跟家里人闹，后来又跟自己闹，绝食，不吃药，甚至拒绝治疗。家里人为了稳住她的情绪，口头上应允了她。到了临终之前，她仍然有清醒的意识，要家里人通知红十字会过来，先做志愿捐献登记。李勇是因为登记才过来的。

张文燕是李勇那时候唯一见过有清醒意识的捐献志愿者。李勇推开门，见一个姑娘低着头坐在病床上，身上插满了管子。姑娘见有人进来，抬起头，正好看到李勇的胸牌。姑娘已经被病魔折磨得没有一点青春的色彩，皮肤蜡黄，骨瘦如柴，眼窝深陷，目光无神。

然而，当她看到李勇的胸牌时，眼睛突然发亮，虽然不能说话，但那眼神似乎是在问，你们是红十字会的？李勇朝姑娘点点头。李勇将志愿捐献的登记材料填好后，让家属签字。姑娘的哥哥拿起笔就是无法落下。

他用眼睛盯着妹妹，似乎在说，真的要签吗？

妹妹也用同样的眼神看着哥哥。

哥哥又走到妹妹的床前用央求的口吻反复说，妹妹，咱不捐好不好？

妹妹一直看着哥哥，眼里甚至藏着淡淡的怨恨，似乎在说，哥，你真狠心，妹妹最后一个愿望你都要拒绝吗？

哥哥实在是受不了，最后才带着哭腔说，好，好，我签！

张文燕的母亲在一旁一句话都不说，只知道流眼泪。

李勇原以为张文燕一时还难以达到捐献状态，人还能坐起来，有自己的意识。没想到，就在第二天凌晨，李勇接到医院的电话，张文燕已经达到捐献状态。张文燕或许是为了等待一个愿望的实现，用最后一丝意念在支撑着生命。家里人同意了，法律文书也签了，她就可以安心地离开她无限留恋的世界。

张文燕的捐献意愿是全捐，但因为病情的原因，最后却只捐献了肝、肾和眼角膜。

张文燕如此强烈的器官捐献意识深深触动了李勇，他无法知道张文燕内心到底在想什么，只知道在她不幸的躯体内蕴藏的美好愿望和爱无法用一篇新闻装下。而红十字会所从事的事业恰恰能让无数不幸的人在这里找到幸运。就在这一年，李勇下决心参加了江西省红十字会事业单位招考，正式成为江西省红十字会的一员。

阅历是人生最好的老师。年轻的李勇在红十字会一直在努力阅读捐献者的人生来增长自己的人生经验，提升自己的人生境界和品位。

在九江市湖口县张青乡张青村有一位年轻的母亲，叫付雄英。她将一生浓缩在 29 个春秋里，在生命最后时刻，如烟花般灿放在赣鄱上空。

付雄英有一个哥哥和一个姐姐，她是家里最小的孩子。付雄英自小就聪明乖巧，事事为别人着想。一个农村家庭，要养活三个孩本来就不容易，再要送孩子读书就更难以承受。付雄英读到初中毕业，便再也不肯去上学，她要把上大学的机会让给哥哥和姐姐。只有她辍学，出去打工，哥哥和姐姐才能完成学业。为什么是她辍学，而不是哥哥或姐姐？没人知道，或许是她浓缩了人生的缘故，过早读懂了生活的艰辛。

付雄英随村里人出去打工，赚的钱除了大部分寄给家里贴补家用，还要寄一部分钱给哥哥、姐姐，甚至打工来去的路费都不留给自己。来去的车票是朋友买，上班发了工资就还。直至哥哥姐姐都大学毕业了，她的口袋里才能见到钱。

付雄英不是不愿读书，反而非常想读书。为了弥补她未上大学的遗憾，她在工作之余，选择了一所成人大学，半工半读，学完了全部的服装设计专业课程。

然而，不幸还是降临在这样一个善良的女孩身上。2013 年 11 月，她在浙江宁波打工时，发现左肩出现肿块。医院诊断为肩胛骨软骨肉瘤，前后做了两次手术，病情才稳定下来。命运看似是跟她开了一个玩笑。她也重新拾回了对未来生活的自信。2015 年，付雄英还找到了自己的爱情，并很快步入了婚姻的殿堂，接着又怀上了孩子。幸运接二连三地敲门，让她有些喜出望外。尽管怀孕期间肩胛骨软骨肉瘤有复发的苗头，医生建议尽早剖宫产，她还是决定先足月生下孩子再去治疗。女儿出生了，她的癌细胞也在全身扩散。为了给付雄英治病，丈夫花光了家里所有的积蓄，还背了 15 万元的债务。

饱受磨难的付雄英虽说无法看淡生死，却也没有因为绝望而消沉，她还经常萌生一些奇奇怪怪的想法。如她每天看到医院挤满了病人就想，为什么不能让他们的病痛都给我，我已经这样了，再多几种病又能怎样？又如她跟医生说，想捐献自己的器官。医生劝她，别胡思乱想，你的癌细胞已经转移，器官作用不大。她说，那就捐献遗体，搞医学研究。后来，听说眼角膜不会受癌细胞影响，又要捐眼角膜。

付雄英的这些想法首先遭到她母亲的坚决反对，家里人也都不同意她捐献遗体和眼角膜。付雄英遭受的苦难太多了，都希望她最后能安详而又完整地离开。

付雄英并不是心血来潮。这时的付雄英已经回到家里，躺在床上，几乎与外界隔绝。面对家人的反对，一贯乖巧的付雄英又不可能像上饶的张文燕那样做出过激的行动。她在耐心说服无效的情况下，辗转联系上了湖口县政协的刘淑敏，通过她又联系到县红十字会，再由刘淑敏带着县红十字会的工作人员上门为付雄英做了采血和登记。

付雄英虽然是一个纯粹的农村妇女，却也是一个有文化有见识的农村妇女。她把这种登记当作她有清醒意识时最后履行的一种仪式，就像一名共产党员的入党宣誓。她在《九江市志愿捐献遗体（组织）申请登记表》庄重地写下了她的"誓言"：

我自愿将自己的遗体（组织）无条件捐给医学事业，为祖国医学教育、科学研究和提高疾病预防能力，贡献自己最后一分力量。

此前，付雄英还给幼小的女儿留下了一封信：

我难以割舍的好女儿，对于你我有太多太多的惭愧和自责。在我生命的最后一段时间，没有去看过你，妈妈已是身不由己。我不能说自己有多么伟大，但是有一点是真的。我在怀孕七八个月的时候，可以选择提前剖宫产，但是当时你在我肚子里很小，比平常的胎儿还要小，我要尽我最大的努力让你足月顺产。因为不想你像妈妈一样，出生就体弱，免疫力低下。我想给你一个非常健康的身体，这是我唯一能为你做的！本以为我可以陪你到十几岁，没想到我这么快就要离开你。对不起，孩子。我缺席了你的成长，并不代表我不爱你。

还有一件事我要告诉你，捐献遗体器官是妈妈的决定。我不希望别人说你是一个没妈的孩子。你有妈妈，你妈妈是一个勇敢的妈妈，是一个英雄的妈妈……

付雄英原还想给女儿留个视频，让女儿知道活生生的妈妈模样，但又担心自己憔悴的样子会伤女儿的心，便放弃了。

在一个天寒地冻的元旦晚上，付雄英离开了她无限依恋的人间。九江市红十字会协调员石金平连夜赶到湖口，见证这位年轻而又伟大的母亲捐献的全过程。

付雄英的遗体捐献遭遇到宗族的强烈反对，没能如愿，但眼角膜却为两个眼疾患者带来了光明。

付雄英去世后，家里背上了沉重的经济负担。张青村党支部书记李效斌被付雄英感动，不能让一位高尚的人身后留下太多的辛酸和遗憾！他在村民中发起捐款，将捐赠的 1.7 万元交到付雄英丈夫的手里。张青乡的领导也多次到付雄英的家里去走访。

从湖口反馈过来的信息再一次启发了李勇，他心里正在酝酿一个针对捐献者家庭的计划。之前，江西省红十字会领导也曾做过一些专题调研，他们发现捐献者家庭有三个绕不开的难题：一是精神危机。捐献者家庭在很长一段时间都封闭在亲情阴影里难以走出来。二是经济危机。捐献者家庭"人财两空"。很多捐献者本身就是家庭经济支柱，支柱崩塌，还要背负着沉重的医疗费用，家庭在经济困境中难以自拔。三是信念危机。不良的民俗民风和陈腐观念像一张无形的网，左右着社会舆论，往往让刚刚吹来的文明春风瞬间沦陷。江西省红十字会主要领导也想从根本上解决这三大难题，因此非常赞赏李勇的设想，便将这个艰巨的任交给了李勇，任命李勇为项目负责人。

新闻学专业的李勇也终于能在宣传、策划上一展所长。

首先得给这个宏伟计划取一个响亮的名字。人体器官捐献是一种爱的释放，生命离开了，爱却留在人间。在经过服务中心团队反复讨论之后，项目名称终于出台：江西省红十字会"莲丝信使"——遗体器官捐献者家属抚慰和援助计划。

项目对这个名称有一个释义：

莲丝，藕断丝连，寓意器官捐受双方形成生命链接。"莲"，圣洁之物，谐音"连""联"，连接、联动；"丝"谐音"思"，寓意思念感恩。莲藕丝生于水下，寓意隐秘沟通交流。

2017 年 9 月 25 日，"莲丝信使"——遗体器官捐献者家属抚慰和援助计划正式启动。

　　这是李勇主创的一个项目，仅项目书打磨就花了几个月，数易其稿。在之后实施的几年里，他又在不断地完善创新，耗费了大量的精力甚至所有的业余时间，他的主业毕竟还是协调人体器官捐献。然而，他没有后悔。只有捐献者和他们的家庭都安宁了，他的心才能安宁。爱如果不用爱去呵护，就会像花儿一样凋谢。

第四章　灵魂摆渡人

陪陌生人一起流泪

据中国人体器官捐献管理中心网站公布的数据，截至 2021 年底，中国有 5295 人在逝世后捐献器官，捐献器官 17585 个，4907 人逝世后捐献眼角膜，4981 人捐献遗体。

中国从人体器官捐献试点以来，全国累计实现器官捐献 3.9 万余例，捐献器官 11.7 万余个，挽救了 11 万余人的生命，实现角膜捐献 4.2 万余例，遗体捐献 4.5 万余例，462 万余人登记成了人体器官捐献志愿者。人体器官、角膜和遗体捐献正被社会越来越广泛地认可和接受，成为中国引领社会文明进步的又一种新风尚。

我一直在追寻，短短的十年，是什么力量让中国发生巨变，让中国人的观念发生颠覆？当我听到"摆渡人"这个名词时，我找到了答案。在中华大地上有这样一支并不算强大的队伍，驾一叶扁舟，行驶于死通往生、悲痛通往欢笑、地狱通往天堂的河流之上，风雨兼程，从不停歇，为每一个人的灵魂注入力量，助他前行，完成生命的再次轮回。他们的名字叫"协调员"。很多人称他们为"生命摆渡人"，我认为他们更应该是"灵魂摆渡人"，他们除了挽救生命，还在救赎灵魂！

这支队伍有多大？我手头有一组数据：2011 年底，试点之初全国人体器官捐献专职工作人员仅 26 人，兼职工作人员 36 人，登记专职协调员 91 人，兼职协调员 504 人。下设捐献办公室 31 个，捐献登记站 479 个。2015 年 9 月，全国器官捐献协调员才 1154 名。2021 年，通过中国人体器官捐献管理中心培训考试发证的器官捐献协调员 2500 余人，其中红十字会专职人员 500 余人，医院和社会爱心人士获取资格的人员 2000 余人。

器官捐献协调员作为一种职业，最早出现于 20 世纪 60 年代的美国，而世界器官捐献率最高的国家西班牙又是最早引进这一制度的欧洲国家。"西班牙模式"的重要经验就是广泛建立的器官捐献协调员网络，使协调员成为一个不可或缺的角色，在捐献者与受者之间架起联系的桥梁，让他们奔走在各大医院的急诊病房寻找那些脑死亡的潜在器官捐献者，并与家属进行协商沟通，促进器官捐献工作的顺利开展。西班牙的法律规定，所有公民都被视为器官捐献者，除非公民本人"生前表达过反对的意见"。与此同时，西班牙的适当补偿机制以及良好的公共媒体关系也是其捐献领先的重要因素。

"西班牙模式"显示，器官短缺并不是由于缺乏潜在的器官捐献者，而是未能成功将许多潜在捐献者转化为实际的捐献者。而在这个转化过程中，协调员的作用显得极其重要。可以说，没有协调员的工作就没有器官捐献。

中国是在器官捐献试点工作启动之后，才产生了"人体器官捐献协调员"，并且主要还是来自红十字会的工作人员和医疗机构的红十字志愿者。器官捐献协调员接受国家培训后才能履职。2013 年 9 月 1 日，正式实施的《人体捐献器官获取与分配管理规定（试行）》中还规定了协调员的职责：

（一）向其服务范围内医疗机构的相关医务人员提供人体器官捐献专业教育与培训；（二）发现识别潜在捐献人，收集临床信息，协助 OPO 的医学专家进行相关医学评估；（三）向捐献人及其近亲属讲解人体器官捐献法规政策及捐献流程，代表 OPO 与捐献人或其近亲属签署人体器官捐献知情同意书等相关法律文书；（四）协助维护捐献器官的功能；（五）组织协调捐献器官获取与运送的工作安排，见证捐献器官获取全过程，核实和记录获取的人体器官类型及数量；（六）人体器官捐献完成后 7 天内，向捐献人近亲属通报捐献结果。

要顺利完成人体器官捐献，最艰难的一步是必须在有限的时间里与一个刚刚被宣布脑死亡的患者家属沟通，并说服其同意捐献器官，拯救他人。难就难在时间紧，难就难在道德束缚力太大。

在某些病人家属眼里，协调员就是"死神"，心理上有一种天然的隔膜，甚至厌恶。器官捐献是付出，是奉献，是人类最美好情感的绽放，与社会主义核心价值体系一脉相承。因此，一名优秀的人体器官捐献协调员不仅需要相关的医学背景，还应熟悉相应的法律法规，掌握医学伦理道德和心理学。这些专业知识储备之外，还要有强烈的责任意识、丰富的阅历、真挚的情感和良好的沟通能力。与脑死亡相比，患者家属更认同心脏死亡。亲人意外离去，家属最初反应往往是否认、愤怒、悲伤、绝望。协调员必须具备几种基本素质和能力：第一，营造一种安静严肃的氛围；第二，在理解、关怀、信任的前提下完成一次谈话；第三，在极短的时间内建立彼此信任；第四，引导患者家属走出悲伤；第五，让家属看到希望。

人体器官捐献协调员被认为是人世间最纠结的职业。他们行走在生死之间，徘徊于绝望与希望之中，能看到哀伤，却听不见欢笑，承受着常人难以想象的压力，饱受社会舆论质疑，没有强大的抗打击能力，很难承受来自肉体和精神的冲击。

笔者在南昌市红十字会采访，就见过很多这样的工作人员，他们站在死亡与新生交叉点上，犹如黑夜与白天的分界线，充当一个尴尬的角色。黑夜憎恶它，努力想把它挤出去，白天又对它视而不见。一年365天24小时待命，时刻准备着，因为不知道下一刻是不是就有捐献。几乎没有休假，更少有私人出游。只要听到有捐献潜在者的电话，第一时间就赶到了现场。

南昌市因为有这样一批工作人员，仅2020年，就有4400余人报名登记，实现捐献遗体器官53例，历年累计有303人实现了遗体器官捐献。

周萍是这批工作人员中的一个，她自称是"编外"摆渡人。周萍原是盐矿的退休工人，她家与人体器官捐献志愿捐献者徐洪民家是世交。一次，徐洪民去看望她父母，见周萍在家无所事事，便把她拉到红十字会志愿者队伍里来，做起了"协调员"。周萍半年时间见证了30多例人体器官捐献。全国协调员管理办法出台之后，她因为不具备大专以上的学历，而被挡在器官捐献协调员门槛之外，现在只能参与接收遗体捐献。

笔者是在清明诵读会上采访的周萍。

初见这位五十开外的女人，我说，你真年轻。

徐洪民说，半年前她还是一头青丝，现在已经长出了不少白发。

又说，人经常浸染在悲伤里，老得快。

这一点我相信，人常说，天地自然是大宇宙，人体是小宇宙。按天赋之年设置的整体时间表，人过百岁而不显衰老，只是人情感太丰富，忧思太多，往往不去严格执行这个时间表。

器官捐献一般是突发的，就像海面上一个人正在享受快乐时光，突然暴风雨来了。摆渡人不是去救他，而是让家人用他剩余的生命去救另外一个人。器官捐献是患者在脑死亡状态下，医院将信息传递给"摆渡人"，"摆渡人"便登场了。器官捐献必须由所有的直系亲属，有时也包括旁系亲属，甚至村里人，一切有瓜葛的人共同决定，而非走少数服从多数的民主集中程序。可见，器官捐献有多难。

一个等待器官移植的患者没有等到需要的器官，临终时曾经说出了一句至美至善的话，希望我身上有用的器官能捐给需要的人，别让更多的人在等待中死去。

有一年的 10 月，周萍上午在一附医院做了一个人体器官捐献见证。一个 50 多岁的女人脑出血死亡，捐了一肝两肾。下午又赶到省人民医院做见证。一个 16 岁的花季少女交通事故死亡，也捐了一肝两肾。

女孩是在下晚自习的路上，被一辆醉驾闯红灯的车子撞倒，在医院救治了一个月，一点生的希望都看不到。医生说，已经脑死亡，没希望了。但是只要孩子还有心跳家里人就不肯放弃。周萍穿着白大褂进来，孩子的父母、姑姑、爷爷奶奶、外公外婆都围了上来恳求，救救孩子！

周萍说，我救不了她，但能帮助她延续别人的生命。

孩子的亲人像是明白了周萍的身份，把周萍轰了出来，随后又砸出声嘶力竭的话，我们的孩子都活不成，为什么还要去延续别人的生命！

之前，医院也透露了器官捐献的相关信息。周萍尽管心里也很痛，但没有放弃，又通过女孩一个在医院做护士的姐姐做工作，让女孩剩余的生命与另一个人组成命运共同体，共生共存。

姐姐的工作做通了，再去做家里人的工作。

一个星期过去，家里人都同意了，她又去做捐献登记。家属签完字，周萍一只手臂抱着女孩妈妈，一只手臂抱着她姐姐，哭得一塌糊涂。在这个星期里，周萍悟出了一个道理，我没有专业知识背景，就是说一些大道理也是鹦鹉学舌，说得比哭还难听，我干脆哭。别人哭我也哭，陪陌生人哭，这一哭就进入了别人的情景剧中，说话也在同一个"频道"。"大道理"不是没道理，看你用什么方式去说。

两天后，省人民医院安排了一肝一肾两台移植手术，一附医院安排了一台肾移植手术。器官获取是一个生离死别的过程。从 ICU 到手术室有一段很长的路，这是一条从死亡到新生的路，也是一条撕裂情感的痛苦之路。医生在争时间，家属又有一万个不舍，趴在孩子身上不肯松手，这一松手便是阴阳两隔。医生无异于在"抢"人。家人痛苦，"摆渡人"同样痛苦。这一刻，周萍想过放弃，但痛苦的另一头又有三条即将枯萎的生命在等待。

整整一个星期，她就是这样在痛苦中煎熬，青丝如何不成白发！

"摆渡人"也不总是在昏惨惨的水面上行驶，有时也能见到阳光。赣州有两个捐友，一个捐献了丈夫的遗体，一个捐献了妻子的遗体，两个人因此相遇，结为"患难"夫妻。生活也正是因为人的精神多维度存在而变得精彩纷呈。周萍在与协调员交流的时候，常常是愁眉紧锁，只有听到这样的故事，脸上才能看到惨淡的笑容。

2020 年，是一个极不平凡的一年，也是周萍作为协调员收获最大、心里最痛的一年。她在这一年的见证者笔记中写道：

在突如其来的新冠肺炎疫情和洪涝灾害中，大爱之行没有停止，一年来，南昌市实现遗体和人体器官捐献 53 例。

捐献者中，年龄最大的 95 岁，最小的只有 36 天。作为他们大爱的见证者，我被深深感动。

褪　褓

晨晨是位只在人世间停留了 36 天的小天使。小天使的父亲说："医生推断这是遗传基因问题，很罕见，要等送上海检测，目前医学还未达到救治的水平，要我们做好最坏的打算。上海还没传来消息，他的眼睛就已永远地闭上了，今天我们把他捐出来做医学研究，是想看看能不能找到方法以后救治别人，这样，他也算没有白到我家来。"就这样，这位小天使成为我市今年第一例最小的"大体老师"。

芊芊是一名 10 个月大的宝宝，因为发生意外，家人把她送到县医院，接着转至市医院、省一附院，最终还是进入脑死亡状态，在儿童重症监护室里靠呼吸机维持着。家人悲痛地纠结了两天后，做出了捐献器官的决定。

几小时之后，她的肝脏护送到了天津，救治一位已经靠人工肝生存的儿童，她的肾脏也在上海找到了新的主人。"命啊！也许她来就是为了救别人的。"她的妈妈靠在我肩上这样说。

垂 髫

7 岁的瑶瑶，送进 ICU 就没能出来。悲痛不能自已的父母决定捐献她的眼角膜和遗体。一对眼角膜让北京地区的两位患者重见光明。

她的妈妈在朋友圈里写道："不知道你在那边好不好、冷不冷？妈妈好想你！"看到照片里小姑娘那对明亮清澈的眼睛，我泪目，回复说：她在北京很好，那里冬天有暖气，一点也不冷。

及 笄

花季少女娟娟因一场车祸，在医院抢救了近一个月，最终还是难以挽回鲜活的生命。爸妈眼里的乖乖女，老师眼里的好学生，姐姐眼里的靓妹妹，弟妹眼里的俏姐姐，就这样走了。弥留之际，家人共同做了一个艰难而且纠结的决定：捐献器官，救助他人。生命再接力，她以另一种方式活着。

婷婷的病，反反复复治了好多年。这一次，她知道自己挺不住了。她对妈妈说："你不要难过，你要好好的，照顾好自己和弟弟。你帮我把身体里有用的部分都捐献出去，帮助别人，就像我还活在这个世界上一样。"虽然家里的一些亲戚不太赞同，但婷婷的父母坚持尊重女儿的决定。

壮 年

一场交通事故，让还差几天就要过 33 岁生日的文文再也没能醒来。年近六旬的父亲，承受巨大悲痛替他做出了无偿捐献器官的决定，他的一肝、两肾、一心、两肺还有眼角膜让8个人重获新生。父亲说："他是共产党员，是一个优秀的士兵、退伍军人，他若知道自己能帮助那么多人一定会很开心，我帮他做了这个决定，相信他会感谢我。"

41岁的莉莉是家里的独生女，是爹妈宠爱的宝贝，却因癌症不能承欢父母膝下。从小父母就很尊重她的意愿，这一次，虽然千般不舍、万般不忍，泣不成声，却还是颤抖着手，签下了捐献遗体的确认书，替女儿完成了她最后的心愿。

花　甲

魏女士的生命停在了61岁这年，她的儿子告诉我："不久前在网上登记的，今天就成了事实。"

我很小心地问他，为什么会在网上登记？他说是自己收到了网上登记后邮寄过来的卡，妈妈看到了就问他，还让给她也办登记。"我们只是想让自己的最后变得不一样。"

两个月后，他给我发来消息：周姐，她是我生命中最重要的人，她对我的影响极其深远，她的同学和朋友直到现在也不敢相信她已离开这个世界，她开朗活泼、乐于助人、与众不同的性格是我们永远的精神领袖，也将永远活在我们心中。

耄　耋

这位95岁高龄的老人名叫刘善文，参加过抗日战争、解放战争、抗美援朝，保家卫国。"很多年前，他就办了登记。"他八十多岁的老伴说，"他为人很低调，也很满足。他说跟他一起打仗的战友都不在了，能活着就是最大的幸福，更何况现生活还这么富足。能奉献的都奉献了，你们要为我感到高兴。"

为他送行的亲人有30多人，捐献车堵在路上时，老人的女儿提出要在现场登记，"爸爸就是我们的榜样"。我告诉她这个需要儿女同意。她说，我就一个女儿，30多岁了，她自己很早就在网上登记过了，不会有问题。因为当时她女儿不在身边不能现场登记签字，我便告诉如何在网上完成登记。她的嫂子、姐姐、妹妹、妈妈，都在网上成功登记，其他几位亲人也表示等送走老人也上网登记。

"榜样的力量是无穷的"。这样一位老人，经历战争的洗礼，将自己的一生奉献给了国家，这种无私无畏的奉献精神在他的家庭中传承。我深受震撼！

生命之约，大爱传递！伟大的捐献者在最后一刻，送出了"生命的礼物"。我见证了这些大爱传递的过程，也将继续行走在见证大爱的路上。

五十知天命。周萍每一次见证都在对自己的"天命"进行一次重新审视。

一次，一个女孩打电话到周萍的办公室，咨询人体器官捐献，并约好第二天在办公室见面。当女生站在她面前，摘下口罩，竟然是一个小女生。志愿登记必须年满18周岁。

周萍问，多大了？

她说，20岁。

她的长相十足是一个学生妹。

周萍又问，这么小就来登记，人生的路还很长，怎么想的？

她说，就是一种责任吧，我也不知道明天会发生什么，今天先把想到的事办好，算是了却一件心事。

周萍说，你爸爸妈妈知道吗？

她说，知道，我是独生女，他们都很迁就我。

当女孩在人体器官捐献登记表上将所有的器官选项都打上钩时，周萍心里又在隐隐作痛，仿佛在看一场即将上演的悲剧。她读不懂一个阳光女孩为何在这么小的年纪就有这样奇怪的想法，正如她读不懂一些人宁愿违背自己老人的意愿把遗体烧成灰也不愿捐献出来。不仅如此，她发现她所有的工作程序，如穿梭于生死之间、见证器官获取、组织庄重告别、同步探索对捐献家属的人道关怀等等，似乎每一道程序都关联着她一根痛苦神经，包括今天的登记，只要进入工作状态就会疼痛。她甚至想，是不是该去看心理医生。

当然，不是所有的器官捐献都充满着伤痛和悲壮，周萍也遇到过很多温馨的小故事。

南昌市有这么一对老夫妻，多年前丈夫志愿器官捐献，妻子死活不同意，后来妻子去世了，丈夫等了三年，选择了一个好日子，穿着一身红装，找到了周萍，完成了器官捐献登记。

周萍还遇到过一个小女孩，不但懂事早，而且非常听话。她被确诊患有"髓母细胞瘤"后，母亲听说这种病一般为常染色体显性遗传性肿瘤，便用力扇自己，都是妈妈害了你！小女孩拉住妈妈的手哭，别打，打了我会痛！见者莫不流泪。父亲突然萌发了在孩子去世后捐献器官的想法，问小女孩。小女孩说，好呀，别人都说我这么小不应该得这种病，是不是说我就是给需要的人送器官来的？父亲也用力扇自己，瞧爸这张臭嘴，算爸没说。小女孩却笑，别打，捐了器官是不是说爸的小棉袄还活着？小女孩不识死滋味，在弥留之前，一直在讨爸爸妈妈欢喜，最后成功捐献了一心、一肝、二肾和一对眼角膜，拯救了四条生命，让两个失明患者重见阳光。小女孩用她生命的阳光和欢笑让父母的心在濒死时又活了过来。

进贤有一个小伙子，28岁，突发脑出血。父亲一直纠结他的妈妈两年前等肾源没等到去世了，心里无限遗憾。这次，父亲见到周萍时二话没说，愿意捐献所有器官。可惜的是儿子心脏骤停，器官失效。周萍说，你还可以捐遗体和眼角膜。父亲又同意了。

周萍退休后，无意中闯入这样一个特殊的情感世界，虽然心里倍受悲伤煎熬，但也读懂了人生这部书的结尾。

红色故都的生命接力

在赣江的源头，江西的南大门，是一块红色热土，叫赣州，宋代以前称虔州。虔者，虎行文心，恭而有信，敬而有诚。

第二次国内革命战争时期，赣州为革命牺牲的有名有姓的烈士就多达10.8万人，占江西烈士总数的43%，占全国烈士总数的7%。中国革命根据地在这里创建，中华苏维埃共和国在这里奠基，红军万里长征从这里出发。仅兴国一县就有烈士23719人，长征路上每一公里就有一名兴国战士倒下。这块红色土地上的客家人在战争年代，为了心中的信仰悍不畏死。在江西人体器官捐献的生命接力中，他们又为了爱而义无反顾。

在这次采访中，我听到最多的地名在赣州，最感人的故事在赣州，看到最多的数据也在赣州。

2019年10月15日，赣州市红十字会召开新闻发布会，普及遗体器官捐献知识，介绍全市遗体器官捐献工作开展情况。为加强全市遗体器官捐献工作，2016年3月，赣州市编委批准市红十字会设立下属事业单位"赣州市人体器官捐献管理中心"，与2009年1月设立的"赣州市造血干细胞工作站"实行两块牌子、一个机构进行管理。同年8月，合并更名为"赣州市红十字会捐献服务中心"。截至2019年9月，赣州市共有371人登记加入遗体器官志愿捐献队伍，有180人成功实现遗体器官捐献，遗体器官登记人数和捐献人数均居全省前列。在这180名捐献者中，第一例器官捐献者是龙南县18岁花季少女，年龄最小的捐献者出生仅3天，年龄最大的

91 岁，也是赣州市首例遗体捐献者。

截至 2021 年底，赣州志愿捐献登记数已达 24778 人，实现器官捐献 301 例，跃居全省第一。仅 2021 年，全省实现器官捐献 216 例，赣州就占 68 例。

在江西人体器官捐献的发展史上，赣州人就像当年的红色革命一样，一直充当人体器官捐献的先行者。

2013 年 8 月，龙南县乡镇卫生院的朱医生，因多年前被诊断为扩张性心肌病，病情恶化，出现"心死亡"状态，勉强靠人工心脏暂时维持。她丈夫和女儿主动向医院提出捐献器官，朱医生的双肾先后植入两名年轻女性患者体内。

2013 年 11 月初，钟林 25 岁的儿子钟小光（化名）从深圳回到赣县，准备与女朋友结婚。在筹备婚礼时，发生车祸导致脑死亡。医师如实相告，小光已经脑死亡，抢救无任何意义。钟林悲痛过后，做出了一个让所有在场人都十分惊讶的决定，捐献儿子的器官，让孩子的器官在他人身上继续存活。参与抢救的医务人员无不感动，立即联系江西省红十字会。钟林无偿将儿子钟小光的肝脏、肾脏、眼角膜捐献给等待移植的病人，遗体则捐献给了医学院。这是赣县首例遗体器官捐献。

钟林是一个只读过三年书的普通农民，却让所有与他交流过的人佩服不已。他的内心像山中一汪清泉，纯净得没有一点杂质。他无私，总为别人着想，能帮人时毫不迟疑。

2014 年 6 月，赣州市石城县有一个男孩叫刘太阳，家人喊他"小太阳"，刚满 11 岁，被确诊为突发性脑出血，抢救无效死亡。在他人生最后时刻，家里人同样作出了捐献全部有用器官的决定。"小太阳"捐献出了一肝两肾和一对眼角膜，移植给两位肾衰竭患者、一名肝癌患者和两名眼疾患者。令人更为感动的是，"小太阳"的父亲还将社会爱心人士捐赠的 3000 元钱一并捐献给了江西省红十字会。"小太阳"宛如一颗爱的种子，更像是一轮朝阳照亮了赣鄱大地，让更多的遗体器官捐献义举四处开花结果。于都县一名仅出生 32 天的婴儿，夭折后捐献眼角膜让两名孩子重见光明。崇义县 39 岁的钟先生、萍乡 7 岁小乐乐、九江的老熊、遂川的女孩，江西的遗体器官捐献如雨后春笋。时任江西省红十字会秘书长的戴莹无限感慨，以前，全省全年仅有三四例器官捐献，现在几乎每周都有。

江西省人体器官捐献管理中心 2014 年的数据显示，成功实现遗体、器官和组织捐献 79 例，其中器官捐献 29 例，是 2013 年 3 例的近 10 倍。在 2013 年的 3 例中，赣州占 2 例。在 2014 年的 29 例中，赣州占 14 例。数据还呈现一个新的特征，很多捐献者都来自农村。

江西出现遗体器官捐献"井喷"现象，得感谢革命老区赣州，感谢率先冲破传统观念束缚的老区人民！

江西省红十字会人道救助服务中心的李勇曾讲过一段辛酸的往事。由于时间太久远，他都不记得捐献者是哪个县，叫什么名字，只记得他母亲签字的一幕。

那一年，赣州农村有一中年男子因意外在县医院处于脑死亡状态。捐献者的母亲已经同意捐献器官，只是她腿脚不便，签字的地点定在乡下她家里。李勇考虑到自己到赣州很晚，事先电话里便告诉那位母亲，不要等他，他到了再叫醒老人家。李勇从南昌赶到赣州的乡下已是晚上 12 点。进门时，她家堂前的灯仍然亮着，一道瘦弱的身影被昏暗的灯光从堂前一直拖到门外的晒场。李勇进了门之后才知道那道辛酸的影子是捐献者的母亲，她一直在等李勇一行。李勇将必要的情况介绍后，开始端详这位母亲。老人头发全白，人也显得很沧桑，给李勇的印象，老人应该有八十多岁。然而，当老人拿出身份证时，李勇才发现，老人才六十多岁。到底是什么原因让岁月的痕迹在这位母亲身上留下这么多的印记？是丈夫死了，儿子又死了，如今只剩下她一个人孤苦伶仃，还是有别的原因？李勇不得而知。母亲神情很悲伤，签字却一点都没有犹豫。李勇感觉不放心，老人是不是因为年纪大了，不知道自己签的是儿子器官捐献的文件？他问老人，您知道签的是什么文件吗？

老人说，知道噢，我儿子走了，捐献器官噢。

李勇仍不放心，又问，您知道捐献器官的意思吗？

老人说，知道噢，帮人。

李勇做过一百多例见证，唯独这个场景忘不了。老人彻夜守候，不仅仅是为了完成一个仪式，而是以这种方式为儿子送行。这一幕多么像当年父母送儿子当红军、妻子送丈夫上战场，为了一种信念，死中求生。

在采访过程中，我一直在思考一个问题，赣州的老百姓为什么如此纯朴，为什么愿意"帮人"，哪怕是陌生人？当我追溯赣州的历史，似乎有所明白。

历史上，赣州是客家先民南迁的第一站，也是客家民系的发祥地和客家人的主要聚居地之一，赣州市18个县（市、区），除章贡区大部、信丰的嘉定镇和其他几个居民点外，其余均属客家语区，客家人占赣州市总人口95%以上，居住着近900万客家人，人称"客家摇篮"。

客家人也是汉族民系之一。由于战乱、饥荒等原因，中原汉民经历了几次人口大迁移，渐次南下进入闽赣粤。客家人虽然背井离乡，历经千辛万苦，流落他乡，在文化特质上却保持着中原古文化原生态风貌，同时秉承儒家思想，兼容原住民文化精华，形成了自己独特的客家文化。如崇文重教、敬祖睦宗、宽容亲善、刻苦耐劳、爱国爱乡，不论贫富贵贱，天下多男人尽是兄弟之辈，天下多女人尽是姐妹之群。客家精神的核心就是团结奋进。这是每一个漂泊异乡的客家人，经历岁月沧桑留存在心里的强烈呼唤。只有团结奋进，共度时艰，才能生存下去，才能闯出未来。浸润客家人血与泪的围屋，就是客家人这种精神的一个符号。客家人的这种精神也决定着他们从不保守，兼收并蓄，以维系客家强大的凝聚力和生命力。客家精神与博爱是一脉相承。李勇见过的那位母亲，其实是无数客家人母亲中极平凡的一个。她家虽然已经遭难了，甚至没有未来，并不代表客家人都遭难了，没有未来。她要把生的机会留给其他客家人或之外的人，他们的未来就是自己的未来。爱己先要爱人，渡人也是渡己，渡己也是渡人。

客家人就是传承了这种精神才生生不息。这一点从赣州市红十字会协调员缪忠燕的讲述中也得到了验证。

缪忠燕是一个30多岁的小伙子，微胖，爱笑，说话带浓重的地方口音。他讲了不久前发生的一个案例。

南康市有一个普通的农民家庭，儿子早在2007年就患有肝豆状核变性疾病，又称威尔逊病（Wilson Disease，WD）。这是一种常染色体隐性遗传的铜代谢障碍性疾病，世界范围发病率为1/30000—1/100000。WD常发于青少年，且男性比女性易发，治疗不当将会致残甚至死亡。父亲一直为儿子治病，耗费一百多万，去过很多大医院。儿子瘫痪也近十年，屎尿在身上，他都没有放弃。直至儿子27岁，生命再也无法挽留。孩子的母亲患尿毒症多年，已发展到一个星期要血液透析三次。唯一的儿子要死了，家里也让两个大病弄得一贫如洗。父亲却在这样的绝境中，决定捐献儿子的遗体器官。父亲的这一举动，非常人可以理解。

缪忠燕赶到医院，又请来省里的专家进行评估。

专家评估后说，器官已经不能用了，能捐的只有眼角膜。

年轻而又苍老的父亲脸上露出失望的神色，什么也没说。

缪忠燕理解这位父亲的心事，补充了一句，这种病很少见。有没有意向将遗体捐献给赣南医学院用于医学研究？

父亲居然神情还很迫切地说，我捐！这病害苦了我一家，不能再去害别人。

缪忠燕到他家里去办有关手续，发现他已经将老家包括房子在内所有值钱的东西都卖了，为了方便老婆透析，他花 350 元租了离医院较近的一间房，房间里除了衣物和锅碗瓢盆一无所有。房东见他家确实困难，让他房租随便给，水电费自己交，他便给了这个数。

2022 年 2 月 21 日，他的儿子完成了捐献，遗体捐给了赣南医学院，眼角膜捐给了爱尔眼科医院。

缪忠燕无意中说了一句话，这位父亲是在寻求一种解脱。

花一百多万和十多年的心血，换来一个家庭的彻底沉沦，他想要解脱什么？又为什么要选择这种方式解脱？我想，只有从客家人的精神深处才能找到答案！

2019 年 11 月，赣县农村有一个案例。捐献者是一个十四五岁的初中学生，正处于叛逆期，父母离异，儿子随父亲生活。一天，儿子与几个朋友喝酒后，骑一辆摩托赛车与货车发生追尾，人撞得面目全非，在 ICU 不久就没有自主呼吸。父母再次见面便吵了起来，相互怪罪，母亲说父亲没管好孩子，父亲说母亲没尽到责任。父亲看到红十字会关于器官捐献的宣传片，萌发了捐献的念头。父亲或许是觉得孩子太年轻，不给这个世界留点什么太可惜了。母亲听说要捐献，坚决不同意。

母亲说，如果器官能救人，把我身上的东西都给儿子，我要救他。

医生说，世界上千千万万的父母心情都跟你一样，但你儿子已经丧失了救治的条件，能做的就只有救人。

父亲也说，救人没什么不好，至少在别人身上还能留下牵挂，火化了便什么都没有。

父母吵归吵，最后还是同意捐出了一心一肝两肾和眼角膜，心脏救治了一个女孩，肝脏移植到两个成人身上，肾救治了两个肾衰竭患者，眼角膜让一人重见光明。父母因此有了共同语言，总是一同来找缪忠燕，儿子的器官在别人身上怎样了？缪忠燕出于工作纪律，不能告诉他们更多情况，只能告诉器官组织救了六个人。夫妻俩听了都笑。

妻子说，这孩子出一次车祸，再也不淘气了，一救就是六个人。

丈夫也说，这小子早熟啊，年龄不大，心却在女孩身上！

妻子瞪着丈夫，不行啊？你以为儿子像你，从来不知道珍惜女人！

赣州市章贡区沙石镇有一对五十多岁的夫妻，无儿无女，后来领养了一个小女孩。夫妻俩为了生活，承包了章贡区一个居民小区的卫生。他每天骑电动车带着妻子，往返 20 多公里的沙石镇与章贡区之间。终于在一个雨天的黄昏，不幸降临在丈夫身上。丈夫的电动车撞到路边的一棵树上，脑部重伤，送往医院，做了开颅手术。妻子不知从何处听说器官移植能救人一命，问医生。医生说，你老公没法救。目前医学还不能做脑部移植。妻子很失望。医生说，你可以考虑捐献丈夫的器官去救别人。妻子似乎想明白了，既然别人无法救自己，为什么不去救别人。妻子最后捐出了丈夫的一肝两肾。

于都县宽田乡的邱耀明毕业于湖南湘潭大学公共管理学院，25 岁那年被检查出肝癌晚期，他如遭遇晴天霹雳。绝望过后，他终于平静下来。他给姑父刘水长发微信，说了很多心里话，谈话重点是想姑父帮他找县红十字会。他在微信里写道："姑爷，这次我感觉真熬不过去了。如果真到了最后一刻，我想做一些对社会有意义的事情，把我有用的遗体器官捐献，用于救治他人，或者科研项目。"

2021 年 9 月 13 日，赣州一个 17 岁的花季少女骑电动车摔伤头部去世，捐献了一肝两肾。医学世家的爷爷在《人体器官捐献志愿登记表》空白处特别写了一个"寄望"：一要捐给有希望的年轻人；二要捐给有贡献的人；三要捐给有道德的人。希望能帮助他人，完成她未完成的事业。

这里出现了两个"他""她",应该不是笔误。前面一个是老人帮助过的"他",后面一个"她"是希望能得到"他"帮助的孙女。

客家人总是在帮人与帮己的哲理中寻找自己的人生目标和归宿。

2019年1月19日,中央电视台13频道新闻直播间报道了江西赣州一份特殊的器官捐献案例,捐献者就是来自赣州兴国县48岁的贫困户黄兰林。黄兰林是兴国县均村乡黄田村的建档立卡贫困户,家中有5个小孩和3个老人需要他来抚养,生活极其艰难。在脱贫攻坚战中,黄兰林在政府的帮助下,克服了等靠要的思想,夫妻同心,发展油茶产业,农闲时间又到东莞打工来增加收入。就在夫妻两个人为摆脱贫困生活回馈社会关爱而努力的时候,在广东打工的黄兰林突发脑出血,被送往广州三九脑科医院,经过几天抢救,最终因脑死亡失去生命。妻子吴爱兰强忍着悲痛,经再三考虑,决定捐献丈夫的有用器官,救助更多的人活下去。黄兰林生前一直怀着感恩之心,念叨着要回报社会。妻子正是因为这个原因才替丈夫做出捐献决定。妻子在帮扶干部的帮助下,赶赴广州,联络到广东省红十字会,无偿捐献了黄兰林的器官。黄兰林的一肝两肾在广州捐献后,成功移植到两名重症患者身上。妻子得知这一消息后,激动得流下了眼泪。她说,精准扶贫断了我们家的"穷根",丈夫也算是"以死相报"了。

客家人的爱心和善意莫大于此。

最美山水上闪耀的人性光芒

与江西"南大门"相对应的"北大门"九江市,经过大自然亿万年的"整容",已经成为中国最美"江湖"。坐拥长江、鄱阳湖、庐山等大江大湖大山,还有九岭山、幕阜山、怀玉山等众多山脉、几十个大中型湖泊和350多条河流,近水含翠,远山如黛,碧湖如眼,青山为眉,以朝雾暮霭为衣，以百鸟欢歌为声，以芸芸众生为心，以诗词歌赋为魂。九江一市接四省，是江西南来北往的重要窗口。

最美山水养育最可爱的人。

2014年7月下旬，九江市40多岁的市民熊先生遭遇一场意外，生命垂危，送往九江市第一人民医院的重症监护室抢救。绝境中，家属在监护室门口看到一张宣传遗体器官捐献的海报，便打通了海报上的捐献电话，与九江市红十字会取得了联系，表达了捐献器官的愿望。市红十字会立即派专人赶到现场与家属沟通，最终家属在捐献器官同意书上签字。8月9日，江西省红十字会联系到南昌大学第一附属医院专家赶赴九江。在手术室，医生宣布死亡后，专家与红十字会协调员举行了简短的默哀悼念仪式，经过近1个小时的手术，专家成功获取了一肝两肾。这是九江市首例人体器官捐献。

在采访中，我听到最多的一个词语是"意外"，意外发病、意外脑出血、意外死亡、意外交通事故等等。明天和意外到底谁先到？没有人知道。太多的意外让很多人开始重新思考人的"生老病死"。生之艰辛，老之无奈，病之痛苦，死之哀伤，既然这一切都是"悲剧"，是一次孤独的"旅行"，人又为什么要生？为什么要活？并称"处世三大奇书"明代陈继儒的《小窗幽记》说："讳贫者，死于贫，胜心使之也；讳病者，死于病，畏心蔽之也；讳愚者，死于愚，痴心覆之也。"人类真的在生老病死困境中沦陷了吗？

有人说，如果把死亡看作人生的终点，能听到时间飞逝的呼啸声。

如果你把死亡看作人生的又一个起点呢？

人要活在红尘里，更要活在良知里，活在精神里！

九江市自从熊先生打开了一扇窗，展示了不一样的风景，人体器官捐献也迎来了爱的回归。

被九江人称为"好大姐"的衷景莉，丈夫患尿毒症11年，靠她卖苦力扛起一个家。2013年,丈夫去世,儿子结婚,生活给了她一记重拳,又给了她一缕阳光。2016年1月,儿子突发脑干出血送进医院,衷景莉感觉像是天突然塌了。正当她到处借钱救命时,接到儿子的病危通知书。人生的磨难有千百种,但像她这样在跨过中年即将步入老年的年龄,先是丧夫,又面临丧子,可谓是大不幸。她需要世界给她一线生机,否则她也活不下去。衷景莉从ICU外的墙壁上找到了这一线生机,原来人死后还能捐献器官,既能帮人,还能"自救"。在她心里,把一切苦难都归结为她上辈子帮人不够,福德不足以支撑这辈子的幸福生活。既然无法逃避灾难,无法左右生活,就把自己献给生活。她断然决定捐献儿子的器官。2016年9月6日,儿子捐献了一肝两肾,并成功移植到3个人身上,儿子的器官和三名患者都获得重生。在儿子捐献器官的当天,她也签了一份器官捐献协议,将自己彻彻底底交给主宰人类的"命运"。

衷景莉的善行并没有因此而止步。她还成了一名人体器官捐献的义工,用自己的故事告诫苦难中的可怜人,用微笑面对生活,用乐观面对不幸。2017年,衷景莉在手机上看到一个孩子出车祸的消息,她第一时间赶到医院,给孩子送去1000元钱。多年来,她一边卖苦力赚钱,又一边50、100地送出去帮助困难家庭,有空就到敬老院、社区里陪孤寡老人聊天,为老人和孩子理发。只要有人需要帮助,她都力所能及去帮。她用忙碌驱赶痛苦,用付出换取快乐。人生改变了她,她也在改变人生。

2019年4月1日,曾女士21岁的儿子因为一场意外车祸,不幸离世。曾女士夫妻俩考虑再三,将儿子的心脏、肝脏、肾脏和胰脏等器官一并捐出,重启了五个人的人生。当曾女士在痛苦中无法自拔时,协调员通过辗转关系弄来了一张他儿子心电图的照片,并告诉她,儿子的心脏在北京跳动。曾女士终于相信儿子还"活"着,渐渐走出阴影。2019年下半年,曾女士患了尿毒症。2021年初,她幸运地等到了合适的肾源。医生告诉她,你是不幸，也是幸运。器官捐献者直系亲属在国家器官分配系统中享有优先权。令人奇怪的是曾女士等到的肾脏也是一个孩子的肾脏。曾女士无限感慨，我的孩子跟人家有缘，人家的孩子又跟我有缘！2021年2月21日，曾女士成功进行了肾移植。爱的轮回就是这么奇妙！

2019年8月30日凌晨3时28分，庐山市的詹筱箐在自己的微信朋友圈里发布了一条动态："尊重你的意愿，我做到了。妻子为你骄傲！"还配了一组照片。照片里有她与丈夫丁楚洪的合影，有丈夫与小女儿的生活照，还有丈夫在篮球场上的运动照，前面每一张照片都在讲述着一对小夫妻的恩爱和一个小家庭的温馨。当翻到最后一张配图，竟然是丈夫眼角膜捐献执行确认书，让人有一种从春天突然进入冬天的感觉。

丁楚洪是庐山市一个90后的体育教师。詹筱箐与丈夫在高中就相恋，又考取了同一所大学，一同走上教师岗位。14年的相爱让一对有情人终成眷属，还生了两个活泼可爱的女儿。生活虽然平淡，却很甜蜜。2016年春节刚过，丁楚洪发现身体不适，一检查便是恶性胸腺瘤。经过一系列的化疗和放疗，丁楚洪的身体又逐渐稳定。2017年2月，丁楚洪重返教师岗位。病魔并没有因此放手。2018年8月，丁楚洪身体里的肿瘤复发，但他没有躺在病床上等待人生的终点到来，一边治疗，一边教书。他告诉妻子，学生大多是留守儿童，需要他。在未来不多的日子里，他也需要学生。在这期间，丁楚洪身体接二连三出现并发症，如单纯红细胞再生障碍性贫血，需要不间断地输血和血小板。他输入的不仅仅是血，还有爱。

丁楚洪对妻子说，为什么我可以无后顾之忧使用血？

原来为了弥补丈夫大量用血，妻子一直在无偿献血。她毫不犹豫地说，因为有很多人在无偿献血。

丁楚洪说，我又能为别人做什么？

妻子沉默不语。

丁楚洪说，在生命结束时，我也可以捐献器官组织。

妻子默默点头。

2019 年 8 月 29 日晚，丁楚洪走到人生终点。詹筱箐便联系上九江市红十字会的工作人员，捐献了眼角膜。蜡炬成灰，却留住了光明。

受丈夫影响，妻子和她的妈妈也动了志愿捐献的念头。妻子说，活着不仅仅是活着。

小郭是九江一所高校大三的学生。他刚进大学不久就检查出直肠癌，曾在广州等多地治疗，无奈进入了终末期。父母为了缓解他的痛苦，将他送到江西省肿瘤医院安宁疗护病房。2019 年 10 月 11 日早晨，小郭在安宁疗护病房病逝。按照他的遗愿，父母将他的眼角膜捐献给了江西新视界眼科医院，遗体捐献给井冈山大学医学院。我曾采访过给小郭做安宁疗护的医生余婷。小郭入院时癌细胞就已经广泛转移，非常疼痛，不能进食。小郭很乐观，见到医生护士都亲热地叫姐姐。他跟余婷说，他不在乎能活多久，但是不能让自己 24 年白活。在自己有限的生命里，他选择了两种方式来完成这个愿望：一是捐献眼角膜和遗体。他早在 2018 年 9 月 7 日就通过人体器官捐献网站申请了捐献器官和遗体。在他死前两天神志模糊的状态下，口里还一直不停地念叨，捐，捐，捐。二是捐款。他每天都要在手机上关注外地的天灾人祸，遇上了便捐些钱。他还关注了一个贫困患者，每月捐助他 50 元。虽然儿子生病耗尽了他家里的钱，但父亲总要保证儿子手机上有钱，不让儿子活着的时候留下任何遗憾。

人在苦难的时候才知道，人世间最美好的东西就是爱。爱能给别人疗伤，还能治愈自己千疮百孔的心灵。

人体器官捐献是让绝望人看到曙光、让陌生人血脉相连的一种善举。仅 2020 年，九江市就成功实现 11 例捐献。而这第 11 例器官捐献者竟然又是一个 14 岁的学生，他叫陈翔。同样是一场突如其来的车祸，让一个原本生龙活虎、懂事孝顺、乐于助人的大男孩生命终止。白发人送黑发人是一种撕心裂肺的痛苦。陈翔的父母同样做出了一个让左邻右舍瞠目结舌的决定，捐献儿子的所有器官组织（最后获取了一肝两肾、眼角膜）。父亲含泪在《人体器官捐献登记表》上留下了一行字："把陈翔的器官捐献出去，我不会让他一个人独自去承受，我也在中国人体器官捐献平台注册登记了，成了一个器官捐献志愿登记者。"陈翔的器官组织救治了7人，其中一肝两肾救治了3人，眼角膜使4人重见光明。人活百岁，或许是碌碌无为，可有的人生虽然短暂，却因一个举动而精彩。陈翔因为父亲的一丝善念，在生命最后时刻带给九江这座历史文化名城一城的温暖。

2019年4月12日，永修县九合乡青墅村青年突发脑出血，经抢救无效，被诊断为脑死亡。家人从永修县红十字会工作人员和永修县人民医院医护人员口中了解到器官捐献的意义，做出了捐献器官的决定。4月13日上午9时，青年被推进手术室，在九江市红十字会协调员石金平的见证下，成功获取了一肝两肾。

石金平在见证过程中发现，捐献者才21岁，家中有兄弟姐妹三人，他是长子，也是家中的主要劳动力。他的去世，给了这个家庭致命一击。在此之前，石金平也发现，器官捐献者大多是因病或突发意外死亡的青壮年，除患者本身要消耗大量的医疗费用外，家里还失去了主要经济来源，屋漏偏遭连夜雨。一人出事，导致整个家庭陷入困境，并且是在短时间内难以自拔。让一个人临终捐献并不难，难就难在帮一个家庭走出经济困境。

石金平是九江市红十字会的老同志，早年毕业于第四军医大学临床专业，是红十字会为数不多的专业人才，国家启动协调员资格考试第二批考取的协调员。他瘦高个子，性格直爽，看问题精准。他来自大湖边上的都昌农村，对乡村情况了如指掌。他还有侠骨柔肠，见不得正直的人流血，善良的人流泪。为进一步推动全市人体器官捐献事业的发展，经他和红十字会的领导的推动，从 2018 年 11 月开始，九江市政府决定利用市财政拨付的资金，对遗体器官捐献者家庭每户给予一万元的救助。九江市是江西省内唯一出台这一救助政策的设区市。

政府救助是一种态度，要解决捐献者家庭的根本问题还得依靠全社会的力量。2019 年，九江市红十字会为了鼓励更多社会爱心人士参与，设立了"爱·回归"器官捐献者困难家庭助学金，并在腾讯公益平台上线，启动了"爱·回归——器官捐献者困难家庭帮扶计划"众筹项目。"爱·回归帮扶计划"的实施，虽然不能锦上添花，却能给人体器官捐献者困难家庭雪中送炭，传递社会的温暖和关怀，让人体器官捐献的生命天使不带走一丝遗憾。

九江市红十字会人体器官捐献工作起步很早。2003 年 12 月，颁布《九江市志愿捐献管理试行办法》，从人身权利、医学、伦理道德等方面进行了规范。该法规是江西省第一部关于遗体捐献工作的地方性法规。2004 年 7 月，九江市政府又成立了"九江市志愿捐献遗体工作委员会"，由分管的副市长担任委员会主任，财政、公安、民政、九江学院医学院等部门均为成员单位。委员会办公室设在九江市红十字会，负责遗体器官捐献的宣传、登记、见证、缅怀等项工作，遗体接收站设在九江学院基础医学院，器官接收由九江市红十字会报江西省红十字会协调有器官移植资质的医院接收。2007 年，国家条例出台后，才与全国接轨。

石金平在广泛开展人体器官捐献宣传上也有很多独创。九江市率先在全市二级以上医院门诊大厅、重症监护室（ICU 室）、脑外科、急诊科、神经内外科等医疗场所醒目处设置人体器官捐献宣传窗口，张贴宣传海报，设立宣传台，利用院内 LED 屏、电视滚动播放人体器官捐献有关内容和公益宣传片。在全市二级以上医院配备至少 1 名人体器官捐献信息员，接受红十字会统一管理和专业培训，及时反馈本单位的重症监护室（ICU 室）、脑外科、急诊科、神经内外科等相关科室的潜在捐献信息。

九江市人体器官捐献绝对数在全省并不算多，但九江人正在努力冲破传统的桎梏，迎接文明新风的到来。

2021年10月26日，《中国新闻周刊》报道了一位来自江西九江的大叔14年献血110斤，还签了遗体器官捐献书，在网络走红。这位大叔叫陈少敏，是一位摩托车修理工。他2007年开始无偿献血，已无偿献血14年，共献血178次，献血量达55500毫升。与此同时，他还签署了人体器官捐献志愿书。在60岁生日前，他完成了最后一次献血，并无限感慨地说，都知道得到是一种快乐，其实付出让人更快乐！

惊心动魄的大转运

一个有生命的器官在通往另一个生命的通道中，每一个关联的人其实都是摆渡人。协调员、逝者的亲人、医生护士，甚至包括与之相关的每一个人。

中国红十字会会长陈竺说过一句话，器官捐献是爱心奉献，捐献的器官是稀缺的公共资源，要通过红十字会的参与、推动，让器官捐献与移植从第一公里到最后一公里，都充满人性的光辉。

由于资源极其匮乏，器官捐献者和等待者的信息都会进入中国人体器官分配与共享计算机系统，系统会对各项数据进行评分、配型，并进行最科学的分配。2016年5月6日，国家卫生计生委、公安部、交通运输部、中国民用航空局、中国铁路总公司、中国红十字会总会联合印发了《关于建立人体捐献器官转运绿色通道的通知》，在全国范围内建立了人体捐献器官转运绿色通道。

在中华大地上，在南来北往匆匆的人流中，不经意间便能看到跨越数千公里不同城市之间器官转运的"生死大营救"。

2017 年 8 月 30 日下午，红十字会在泰和县人民医院成功获取一名死者捐献的一肝两肾。然而，按照计算机系统器官分配，移植的三台手术却安排在天津。负责运送器官的杨文涛医生网购了一张川航下午 6 点 25 分从昌北机场到天津的机票。下午 3 点 25 分，杨文涛从泰和县人民医院出发。这里距昌北机场有 280 多公里，正常驱车前往要下午 6 点以后才能到达。杨文涛背着注入电解溶液的器官专用黑色贮存箱，一路小跑。他肩上不是一只箱子，而是三条生命和三个家庭的期盼。超过 6 小时，肝移植患者将绝望。超过 18 个小时，肾移植患者也将与生擦肩而过。

江西省人体器官捐献管理中心也紧急行动起来，分别与昌北机场和四川航空公司取得了联系。按照规定运送器官需要提前 4 小时报备，但事发突然，根本没有时间提前报备。航空公司回电表示关注。运送车辆下午 6 点匆匆赶到机场。杨文涛突然发现，车燃料已经全部烧完，续航里程为 0 公里。他没时间去加油。不管你相信与否，这趟有惊无险的器官运送车是燃烧无数人的期待和爱才跑到机场。机场值机主任一路护送杨文涛进入安检绿色通道，杨文涛仅用了 10 分钟便成功登机。

幸运也常常伴生着不幸。一位等待半年的肺移植患者终于等到了一个好肺源。当他满心喜悦赶到机场，却发现因天气恶劣飞机不能起飞，因时间延误超过了器官保存的最佳时机，被迫放弃移植。受者最后在郁郁寡欢中走完人生。

生命续航无异于《西游记》里过凌云渡，这是生命进入极乐世界的最后一道屏障，也是一次生死大营救，一次灵魂的大洗礼。在这个生命通道上，任何一个偶然因素都可能让"好心"输给时间，造成生命通道关闭。

2015 年年初，江西在不到一个月的时间内，接连发生两次因距离和时间而导致心脏移植失败。

2月17日，赣州有一患者家属几经努力，同意捐献死者心脏，最后因不能在规定时间送达而没有实施成功。当时这颗心脏通过计算机系统匹配，正是浙江一名患者等待已久的心脏。江西从红十字会、民航、铁路等部门到赣州上下联动，想了很多办法，终因没有合适时间的高铁或飞机票，最后只能放弃。

"太可惜了！"南昌大学第二附属医院移植器官科主任钟林不无遗憾地说，"心脏从取出到移植的标准有效时间是4小时，最长不能超过6小时。留给我们的时间非常紧张。"

同样的事情在3月初又发生一起，江西人就不是遗憾，而是痛心疾首。3月3日2时50分，同样是赣州南康21岁的小伙子李干敏被宣布脑死亡。他的父母经过再三考虑，决定无偿捐献儿子的所有有用器官。这样的父母在当时的中国农村，无疑是非常开明而且善良的。江西省红十字会工作人员了解这一情况后，如获至宝，立即赶到南康，指导见证办完了捐献所有手续。与此同时，计算机系统匹配也传出一个令人振奋的消息，武汉一名心脏病患者血型与李干敏匹配，符合移植条件。

然而，当万事俱备，捐献者也进入捐献状态后，从武汉赶来的心脏获取专家仍在赶往南昌的路上。经过再次评估，李干敏的心脏几乎不可能在有效时间内移植到在武汉等待的患者体内，一颗滚烫的心再次降到"冰点"。

江西人经过两次"心痛"，再回过头来审视发现，历年来，江西一共成功捐献了140多个大器官，其中绝大多数都是肝脏和肾脏，成功捐献心脏者仅有两例。究其原因，江西省目前还没有医院被授予做心脏移植手术的正式资质，因此，江西捐献的心脏只能用于救治省外配型成功的病人。不是江西人自私，而是江西人的"心"一旦出省，因距离带来的时间问题就成了最大问题。计算机系统匹配带来的捐献时间、地点的不确定性，交通、天气以及路程远近等因素都可能影响到器官移植的成败。心脏在人体内是一个最容易受到伤害的器官，心脏供体本来就不多，如果因为距离和时间的问题而放弃移植，让捐献者的"好心"付诸东流，的确让人痛心。

江西人在外也不是没有获得过"好心"的帮助。2014年5月，江西一名12岁男孩在北京成功"换心"。大家重点关注的还不是"换心"，而是所换心脏来自广西，这颗心脏如何能在有效的时间内从广西运至北京？民航告诉的答案是飞机提前了15分钟起飞。北京120急救中心告诉的答案是用直升机直接将心脏从机场送到北京安贞医院，经过4个多小时爱心接力，这颗救命的心脏跨越2000多公里的距离障碍，才飞进这个小男孩的年轻生命。

在中国各条交通运输线上，随时随地都可能在进行着惊心动魄的器官大转运。国家有关部委也曾为此专门下发过文件，为救命的器官大转运提供一切可能之便利。器官大转运就是无数人的爱心大接力。

江西省人民医院和南昌大学第二附属医院在经历了两次"心痛"之后，很快就取得了心脏移植的资质，让江西人"好心"不再"心死"。

2015年3月20日，江西省儿童医院有一个四个月大的婴儿达到捐献状态，父母也表达了捐献意愿。由于婴儿太小，有一项血液检查要做。这项检查在江西需要三天才能出结果，而在湖南湘雅医院只需半天。南昌大学第一附属医院专家带着小孩血液血样到南昌西站坐晚上9点半的火车，到候车厅才发现已经停止检票。情急之下，他掏出器官捐献介绍信。工作人员当即为专家申请开通了绿色通道，并一路引导专家上了正要开动的火车。捐献者最终捐献成功，移植手术也非常顺利。26日，南昌大学第二附属医院成功获取了一个才两个月的女婴的一肝两肾和眼角膜。其中一个器官通过国家分配系统分配到天津。医生带着器官赶飞机时，发现器官移植需要的时间不够，可能导致前功尽弃，便尝试着联系昌北机场请求帮助。机场通过协调，硬是将一架南昌飞往天津的飞机提前了20分钟起飞，及时让器官移植进一个 10 个月大的小宝宝体内，且效果非常好。

在纷繁复杂的人性背面，其实都隐藏着一个大善。在决定人生死的通道里，哪怕是素不相识的陌生人，这一大善也表现得淋漓尽致。

川观新闻记者李寰也曾报道过四川一场生死大营救。同样是一场横跨 1800 公里的人体捐献器官大转运，用了不到八个小时。这个时间，刚好是肺移植的有效时间。2019 年，天津一名器官捐献者的肺与成都的一名等待者配型成功。按照肺移植的精确时间，从捐献者身上获取肺，再放进等待者的胸腔，并且接通血管，时间必须控制在八小时以内。为了与时间赛跑，四川大学华西医院器官捐献协调员刘玲莉和两名外科医生提前一天赶到天津，并对捐献者的器官进行了评估，符合捐献的条件。第二天一大早，在医生做获取器官手术的同时，刘玲莉开始预订飞往成都的航班。时间经常会跟人开一些不大不小的玩笑，考验人的智慧和耐力。当天下午没有天津直飞成都的航班，唯一的办法就是辗转到北京，再转乘到成都的飞机。

出租车司机看到穿白大褂背红色"移植器官箱"的刘玲莉一行，很是好奇。当听说里面装着一个活生生的肺赶着去救命时，顿时收起了调侃的神态，一脸肃穆，踩着油门一路狂奔到首都机场。临别时，司机还对刘玲莉笑着说："我第一次开快车有成就感！"

刘玲莉给了司机一个友善的微笑，又匆匆登上飞机。在飞机滑出跑道的同时，华西医院胸外科的医生已着手准备为患者开胸切肺。

飞机上，机组人员得到信息后同样亮出了绿灯。飞机即将落地时，空乘人员就把刘玲莉和同事安排到靠近舱门的座位，并通知机场摆渡车立即到位。机场外，机场专车与 120 救护车又是无缝衔接。120 救护车风驰电掣驶入华西医院，护士早已在车门外等候，承载着生命的器官通过一双双急切而又温暖的手顺利进入了患者胸腔，血管吻合时，时间已接近 8 个小时。两个星期后，接受肺移植患者康复出院。

　　然而，现实中仍然会有很多不确定的因素阻断这种生命接力，留下无奈的遗憾。谁来保证每一次的长距离运输都能得到各方面的大力支持，谁又能保证如此高的运输成本？器官捐献，如何不让"好心"输给时间？有的专家曾建议，政府可以整合社会各方面的资源和力量，共同发展空中救援领域，政府出台相应的法规规范空中救援行为，包括业务标准和收费标准，同时充分调动民间的力量，共同服务于公共事业。好心的专家会不会也输给时间？

第五章　大体老师

解剖学教授的讲述

在所有的医学院校都有一位共同的老师，师生尊称为"大体老师"。大体老师是老师，也是"教材"。他永远封存了曾经拥有的丰富多彩人生，现在就是一本有血有肉的"书"，等待着医学师生"一页一页"地翻开，揭开人体结构的神秘面纱，探讨病理变化的奥秘。大体老师是医学生和医学研究者的"无言良师"。

人体解剖学是所有医学课程的基石。理想教学模式是每4—6名医学生，安排一名大体老师。然而，现实离这种模式还很遥远，供医学教育而捐献的遗体很稀缺，平均20—30个临床专业医学生才能解剖到1具遗体，非临床专业和中医院校的医学生甚至没有机会动手解剖，只能参观标本，靠模型及医学图册学习解剖学内容。有的医学院校因大体老师严重不足，甚至缩减学时，取消个别专业的解剖课。很多年前，曾有一位老医生由于学医时没有条件上解剖课，对人体结构组织了解似是而非，在给一个女性做结扎手术，错把输尿管当成输卵管，险些闹出人命。

在南昌大学基础医学院解剖教研室，我见到了祝高春教授。

祝高春，南昌大学基础医学院解剖教研室主任，博士、硕士研究生导师，人体解剖学课程负责人兼学术总策划。现任中国解剖学会会员、中国细胞生物学会会员、中国神经科学会会员、江西省解剖学学会理事。1999年获江西医学院临床医学学士学位，之后又获人体解剖与组织胚胎学硕士学位，2011年获同济医科大学人体解剖与组织胚胎学博士学位。重点负责本科生《实地解剖学》《系统解剖学》和硕士研究生《神经解剖学》《头颈四肢解剖学》等课程的教学。多次获得南昌大学基础医学院、南昌大学教学竞赛一等奖，并获得江西省首届青年教师教学竞赛三等奖、江西省教学创新大赛一等奖，主持和参与多项国家自然科学基金和江西省自然科学基金课题。

初见祝高春，给我的印象不是一个清高的知识分子，倒像个质朴憨厚的乡村教师。他正值中年，个子不高，不长的头发开始向头顶撤退，说话直来直去，圆圆的脸上常挂着笑容。通过深入交谈，我才发现他有丰厚的学术底蕴和深刻的生命思考。

医学是处理生命的各种疾病或病变的一种学科，分为基础医学和临床医学两大类，本质上都是研究人。人之所以生病，无非是器官组织的形态结构和功能发生改变。人的每一个部位都可能得病，这就必须让医学生都要了解人体的每一个组织、器官和细胞、神经等等的分布以及病理变化情况，精准诊断，合理治疗。

人是大自然创造的一台最复杂的"机器"，要想修这台"机器"，首先得了解其构造。医学课程有相当一部分是理论课。祝高春上大学的时候，没有电脑，也不可能制作人体结构立体动画图像，甚至虚拟仿真。人体所有的构造都是靠老师在黑板上用粉笔画出来的。然而，不管你画得有多像，做得有多逼真，最终都必须回到人体上。人体是把你画的所有图像叠加在一起，就变得异常复杂了。医生必须要从理论过渡到临床，"真刀真枪"地感受人体器官的位置和真实状况。任何图像或仿真动画都取代不了真实的人体，医学院教学离不开尸体，所以教解剖课的老师还有一个不为人知的职责，就是想方设法去获取尸体。

祝高春说，医学院教学对真实的人体认知经历了一个从尸体到遗体再到大体老师的过程。最开始，我们都叫尸体。在一个医学者眼里，人的尸体与其他动物的尸体没有区别，就是一个标本。活着的人有人权，死了的人也应得到尊重。慢慢地大家都觉得应该赋予尸体"人"的意义，无论他们生前做过什么，意识都已死去，不能与现在的肉体关联。尸体首先是人，称之为"遗体"更能体现人的价值。现在医学生都称"大体老师"。尸体于医学生而言，不仅仅体现人的价值和意义，更像一个不会说话的老师，"教授"着学生的人体知识。

这不仅仅是一个称呼的改变，而是医学生职业情感的改变，对遗体价值观念和医学伦理道德观念的改变。

在立法之前，医学院校的遗体来源比较复杂，有公安方面来的无名无主尸体，有无人收尸的死刑犯尸体。一些无名无主的尸体大多腐烂严重，质量很差。祝高春上医学院的时候一届只有400个学生，大概一个30多人的小班能分到三四具这样的尸体，而各地的医学专科学校就没有这么幸运了。

从1999年开始，各个大中院校的学生都在扩招，专业结构也发生了很大变化，遗体紧缺问题就更加突显。这时的祝高春已经由医学院的学生变成了医学院的老师。原来是老师给他安排解剖的遗体，现在得他去帮学生找遗体。医学院的学生一般都是第一个学期就要开设人体解剖课程。一个人体解剖学课程，理论课只有40个学时，实验课却有120个学时。那时医学院学生分五年制和四年制。祝高春为了缓解遗体紧缺的矛盾，先让五年制的学生第一个学期上解剖课，再将他们解剖的遗体让四年制的学生第二个学期上解剖课。非临床专业学生的"解剖课"就只能是看一看了。

学校的教学体制也在发生变化。解剖教研室分为教研中心和实验中心两部分，教研中心教员负责教学，实验中心的实验员负责解剖，并将解剖后的器官组织制作成标本。至2014年祝高春当教研中心主任时，医学院的学生已发展到近2000人，这种体制仍然是处于分割状态。遗体来源更是面临前所未有的困境，江西遗体捐献已立法，严禁尸体买卖，死刑犯的尸体已经开始禁用，偌大的医学院能提供的解剖遗体才十多具。学生向学校领导写信，质问解剖课遗体为什么这么少？学校领导让祝高春写情况说明。祝高春说，你们弄的这种体制，我只负责教学，怎么说明？他们不去弄遗体，我怎么管？

性格直爽的人往往也是敢于担当的人。2017年，实验中心老一辈的实验员陆续退休，实验室出现人才青黄不接。医学院又让祝高春兼任了实验中心的主任，重新回到"二位一体"的管理模式。他对国家政策的重大变化十分敏锐，要解决医学院的遗体来源，必须走遗体捐献的道路。在江西遗体解剖用量最大的是南昌大学医学院，因为它承担着江西大多数医学本科生甚至硕博士生的培养。他们主动对接江西省红十字会，在短短的几年里，不仅实现了遗体来源的根本转型，同时大大缓解了教研遗体稀缺的矛盾。江西现在每年的遗体捐献量在60具以上，而经省卫健委依法确认的遗体接受单位有25家，南昌大学医学院能"独占"40多具遗体。即便如此，按1000名左右的临床学生分配，大概20名学生能解剖一具遗体。纵向比已经有了很大改善，但横向比还有差距。有一年，祝高春到南京医科大去考察。南京医科大有十多个临床医学班800余人，每年的解剖遗体用量都在80至100具，平均8到10名学生就能解剖到一具遗体。

接收到一具遗体，先要进行防腐处理。就是将浓度在30%—40%的甲醛溶液（福尔马林溶液）用足够的压力从遗体的大动脉（一般选择股动脉）穿刺灌注进入遗体血管，确保机体组织能够脱水硬化，又不会造成细菌滋生。当血液逐渐从静脉中剥离后，将血管缝合关闭。由于遗体的血液都处于凝固状态，这一过程需要几个小时。即便如此，还有很多毛细血管内无法灌注防腐剂，又要将遗体放入高浓度的甲醛溶液冰窖中，让甲醛慢慢地通过皮肤渗透进去。整个遗体防腐处理过程时间漫长而且充满着刺鼻的甲醛气味，因此每一次处理都是对身体的一次伤害。因为学校没有设立专门的遗体接收和处理的机构，这些事务全都落在祝高春和实验中心的老师身上。

医学院人体解剖学教学又面临着新的困境。原来祝高春读大学的时候，400 个学生拥有 25 个老师，现在有 2000 名学生，老师却锐减到 14 人。老教师不断退休，教研中心竟然长达十年招不到一个老师。祝高春进来的时候实验室 7 个实验员现在已全部退休了，人才已经断档了。新进老师必须具备博士学位，还要临床专业。临床博士在医院干一年的收入，抵上他在医学院十年的收入。祝高春一个学生曾对他说，今年他交税都交了 17 万。交税的钱比他的工资还高，祝高春从此不敢与学生们谈收入。祝高春几经呼吁，学校才在他这个领域开了一个"小口子"，允许招硕士。硕士又愿意来吗？

在医学院教研和实验中心，祝高春既是一名领导，还是一名事事都必须走在前面的"大头兵"。2022 年大年初三，他一天就接收了四具遗体，南昌市内两具，宜春市宜丰县一具，萍乡市一具。每次接收和处理遗体，祝高春都要亲自到捐献者家里，与红十字会工作人员共同完成一系列的捐献程序，再带着悲伤和遗体回到医学院。节假日或者八小时之外的休息时间，有的高校遗体接收工作人员常常找各种借口推辞接收遗体，红十字会往往最后又将电话打给祝高春。祝高春任何时候都会说，别人不要我要，南昌大学是遗体用量最大的单位。

我在与祝高春的交谈中，既能感受到他身上南昌大学就是江西高校老大的霸气，还能感受到他身上孺子牛般的泥土气。质朴方显人的本色。祝高春其实是性格使然，霸气是他作为一个知识分子唯一保留下来的自信，泥土气才是他的本色。或许他就是想用霸气和泥土气为江西未来的医生塑造灵魂。

现代外科手术发生革命性变化之一便是微创手术。很多人认为，这种手术不需要开体，解剖课已经不那么重要。然而，祝高春在与清华大学、北京大学等国内一些著名的大学做医学交流时，得出的结论却是解剖学越来越重要。微创手术要求医生对人体解剖学学得更扎实，对人体结构了解得更精准，对器官组织病理性改变掌握得更透彻。微创手术的培训模式是先理论，再在遗体上模拟操作，再到病人身上去实施。微创手术要求实施医生必须先取得在遗体身上模拟操作的资格证，才能在人体上进行手术。

一边是越来越重要，一边是严重短缺，医学发展有着很多的无奈。

遗体解剖在人类疾病研究探索中，也同样发挥着不可替代的作用。祝高春在读博的时候，就曾对家族式的亨廷顿舞蹈病进行过深入研究。亨廷顿舞蹈症是一种罕见的常染色体显性遗传病。患者一般在中年发病，出现运动、认知和精神方面的症状。起病隐匿，进展缓慢，以舞蹈样动作伴进行性认知、精神功能障碍终至痴呆为主要特征。开始他是解剖老鼠，发现老鼠与人还是不一样。老鼠出生两个月就交配繁殖，四五个月后就是"中年期"，一年后便进入"老年"。"老年"的老鼠在脑子里就看不到"老年"斑点。当时他最大的困惑就是没有人脑解剖，无法知道亨廷顿病会导致人脑发生什么样的病理改变。刚好这时有一个家族性遗传的亨廷顿病遗体捐献给了同济医科大学。国外的医学研究机构专门建有各种器官标本库，如研究老年痴呆，他们有患老年痴呆的各种脑部标本，供研究者观察比对。

祝高春用老鼠研究铅中毒，发现老鼠吸收一定量的铅以后，就会得肿瘤。由此，祝高春推测，现在很多人易患肿瘤疾病与饮水有关，由于水源被污染，水中含有一定量的重金属，人体吸入量达到一定程度，就会诱发癌变。小孩经常性吸入铅，会引起记忆力下降。由于祝高春当时研究的初衷不是老鼠或者人与重金属的关系，而是研究享廷顿病的发病与什么因素有关。祝高春从享廷顿病遗体中发现，一种囊泡运输蛋白量下降了，而这种蛋白量又与人的神经和运动相关联。在研究享廷顿病另一种蛋白时，祝高春与师兄用老鼠做实验，按自己的猜测，这种蛋白会下降，用老鼠做也确实下降了。但是，国外解剖人脑进行的同样研究，这种蛋白却是升高。祝高春与师兄用半年的时间进行的研究都白费了。人不是老鼠，解剖一万只老鼠不如解剖一具遗体。祝高春的医学研究因为缺少人体解剖，经常走这样的弯路。

　　一个新的病种出现，遗体解剖可以帮助医生更准确地了解病因、发病机理。像 SARS、新冠肺炎这种新疾病的探索、研究和治疗，尸检起到关键性作用。2020 年初，疫情暴发。据中国人体器官捐献官方网站发布的消息，疫情期间，在武汉有 91 人以捐献遗体的方式，以他们留在人间的遗体作为"武器"向疫情宣战，帮助世人认识了新冠肺炎的发生发展机理。一位老人生前提出死后捐献遗体给国家，他的孩子签字同意后，遭到老人农村老家亲属的强烈反对。这些人指责老人子女"心狠、不孝"。在之后很长一段时间，老人的葬礼也未能顺利举办。

　　中国卫生法学会副会长、清华大学法学院院长申卫星说："常规捐献中，一个人的器官最多可以救几个人。在烈性传染病流行时期，捐献遗体的科研成果可能拯救无数人的生命，价值不亚于烈士。"或许是这些"烈士"感动了中国，2020 年中国人体器官捐献登记人数首次突破百万，为前八年的总和。

2月，第一例新冠肺炎病例尸体解剖便进行完毕。医生通过解剖发现，死者肺泡功能受到损伤，气道又被黏液堵住，临床上会出现缺氧低氧状态。因此，在治疗方向上要改善病人的缺氧状态，需要把气道打通，对黏液进行稀释、溶解。否则黏液没有被化解，单纯给气给氧，会适得其反。仅此一项解剖便改变了医生的治疗方向。

祝高春之所以反复强调南昌大学医学院遗体用量很大，甚至是多多益善，除需要培养大量的医学人才以外，还因为人体结构的复杂性。祝高春在解剖中验证，不同的人体，结构存在着很大的差异。拥有正常人体结构的人只占70%，变异结构占20%以上，畸形结构占10%以下。了解人体结构的这些变异，在临床上意义非常大，可能会救人一命，也可能成为一起医疗事故。

为了适应新一轮科技革命和产业变革，国家提出新医科的概念，从治疗为主到兼具预防治疗、康养的生命健康全周期医学的新理念，其核心之一就是建立以患者为中心的精准医学。只有建立在大量解剖基础上的医学，才能实现从感性到理性的飞跃。祝高春正是因为了解他的学生需求，才愿意从过大年的喜庆氛围中走出来，不顾忌讳，不辞辛苦，为学生接受更多的遗体捐献。

祝高春又讲到大年初三接受四具遗体的那件事。

当天祝高春已经接受了南昌两具遗体捐献，又到宜丰县接受了一具遗体捐献，正在返回的路上，接到省红十字会工作人员的电话，祝主任，不好意思，萍乡市有一位抗美援朝老兵捐献遗体，你接受有困难吗？

红十字会工作人员可能是觉得祝高春已经接受三具遗体，很辛苦，打电话给其他几个医学院，他们都因故推辞了，再给祝高春打电话。

祝高春说，好，再大的困难我也必须克服。

祝高春凡事都要先替别人想想才做决定。红十字会打电话问自己有没有困难，肯定是自己也遇到了困难。

还有一年，祝高春正在吃年夜饭，接到了捐献遗体的电话。

祝高春凭直觉回了一句，能不能等到明天？

对方沉默不语。

祝高春马上回味过来了。捐献者家属决定今晚捐献，肯定是有所考虑，拖到明天，捐献者家属岂不是悲痛又要添上心痛。再说明天就是大年初一，今晚和明天对他来说，又有什么区别？

祝高春立即说，好，我马上去！

就在祝高春将宜丰县接收的遗体安置好后，正准备往萍乡赶的时候，红十字会工作人员又来电话说，对不起，老人的家属想留老人在家再过一个晚上。你得明天清早赶到萍乡。

祝高春这时完全可以找个理由推辞，但他没有。

正月初四一大早，祝高春一行人又匆匆驱车 300 多公里，赶到萍乡市安源区青山镇八一社区。

老人叫喻沅良，是萍乡煤矿的退休职工，也是一名有着 63 年党龄的老党员。1951 年 4 月，喻沅良在老家湖南新化参军入伍，参加抗美援朝战争，并且立过三等功。1954 年，喻沅良复员后分配到萍乡煤矿工作，一干就是一辈子。2011 年 9 月 14 日，喻沅良夫妻双双登记成为遗体捐献志愿者。同时，也立下遗嘱："我俩年纪大，身体不好，去世后遗体献给国家，骨灰不要安葬，不能占一寸土地。因为地是国家的、人民的财富。"三年前，喻沅良的老伴去世，成功实现遗体捐献。

因为遗体的珍贵和来之不易，祝高春和他的学生对每一具捐献来的遗体都充满着敬畏。接受遗体时，车子要打扫得干干净净，搬遗体要轻抬轻放，神情要肃穆。给尸体解剖时，白大褂要穿戴整齐，先要默哀，再默念操作规程，心中无数不能下刀，不能拍照，不能嘻嘻哈哈。解剖完后，除有些器官组织要制成标本外，遗体要重新整容，举行告别仪式，再送到火葬场去火化，骨灰要进红十字会的捐献者纪念园，名字要刻上江西人体器官捐献者名录。到了清明节，他还要组织学生参加江西省红十字会的追思会，让一些有文采的学生写纪念文章以示悼念。

祝高春还经常性将捐献者的故事发布在他的网课上，让他的学生在学知识的同时，读懂人生。

祝高春也在他有限的教书生涯中，通过不断地教出好学生让自己的人生得以升华。他也在想，等哪一天他把自己捐出去，或许人生才算真正圆满。

2021年8月24日，《新华每日电讯》报道了安徽合肥蜀山区西园街道邮电新村有40位老人立下遗嘱，死后捐献自己的遗体。并且从2002年3月到现在，已经有4位老人去世后实现了遗体捐献。人体器官捐献正在一步一步冲破"身体发肤受之父母""入土为安"等根深蒂固的传统观念，成了文明新风中的一股潮流。

人体解剖和人体器官移植都需要稳定的遗体来源，人类医学因为捐献者的无私奉献而不断地焕发生机和活力。人体器官捐献同时也是超越世俗的至真至善至美，是一个人倾其所有诠释生命至高的价值和意义。诗人臧克家说，有的人活着，他已经死了；有的人死了，他还活着。这或许是给人体器官捐献者最好的注脚。

中国"保尔"胡启初

2016年4月4日清明节上午10时，雨后初晴，在萍乡市秋收起义广场举行了一场以"深情缅怀、公益接力"为主题的大型追忆活动，深情缅怀全国道德模范提名奖获得者、当代"中国保尔""雷锋哥"胡启初。

活动不仅在秋收起义广场设立了主会场，还在芦溪县南坑镇窑下村、南坑镇希望小学、源南乡石塘小学等胡启初生活、服务过的地方设立分会场。追忆活动从白天一直持续到晚上。晚7时整，活动进入高潮，各志愿活动组织、社会各界群众数千余人点燃着蜡烛来到活动现场，通过追思寄语、敬献鲜花、事迹介绍、故事分享、诗词朗诵、倡议号召等形式，怀念胡启初。

广场之上，烛光摇曳，鲜花满地，言之哀哀，情之切切。

胡启初到底是一个什么样的人，为什么萍城要举一城之力来纪念这样一个人？

我在江西省红十字会终于找到了答案。

胡启初首先是一个不幸的人。1974年10月，他出生在萍乡市芦溪县南坑镇南坑河畔的窑下村一个农民家庭。不幸是从他13岁开始。这年，刚刚上了三个星期初中的胡启初不得不辍学。医院检查，他患有先天性心脏病、类风湿性关节炎等多种疾病，导致高位瘫痪，从此开始了近30年的轮椅生涯。

好心的医生悄悄对他父母说："回去吧，这病目前没有有效的治疗方法，别花冤枉钱。能活多久都很难说，何必人财两空。"

父母怔怔地看着医生，半天说不出话来。他还是个孩子，来世上一趟还什么都没有做，医生说回去就回去了？

胡启初从父母忧伤的表情里似乎猜测到了什么，对父母说，走，回家！

父母再也忍不住心中的悲愤，抱着胡启初号啕大哭起来。

中国农民在发现自己走进绝境的时候，往往不再去相信科学，而是相信命运。命运于他们来说通过努力又可以改变，改变命运的不是暴力，而是善良。譬如说，有人被医生宣判了"死刑"，回家后到处烧香叩头做善事，还找些民间偏方死马当活马治，又活过来了。这就是民间精神的力量。胡启初的父母也选择了这种方式与命运抗争。他们背着胡启初四处寻医问药，遍寻秘方偏方，上山挖各种各样的草药，煎药给儿子服用。胡启初吃过的草药是用担挑，煎药的水能让南坑河暴涨。胡启初也不相信自己会就此结束一生，他坚信能把这个世界闹出一个不大不小的动静来！

在经历了长时间撕心裂肺的疼痛之后，求生的信念让胡启初神奇般地活了下来，且病情得到了相对稳定。虽然双脚再也站不起来，身体僵直着，失去功能的右手也是僵硬地贴着身体，但左手还能上下活动，三根手指还能自由弯曲，这就是上帝给他留下的沟通未来的唯一"本钱"。

胡启初其次才是一个幸运的人。

他第一个幸运是有一位好父亲。父亲胡海纯首先是卖尽了家里一切值钱的东西，甚至包括床，又四处"求爹爹拜奶奶"借钱，最后让他奇迹般地活了下来。父亲是一个老实巴交的农民，还是一个粗通文墨的农民，也是一个一切为了儿子的农民，压不弯打不垮的农民。父亲知道，儿子的身体已经不可能站起来，但精神必须站起来。要想让儿子的精神站起来，唯有读书。书籍是心灵的憩园，还是人的精神脊梁。他也不知道儿子喜欢看什么书，亲朋好友那只要有书，他都借来给儿子看。儿子读书也不是为了读书，而是想沉浸在书里，忘掉自己的不幸。

父亲的歪打正着让胡启初一步一步走出了疾病痛苦的阴影，重新振作起来。

胡启初曾经写过一首关于父亲的诗：

您用干裂粗大的双手

按摩着我已经萎缩了的脚

一遍又一遍地鼓励

孩子，坚强些

几夜没合的双眼满是血丝

像掀起的伤口

滴出鲜血一样的泪水

似出炉的钢水

烙在我心头

胡启初第二个幸运是他拥有文学的天赋。一个在痛苦中挣扎的灵魂一旦进入文学的天堂，残缺的人格便会迅速得以修复，人生的不幸反而成了他取之不尽用之不竭的财富。他在一个偶然的机会，看到一张文学小报，便对写作产生了浓厚的兴趣。这张小报就是他进入文学天堂的一扇门。他坐在轮椅上，开始了他的文学之路。那时农村还没有电脑，胡启初的第一步是要用仅能活动的三根手指练习写字，一笔一画地练，歪歪扭扭地写。夏天汗流浃背也顾不上擦拭，冬天手脚冰凉还在不停地练习。终于，他以蜗牛般的速度写出了一篇小小说《山恋》，接着又写了一篇散文《心雨无声》，还有两首小诗。《山恋》是他虚构的一位山村青年与一位历经磨难的女孩的苦恋，《心雨无声》正是记录了他与病魔斗争的心灵历程，两首小诗更是他精神冲破肉体牢笼自由飞翔时的欢歌：

有心飞翔

不幸断了翅膀

二十多年的较量

写不尽心中的悲伤

山河再美

天空再蓝

门窗一关

与我两茫茫

勇敢的人

何惧磨难

来

痛哭过后

听我纵声歌唱

纵马扬鞭

放牧梦想

在

太阳睡醒的那一刻

掬起曙光

　　他让父亲将这些稿子都寄给了那张小报的编辑部，作品陆续发表。让胡启初没想到的是，1997 年春，小报编辑部的几位编辑带着慰问金和礼品专程前来看望他。

　　我在采访的同时，一直在寻找这张九十年代的文学小报，希望能读到胡启初更多的作品，追寻他的心路轨迹。我的努力没有成功，但种种迹象表明，这张小报应该是芦溪县有着同样文学梦想的作家创办的一张文学报《白鹤峰》。白鹤峰是芦溪县境内武功山的最高峰，海拔 1918.3 米。白鹤峰山门有一副对联：万里云山齐到眼；九霄日月可摩肩。小报以白鹤峰为名，足见当年芦溪作家的文学"野心"。我无法考究这批作家的文学成就，但有一点毫无疑问，这支队伍是一个温暖的大家庭，他们相互勉励，携手前行，用文学改造着人生。有一位叫李根芳的作者在他的叙事诗《永远的丰碑》里这样叙述：

那一年

我和编辑部的几位老同志一起

在生于斯长于斯的南坑窑下村

你的故里，看望慰问了你

只因你的小说和诗歌

我们相识在《白鹤峰》小报里

胡启初的人生轨迹因这一次相会发生了重大改变。有人回忆说，当时他两眼潮湿。他心中肯定有一团烈火在燃烧。他终于发现，哪怕身体百分之九十已经僵硬，一只左手和三根手指同样能敲出奇迹。从那以后，他笔耕不辍，作品不断越过"白鹤峰"，走向全国的文学报刊。2008 年，胡启初的第一部小说《又见杜十娘》在小说网上发布，共 48 万字，一炮走红。之后，又创作了网络小说《情剑归鞘》，发表了 200 多万字的文学作品，作品点击率都非常高。胡启初以顽强的毅力和可喜的创作成果在网络上赢得了一大批粉丝，被誉为"中国保尔"。2012 年 3 月 9 日，新华社记者以《一位瘫痪"文艺青年"的网络作家路》为题对胡启初进行了全面报道。中国残联原主席邓朴方也开始关注他。胡启初如其所愿，在文学上"闹"出了不小动静。

胡启初第三个幸运是他发现了一种爱，叫大爱。或许是文学情怀使然，他之前一直只想到超越百分之九十残疾的躯体，他做到了。如果仅仅是如此，或许他只能像白鹤峰山门的对联，万里云山齐到眼。

2012 年，中国农村已经发生了翻天覆地的变化。胡启初身边的父老乡亲一边守望着家园，一边走出家园打工赚钱，回过头来再建设家园，苦日子一去不复返。然而，他们也留下了许多自己无法解决的问题，如农村的留守儿童越来越多。胡启初让父母推着轮椅到自己的母校去了解情况，发现全校 120 多名学生，有 60 多名是留守儿童，他内心被深深震撼。这么多儿童在缺少父母关爱的环境中成长，就像一池塘的鱼靠人放天养。谁来给这些孩子一个快乐的童年？胡启初突然产生了一个想法，创建一个"守望之家"。

要建好一个留守儿童之家，必须解决三个问题：一是房子，二是票子，三是能给孩子关爱的人。他让父母推着轮椅到窑下小学找李校长商量，李校长又向南坑中心小学江校长汇报，最后敲定把一间大教室隔成两间，一间上课，一间做守望之家。房子解决了，还需要购置电脑、音响、桌椅、课外书籍和必要的玩具。钱从何处来？胡启初又找到共青团芦溪县委，联系到东风启亚集团公司捐资一万元作为启动资金。民革芦溪支部也捐赠了数百本图书和篮球、象棋等体育器具。县残联捐赠了一台打印机。胡启初又吸引了一批志愿者加入，解决了饮水机、电子琴和儿童图书。《白鹤峰》编辑部的作家朋友也赠阅了《白鹤峰》报。"守望之家"在社会各界的持续关注和支持下，日子渐渐"富裕"起来。但是，胡启初还是觉得，这个家还不完整，还缺少一个最重要的元素——能给孩子们关爱和温暖的人。这些人不但要有较高的文化素养，还要有爱和奉献精神。他又想起网上的粉丝们，在网络广发招募志愿者的帖子，很快就有30多位志愿者报名。在胡启初的心血浇灌下，"守望之家"终于成了一个完整的家，他则成了这个家当然的"家长"。他重新取了一个名字：杜鹃花小屋。

萍乡新闻门户网曾报道过一名记者亲身经历的"快乐的星期天"：

2012年6月9日上午9时许，我们受《白鹤峰》委托采访胡启初同志，正好碰上一次别开生面的活动，萍乡实验小学与"胡启初守望之家"进行"心手相牵、与爱同行"交友联谊活动。

在孩子们共同玩耍的时候，志愿者穿梭其间，指指点点，不时为孩子们解决各种难题。不知不觉，吃午饭的时候到了。留守儿童、实验小学的小朋友和志愿者坐在一起共进午餐。孩子们相互夹菜，餐厅里笑语喧哗。

胡启初虽然不能下地与孩子们一起玩耍，但能坐在轮椅上给孩子们讲故事。自己的，别人的，书上的，报上的，只要经过他的口，那些故事都特好听。孩子们听了，不但增长见识，而且激发想象，坚定意志，陶冶情操。笔者曾询问过几个留守儿童："你们觉得这个家怎样？愿来吗？"孩子们都说："这个家有味道，很好玩，我们天天想来。"

2013 年 4 月，胡启初入院治疗，仍不忘"杜鹃花小屋"的孩子们。他联系到麦田计划萍乡团队、上栗县志愿者联合会等公益团体加盟"杜鹃花小屋"公益活动。同年底，"杜鹃花小屋"从窑下小学搬到南坑镇希望小学。2014 年初，回家休养的胡启初又萌生了成立志愿者协会的想法，很快得到了志愿者的响应。经萍乡市文明办批准和萍乡市民政局注册，2014 年 4 月 27 日，"萍乡市启初关爱志愿者协会"在芦溪县南坑镇希望小学成立。在短短的两个月时间里，来自萍乡市的 300 多人通过萍乡市志愿者服务中心注册成为该协会成员。之后，协会以萍乡市南坑镇为中心，迅速向周边乡镇和芦溪县乃至全市辐射，一批关爱留守少年儿童志愿活动点相继建立，并将服务对象由留守儿童逐步扩大到贫困儿童、残疾儿童、重症儿童。

胡启初用残缺的肢体，挑起了"大家长"的重担。三年下来，志愿者协会吸引了 1000 多名志愿者。在这支志愿者队伍里，有公务员、企业家、大学生、学校老师，还有法国 ESSEC 高等商学院的 5 名华裔、法国籍和韩国籍的大学生。协会先后设立了 4 个关爱留守儿童的固定场所，除开展周末例行活动外，还开展了"大手牵小手"走进特殊学校、"关爱生命交通安全"巡回展等系列公益活动。截止到胡启初逝世，他的守望之家开展爱心活动 128 次，联系服务群众 3200 余人次，结对资助帮扶困难留守儿童 180 余人，帮扶困难群众 6800 余人。

中央电视台新闻频道以及各省市媒体纷纷对此给予了全方位报道。胡启初也因此曾两度获得"萍乡市自强模范和关心下一代先进个人"荣誉称号。2012 年 8 月，他入围中国文明网"中国好人榜助人为乐"。2013 年，他获得江西省第二届"雷锋哥"称号、2013 感动江西十大人物、萍乡市道德模范，入围 CCTV"感动中国"2013 年度人物，荣获 CCTV2013 年度"慈善人物"提名奖，当选为"中国好人榜"之"助人为乐好人"。2014 年，他又获得"最美萍乡人"和江西青年五四奖章。2015 年，他获得"德耀中华·第五届全国道德模范助人为乐模范"提名奖、"全国未成年人思想道德建设先进工作者"、全国劳动模范、第四届江西省道德模范。

如果这算是胡启初在有形的世界"闹"出的一个大动静，那么接下来胡启初又在江西人禁锢的精神世界里投下了一颗炸弹。

2013年4月5日，胡启初因旧病复发住进了医院。在他病重期间，很多志愿者想为他设立捐款账号，发动社会爱心人士为他募集手术治疗费用。胡启初委婉拒绝了。与救自己相比，他更想找一个能接手"守望之家"的合适人选。

4月11日，躺在病床上的胡启初用尚能活动的左手，郑重填完了《江西省志愿捐献遗体申请登记表》，并对红十字会的工作人员说："爱不仅仅需要奉献，更需要传递，感谢你们给我一个传递爱的机会！"

4月13日，当得知通过手术治愈的希望非常渺茫之后，胡启初毅然放弃了手术，又回到了孩子们的身边。在他诚挚邀请下，公益组织麦田计划安排志愿者接手了杜鹃花小屋。当他将所有的"后事"安排妥当默默等待生命最后一刻到来时，医院专家再次对他的病情进行了一次全面诊断，提出一个保守治疗方案，使得胡启初的病情又逐步稳定下来。

或许是胡启初早有预感。2016年3月7日，他在人生最后一条微博中这样说：

> 说真的，每天做着同样的事，有点累有点腻，但是每次看到孩子们纯真的笑脸，又觉得所有付出都是值得的！
>
> ——南坑杜鹃花小屋第103次活动记

2016年3月18日晚，胡启初突发心肌梗死，被送入医院抢救。住院期间，萍乡市社会各界爱心人士、志愿者和南坑镇希望小学的留守儿童纷纷到医院看望。志愿者更是在医院24小时轮班守候。22日晚8时10分，在呜咽的春雨声中，年仅42岁的胡启初离开了这片他深深眷恋的土地。

23 日凌晨 1 时，根据胡启初生前提出的遗体捐献意愿，经胡启初父母同意，江西省红十字会派出专家为胡启初做了眼角膜获取手术。23 日上午 10 时，胡启初遗体告别仪式在萍乡市殡仪馆举行。3000 多位自发而来的社会各界人士在绵绵春雨中为胡启初送行。告别仪式之后，胡启初遗体被送往南昌大学医学院。

半生心血满头华发的胡海纯哽咽地说，为了儿子的心愿，我愿意将他的遗体捐献出去。这位一生只为儿子而活的父亲，看似得到了解脱，心里却充满着苍凉。

胡启初曾经说过，身体的残疾并不代表心灵的残缺，在我的世界里，我一样上天入地，一样快意驰骋，因此我的人生并不残缺。

胡启初身躯虽然残缺了，但灵魂并没有残缺。他拿着小学文凭，却一步跨入了江西最高学府南昌大学医学院的讲堂，成为大体老师，完成了他人生两大境界的最终设计：一是知道，二是知足。

知道，让他为明白而活。知足，让他为大爱活！

4 月 1 日，江西省红十字遗体捐献者西山纪念园开园。西山纪念园占地 625 平方米，造型为内圆外方，象征天圆地方。纪念广场为莲花铺装造型。佛语"花开见佛性"寓意人如莲花，人死魂不灭，不断轮回中，捐献者精神长存。其中主题雕塑高 3 米，抽象的人形雕塑象征捐献者和受捐者，远观主题雕塑像一双手，托起伟大的捐献事业。江西境内 2016 年 3 月 1 日以后的捐献者姓名都将被镌刻在新纪念园四周花坛内的纪念碑上，万古流芳。

如莲花般圣洁的胡启初适逢其会，如冥冥中的安排。

信仰的力量

死亡不是一个人的终点，却可能成为更多人的人生起点。所以，一个人不仅要扣好人生第一粒扣子，还要扣好最后一粒扣子。

采访中，让我感触最深的是，在人体器官捐献的群体中，有一大批共产党人。生前，他们不仅扣好了人生的每一粒扣子，守好了人生的初心，死前仍不忘"毫无保留地献给党和人民"，督促子女完成器官或遗体捐献。他们这种对生死的达观态度和干在实处走在前列的无私奉献精神让人震撼，耐人回味。

2013 年 12 月，中共中央办公厅、国务院办公厅印发的《关于党员干部带头推动殡葬改革的意见》鼓励党员、干部去世后捐献器官或遗体，更是如使命在召唤，无数党员、干部争相完成人生的最后一个篇章。

2022 年 4 月 7 日，《人民日报》海外版整版刊登了 6 位党员群众《捐遗体献器官：我愿意》的文章，其中有宜春市铜鼓县高桥乡花山村老党员刘孝英的自述《为社会作最后一次贡献》：

我今年 79 岁。7 岁那年因病致盲。3 月 30 日晚，4 个儿女聚在一起商量去给爷爷奶奶扫墓一事。当时，我再次向儿女们立下口头遗嘱，百年之后捐献自己的遗体。

不少人，特别是身边的老人，对我这个遗嘱疑惑不解。在我们这个年纪，老人讲究入土为安，即便是火葬，还是要将骨灰埋了。但是，我的看法不太一样，这可能跟我的经历有关。

新中国成立前，我父母长年给人打长工，一家人上无片瓦，下无寸土，老老小小个个文盲。新中国成立后，我们家分到了房子、山林、土地，终于过上了有尊严的生活。这个时候我虽然年龄尚小，但是我懂得新社会真好。

父亲 20 世纪 60 年代就加入了中国共产党，担任村干部 20 多年。在他的带领下，村里修水渠，改造低产田，引进良种良法，村里成了全县的一面旗帜。从我父亲身上，我看到了党员、干部的奉献精神。

改革开放后，一家人条件越来越好，我的后代均受到良好的教育，儿孙中大学生就有3个，中专生4个。国家实行脱贫攻坚之后，我们一家人搬出了大山，住进了集镇上的小洋楼。一家人就医、就学、就业十分方便了。

回想自己79年走过的路，我十分感恩党，感恩政府。最近几年，我经常编织手套、围脖等送给当地中小学生，算是给社会的一种回报。这些年，年纪大了，我也在想，自己还能够为这个社会再去做些什么有益的事？

后来我了解到，遗体捐赠不仅可以帮助很多器官有缺陷的人，救其一命，还能够助力科学研究，推动医学进步。我常常想，如果小时候医学发达的话，我的眼睛可能就不会瞎了，多想好好看看这个世界啊！

现在时代进步了，一些老旧观念该改改了。我年纪大了，救人一命是做不到了，那就在百年之后把遗体捐赠出去，算是为社会作最后一次贡献。我想，孩子们会支持我的想法的。

刘孝英是一个身体尚健硕双眼已盲的老人，也是一个心里有信仰的共产党人，在她质朴的言语中无处不渗透着对共产党的崇敬与膜拜。

早些年，捐献遗体的群体呈"三高"特点，即年龄高、素质高、知识层次高。近年来，志愿捐献群体逐步向平民化、年轻化、"红色"化转变。我无法用一个确切的词语来表达这样一个群体，他们中有老红军、战争年代的老兵和离退休的老干部，甚至包括相濡以沫的伴侣，也有新生代的党员和干部。他们是一群用信仰支撑生命，为信仰而活，最后又把一切献给红色、献给信仰的人，我由此称之为"红色"。

2008年5月1日，武汉老红军张绪因病逝世，终年87岁。张绪生前立下遗嘱："挥泪告别众亲朋，含笑去见马克思。遗体捐医供科研，团结战斗寄哀思。"家人按照遗嘱把他的遗体捐献给医学事业。张绪 1937 年参加红军，次年入党。先后经历过大大小小的战斗 100 多次。他喜欢记日记。他在日记中写道："我 3 次身负重伤，都是战友、群众把我从死神手中抢救过来。我要活到老、学到老、改造到老、奉献到老，才能对得起党和人民。" 1983 年，张绪离休。在当天的日记里，他又写道："共产党员永远没有二线，只要心脏还在跳动，就要力所能及地为党做些工作。"

2017 年 5 月 16 日，成都红军遗孀黄文端因病去世，享年 99 岁。20 年前，老红军鲜清挺和老伴黄文端一同签署了捐献遗体的协议。1998 年，鲜清挺先走一步，捐献了遗体。黄文端一直没忘和丈夫的生死之约，生前反复提醒子女不要忘了捐献遗体之事，百年之后不设灵堂，不开追悼会。儿子鲜琦按照老人遗愿将她的遗体捐献给了四川大学华西医学中心。两位老人除了生前荣获的奖章什么也没给子女留下。二老虽然不能合葬，时隔 19 年，却在医学的天堂相遇了。

2019 年 4 月 24 日，西安老兵许忠走进碑林区红十字会，一笔一画地填写了《中国人体器官捐献志愿登记表》。老人今年 89 岁，耳不聋，眼不花，身体硬朗。他 1949 年 2 月入伍，参加过解放南京的战役。老人说，他很多年前就有遗体器官捐献的愿望，无奈老伴不理解，就搁下了。现在老伴走了，他便趁自己身体还硬朗时，赶紧了却心愿。今年刚好是新中国成立 70 周年，这也是一名老党员献给祖国一份特别的礼物。

2022 年 3 月 24 日，郑州有一位享年 98 岁的老红军，走完他辉煌而不平凡的一生后，将遗体捐献给医学事业。早在 2021 年 7 月 6 日，他就到郑州红十字会签署了中国人体器官捐献志愿登记表。老红军生前曾说，我是一名老红军，一名老共产党员，是在党的教育、培养下成长起来的，党教育我不忘初心、牢记使命，要为人民谋利益。

2018 年 1 月 7 日，在南昌市第三医院的病床上，一位拥有 70 年党龄的 92 岁抗战老兵刘义忠病逝，遗体捐献给南昌大学医学院。2015 年，刘义忠被查出患有慢性白血病。他对儿子说："入党宣誓的时候，我记得说的最后一句话是要为党和国家献出最后一滴血，现在我就打算把自己最后一滴血——我的遗体献给国家。"刘义忠在病榻上签署了"遗体捐献志愿登记表"。在父亲的影响下，患有残疾的儿子刘辉也主动加入人体器官捐献志愿者行列。刘义忠 1944 年入伍，先后参加过抗日战争、解放战争，获得多枚勋章。他在战场上负过伤，体内一直留有弹片。刘义忠曾说，我有这种想法，是受甘祖昌将军的夫人龚全珍影响，同样都是老同志，她可以，我为什么不行！

说起龚全珍，在江西虽不说家喻户晓，在英雄城南昌却是人人皆知。江西人都称她为"老阿姨"。2008 年 11 月 5 日，江西省红十字会成立"志愿捐献者之友"协会，旨在发动捐献志愿者力量，宣传普及遗体捐献知识，为志愿捐献者这个特殊群体服务。聘请第 44 届"南丁格尔奖章获得者"邹德凤为会长，全国道德模范、感动中国十大人物、甘祖昌将军夫人、老阿姨龚全珍为名誉会长。"捐友"协会是一支草根队伍，他们根植于这块红土地，悄悄地拨动着人生的琴弦，演奏着一曲曲生命的赞歌。

2015 年 3 月，龚全珍在九江女儿甘公荣家里便郑重签下了遗体捐赠志愿书。在 2021 年清明节江西省红十字会的诵读会上，我见到了她的女儿。那时老阿姨生病住院，委托女儿带话到诵读会："六年前捐献遗体的承诺仍然没有变，全捐，只要有用全捐！因为我是一名共产党员。"

我也正是通过她的女儿了解了这位江西人人敬重的老阿姨。今年 99 岁高龄的龚全珍以她坚定的信仰和高尚的人格征服了江西人。

她的故事还得从她丈夫甘祖昌说起。甘祖昌是江西省莲花县人。1926 年参加村农民协会，1927 年加入中国共产党，翌年参加中国工农红军，先后参加了国内革命战争、抗日战争、解放战争。1955 年，甘祖昌被授予中国人民解放军少将军衔。甘祖昌一直有个心结，与牺牲的老战友比，自己贡献太少，组织给的地位太高。1952 年，他因公跌伤后，患有严重的脑震荡后遗症，更是一次又一次向组织打报告，请求回江西农村参加社会主义新农村建设。直至 1957 年，组织才批准他辞去新疆军区后勤部部长职务，携家人回到阔别 20 多年的家乡，开始了 29 年的"农民生涯"。在农村的 29 年里，甘祖昌坚持参加劳动，与乡亲同甘共苦，修建了 3 座水库、25 公里渠道、4 座水电站、3 条公路、12 座桥梁。1957 年至 1984 年间，甘祖昌工资收入加原有存款共计 102452 元，其中支付用于国家建设的有 79032 元，占总收入的 70%多。在家乡，他被称为"将军农民"。1986 年 3 月 28 日，甘祖昌因病在莲花县逝世，终年 81 岁。

受这位"将军农民"影响最大的是他的妻子龚全珍。龚全珍 1923 年出生于山东烟台。1952 年，她从西北大学教育系毕业，加入中国共产党，并分配在新疆军区八一子弟学校当教师，与甘祖昌相识并结婚。1957 年 8 月，龚全珍随甘祖昌离开乌鲁木齐，来到丈夫的故乡坊楼镇沿背村定居，做了一名乡村教师。那一年，她才 34 岁。她一边教农村的孩子，一边默默地支持丈夫搞家乡建设，一干就是半个多世纪。

1986 年，丈夫去世后，龚全珍继续守护着开国将军的梦想，致力于农村教育，扶贫助学，救危济困。2013 年 9 月 26 日，龚全珍被评为第四届全国道德模范。2014 年 2 月 10 日，她又获《感动中国》2013 年度十大人物。习近平总书记先后两次接见了龚全珍，并亲切称她为"老阿姨"。龚全珍一直保持着写日记的习惯。龚全珍的日记曾这样写道："当个中国人多么光荣！当个中国共产党党员多么光荣！我要为她奉献出一切！可是我做得多么渺小，多么不足！今后要努力！努力！直至生命结束。"

她在日记里，多次提及遗体捐献。

2006 年，83 岁时的日记："应该为捐献遗体做好准备工作。"

2010 年，87 岁时的她更加迫切："我应该在有限的日子里奋争一下，应办好遗体捐献！不然我死都不瞑目！因为我的肝、皮肤和眼都是有用的器官，不用太可惜了！"

2015 年，92 岁的龚全珍终于签下了一个生命"契约"："只要有用就全捐。"

伟大的人生心里都装满了人间真情，装满了看似平凡做起来不平凡的道理，就像她的日记："我的一生像棵小树，童年在日本帝国主义和国民党统治下虽幸得保住生命，但先天不足无力长成参天大树，却也能在森林中做出自己的一点点绿色，保持绿色直到回归自然。"

红十字会宣传处的夏晓雯给我提供了这样一段资料：邱慎诚是从江西省人防办党组书记、主任岗位上退休的正厅级干部。他 1959 年参军入伍，成了一名空军飞行员。几十年来，党和部队在他心里种下了一个信念："要用自己的鲜血和生命去保卫祖国统一和安宁。"转业后，他又将一腔热诚投入到江西省的人防事业。2000 年，他退休了，失去了人生目标。2009 年，他又患上肠癌，前途更是一片灰暗。但他没有就此消沉，总觉得活着才有机会，哪怕做一个抗癌的失败者，也能给后人留下一点启示。他始终保持着乐观的心态，严守生活规律，坚持一定强度的体育锻炼。没想到，他居然康复了。

2013 年，邱慎诚受邀参加江西省红十字志愿捐献者之友新年联谊会。看到很多比他年轻得多的"捐友"谈捐献、谈人生，居然是那样洒脱，那样通透，他的血又开始沸腾了。退休不是人生的终结，死也不是人生的终结。人死之后，眼角膜还可以让别人重现光明，肝、肾、心、肺都可能救人一命。这就像一个击鼓传花的游戏，只要鼓声不停，"花"一直会传下去。又或者像一场接力赛，甚至更像细胞分裂，一生二，二生四，四生"万物"。一个人作出捐献决定，这种传递才刚刚开始，无数次传递之后，世界将充满着生机！这不仅仅是一条奉献之路，而是人类的幸福之门啊！

邱慎诚同样想起父亲的死。父亲百年之后是火葬，送往火葬场，45分钟后，烟囱一冒烟，出来的就只有一坛骨灰。他心里问自己，我死后也是这个样子吗？不，一定不能这样！

2013年4月11日，邱慎诚登记捐献遗体，并成为"捐友"的名誉会长。他曾说："我是党的一名高级干部，虽然退休了，但不能忘了自己的身份。活着，要努力锻炼身体，当好一名志愿者。死了，要争取将更多更好的器官捐给党和人民。"

从此，老人外出，宁可忘了钥匙，忘了钱包，红十字会发给他的捐献卡总是贴身带着。人生无常，万一有个意外，只要有人发现这张捐献卡，一定会帮他实现遗愿。

2018年7月19日，这位50余年党龄的老党员、老干部邱慎诚如愿以偿。遗体告别仪式上，他头戴军帽，身上覆盖着党旗，在完成向党的最后一次"敬礼"之后，成了一名大体老师。

2016年12月30日的《江南都市报》曾报道过这样一则消息：九江市瑞昌的刘大爷找到记者，称自己一直以来都有一个捐献器官的心愿。但从2009年至今，他反复向多个部门申请，始终没有结果。今年78岁的刘大爷表示，自己最近因为此事都睡不好觉，不知道捐献器官需要走哪些流程，希望有关部门能够帮助他完成这个心愿。刘大爷告诉记者，他是一个老党员，曾经在农村的时候，也当过不少"小领导"，国家和社会抚育自己，自己回报还不够。现在年事已高，能为社会做的最大贡献便是"捐献器官"，帮助到一些需要的人。记者联系了九江市红十字会宣传科石科长。石科长介绍，器官捐献一般要求自愿捐献者年龄小于65岁。刘大爷的年龄已经不符合器官捐献的要求，但是遗体捐献无年龄要求。捐献人只要与家人事先沟通，获得家人支持，就可以填写捐献志愿书。刘大爷当即表示只要能为社会作贡献，捐献遗体他能接受。

是什么力量让这位"入土为安"观念深植脑海的刘大爷为了捐献自己的遗体器官七年坐立不安呢？唯一的解读：他是老党员，曾当过不少"小领导"。

高安市审计局干部谢海洋是一名80后的党员，父亲早逝，靠母亲拉扯大。参加工作八年，爱岗敬业，任劳任怨，公道正派，淡泊名利。2017年，被任命为固定投资审计股股长，同时还是一名扶贫干部。2018年7月底，谢海洋突发脑梗，不久便陷入脑死亡状态。妻子悲痛之余，与家人商量，决定无偿捐献谢海洋的有用器官。家人捐献的理由是，谢海洋是一名党员干部，平常就助人为乐，家里人是做他想做而又做不到的事。

奉新县65岁的捐献者宋孝财，曾担任过村团支部书记、村支部书记，是一名有40多年党龄的村干部。2018年9月28日，宋孝财因高血压引起脑出血，经抢救无效。次日，捐献了遗体器官。

赣州市会昌县黄坊村村干部李森林是一个80后。李森林全身心投入红十字会志愿者队伍中来，起源于一场"横祸"。那年，李森林的父亲突发急性心肌梗死被送进ICU。在医院的日日夜夜，年轻的李森林想得最多的居然是生命的脆弱、无常和珍贵。所幸父亲被抢救过来。父亲出院后，李森林最迫切的愿望是掌握一定的自救和互救能力，他并义无反顾地投身公益，成了一名红十字志愿者和一名应急救护培训师。2019年1月7日，李森林作为志愿者第一次参与遗体器官捐献见证工作。2月1日，他又再一次参与遗体器官捐献见证工作。两次见证让他对生命的意义有了另外一种理解，捐献遗体器官，为别人送去生的希望，也为自己留下一个安放人生价值的空间。李森林把自己的想法告诉了父亲："人死了，与其一把火烧成灰，还不如留下些有用之躯，继续发光发热。"父亲也是一名老共产党员，何况还刚刚从"鬼门关"走了一个来回，也看通透了。父亲决定和儿一起加入遗体器官捐献志愿者行列。没想到妻子也想开了，我一个人走另外一条路多孤单呀，还是结伴同行吧！

"爱心奉献，宜早不宜迟。"3月19日，李森林和妻子、父亲一起来到会昌县红十字会，共同签署了《江西省遗体捐献志愿登记表》，成为会昌县第37、38、39位遗体器官捐献志愿者。

每个人都是这个世界匆匆而去的过客，除了留下一串随之被风尘掩埋的脚印，你还能留下什么？或许是一句让人深思的话，或许是一段让人感动的情，或许是一个让人怀念的背影，也或许是一串能激励后人的誓言。

2017年5月18日，由江西省红十字会组织的"百人集体登记遗体器官捐献宣誓仪式"在南昌市八一公园举行。一群身穿绿色上装，心怀"用健康器官帮助别人比入土为安更有意义"信念的遗体器官捐献志愿者集体发出呐喊："希望百年之后，我的眼睛能让他人重见光明，我的心脏能在垂危生命里再次跳动……"

2017年6月，河北省邯郸市红十字会年仅35岁的年轻干部杨海燕死后捐献器官和眼角膜的事迹传出后，21日，江西省红十字会机关举行了一次"向杨海燕同志学习暨机关遗体器官捐献集体登记活动"。江西省红十字会常务副会长周海涛和专职副会长袁才华、戴莹出席，红十字会机关全体党员干部职工参加了活动。机关40余名党员干部在各自征求家属同意后，自愿填写了遗体器官捐献登记表，集体加入遗体器官捐献志愿者的行列，并在杨海燕遗像前郑重宣誓。

2021年3月27日，中国器官移植发展基金会和医学影像技术研究会联合创立的"生命接力先锋队"走进百家医院系列活动，在江西南昌拉开序幕，分别走进了南昌大学第二附属医院、江西省人民医院开展联学联建主题活动。在两场活动中，两家医院有300多名党员医务工作者在线上登记成为器官捐献志愿者。

活动中，中国人体器官捐献与移植委员会主任委员黄洁夫在讲授主题党课时，用"刮骨疗毒""壮士断腕"来形容人体器官捐献改革的艰难历程。中国改革的主要目标是要成为世界器官移植第一大国。中国器官捐献与移植事业"十年磨一剑"。2020年全国完成器官捐献5222例，年均总量位居世界第二位。没有器官捐献，就没有器官移植。目前，中国器官移植发展基金会"施予受"器官捐献志愿者网志愿登记约172万人次。黄洁夫说："但相比我国14亿人口，9000多万共产党员，器官捐献的理念宣传和教育还远远不够。"他呼吁广大党员干部发挥先锋模范作用，传承弘扬大爱精神，带头参与器官捐献工作，推动中华民族传统美德在器官捐献与移植事业中发扬光大。

由此，我想起南昌市红十字会工作人员周萍给我讲的一个捐献案例。2020年，南昌铁路上有一个老人患肺癌去世。五年前，老人曾在小儿子的陪同下，到南昌市红十字会做过志愿捐献遗体登记。周萍接到电话后，通知了南昌大学医学院。她赶到了老人家里时，南大医学院接收车辆也开进了小区。然而，老人的妻子却不同意捐献遗体。周萍又问老人的女儿，女儿说，没听说过爸要捐献遗体，问老大吧，老大说了算。大儿子来了，也不同意。

周萍说，你们不同意没关系，我们随时可以撤。

大儿子说，你们走吧。

周萍又说，捐献遗体毕竟是老人生前的遗愿，这次错过了，你们都会有遗憾。

大儿子说，爸爸18岁入党，在街坊邻居眼里他奉献了一生，死后还要捐献遗体。别人不是骂爸爸，而是要朝儿女吐唾沫。

周萍听说老人是党员，又看到了希望。她说，老人原来是一名老党员，说明他志愿捐献是经过深思熟虑，你武断地拒绝老人的愿望，再后悔就是一生。

大儿子犹豫了很久，还是圆了父亲的信仰梦。

江西是革命星火燎原之地，是共产党人初心使命的源头，也是新中国卫生事业的发祥地。江西省人体器官捐献移植工作也取得了长足的进步。2020 年，江西省每百万人口的捐献率达到了 5.36，器官捐献与等待移植患者比为 1:7，器官捐献量与移植技术临床应用的数量和质量均跃居全国第一方阵。但是，还存在很大差距。

江西人的信仰不可有一日丢失，生命接力也不可有一刻停止。

第六章　*OPO*，敲开幸运之门

器官准入唯一通道

自 2007 年国务院公布《人体器官移植条例》以来，中国人体器官移植工作逐步走上法制化、规范化轨道。2013 年，建立并启用了中国人体器官分配与共享计算机系统。从此，人体器官捐献工作有序推进，取得积极进展。中国人体器官捐献得以顺利开展，得益于这个符合国情和科学、高效、公平、公正、公开的人体捐献器官获取与分配的工作体系。

在这个工作体系中，有一个最核心的组织就是器官获取组织（Organ Procurement Organizations，简称 OPO）。2010 年器官捐献试点以来，在全国的 27 个省市自治区相继成立了 117 个 OPO。OPO 也可以看成是器官准入的通道，而且是唯一的通道。OPO 是在国家卫健委统一领导下成立的一个或多个由人体器官移植外科医师、神经内外科医师、重症医学科医师及护士等组成的人体器官获取组织，主要负责对其服务范围内的潜在捐献人进行有关医学评估，与捐献人或其近亲属签订人体器官捐献知情同意书等人体器官捐献合法性文件，将捐献人及其捐献器官相关信息录入中国人体器官分配与共享系统，获取、保存、运送捐献器官，并按照器官分配系统的分配结果，与获得该器官的器官移植等待者所在医院进行捐献器官交接确认。

中国研发的器官分配系统，严格遵循器官分配政策，以技术手段最大限度地排除人为干预，以法律手段严厉惩处买卖器官，以患者病情紧急度和供受者匹配程度等国际公认的客观医学指标对患者进行排序，由计算机自动分配器官。

有条件的省（区、市）获国家卫健委批准后，实施辖区内统一等待名单的捐献器官分配。省级卫生行政部门必须向全社会公布已经办理人体器官移植诊疗科目登记的医疗机构名单、OPO 名单和服务范围，以及经考核合格的人体器官捐献协调员名单和联系方式，接受社会监督。移植医院必须将本院等待者的相关信息全部录入器官分配系统，按照要求及时更新。OPO 通过器官分配系统适时启动捐献器官的自动分配，严格执行分配结果，确保捐献人及其捐献器官的可溯源性。各级各类医疗机构和医务人员发现潜在捐献者，都只能向省级卫生行政部门指定的 OPO 报告，严禁向其他机构、组织和个人转介潜在捐献人信息。人为干扰器官分配系统分配器官或未通过器官分配系统擅自分配捐献器官的，依法给予处罚，涉嫌买卖捐献器官的，移交公安机关和司法部门查处。中国人体器官分配与共享计算机系统主任王海波曾就此做过解读：人体器官获取与分配管理明确规定，如果有数据作假，或者是系统外分配，或者有其他任何干预分配的行为，医院会被吊销器官移植的资质，医务人员被吊销医疗执照。如果是发现背后还有其他涉及器官买卖的行为，会移交到司法机关。

这套系统受到国际社会的高度关注和赞扬，世界卫生组织（WHO）曾公开表示，这个系统摒除了人为干预，以患者的医学需求作为器官分配的唯一准则，是确保器官捐献移植透明、公正和可溯源性的根本措施，也为公众对器官捐献的信任奠定了基础。

OPO 运行坚持公益性，以非营利为原则，收费标准制定以成本补偿为基础，统筹考虑获取过程中的资源消耗、技术劳务价值和群众可承受程度。捐献器官获取过程中发生的服务和资源消耗，由 OPO 向服务主体付费，列入 OPO 获取捐献器官的成本。捐献器官获取成本分为直接成本和间接成本。直接成本包括器官捐献者相关的成本、器官获取相关的成本、器官捐献者家属相关的成本。其中，器官捐献者相关成本主要包括捐献者医学支持成本、样本留存成本、遗体修复及善后成本和器官捐献管理成本。器官获取相关成本主要包括器官获取手术成本、器官医学支持成本和器官转运成本。器官捐献者家属相关成本主要包括器官捐献者家属在依法办理器官捐献事宜期间的交通、食宿、误工补贴等成本。间接成本为 OPO 运行和管理成本。如同无偿献血与临床用血一样，器官捐献是自愿、无偿的，器官获取的费用并非器官的"价格"。器官本身是无价的，但在器官评估、功能维护、获取检测、保存运输等过程中会产生相应的成本和费用。按照世界卫生组织《人体细胞、组织和器官移植指导原则》，支付器官获取及保障器官安全、质量和功效等过程中产生的合理和可证实的费用符合国际通行器官移植伦理。

江西人体器官捐献和移植也设置了自己的底线和红线，实行严格的伦理审查制度。遗体器官捐献是公民自主意愿的表达，是社会文明与人文道德进步的体现，更是法律赋予的权力。每一个卫生健康、红十字会、志愿组织的从业者都有责任、有义务保障公民实现捐献愿望，诚信践行，善良忠诚，不损害他人和社会，遵纪守法，这是最基本的道德底线。敬畏法律，自觉维护法律尊严，依法执业也是职业精神的内涵。不得通过遗体捐献与器官移植非法牟利，未经捐献者本人或死者近亲属明确同意不得摘取器官，未取得器官移植资格的医疗机构和执业医师不得实施器官移植手术，这是不可逾越的法律红线。

江西省卫健委早在 2015 年就制定了一套人体器官获取组织服务范围划分方案,2021 年又根据情况变化做了进一步完善。方案明确了江西省人民医院、南昌大学第一附属医院、南昌大学第二附属医院、上海市东方医院吉安医院作为全省的 OPO 单位,依法依规实施人体捐献器官的获取。方案还划定了 OPO 服务范围,严禁跨范围获取器官。OPO 必须在中国人体器官分配与共享计算机系统(COTRS)公开、公平、公正分配器官,严禁系统外分配等违规行为。方案规定,各级各类医疗机构及其医务人员应当积极主动发现潜在器官捐献者,并向对应的 OPO 单位和红十字会报告潜在捐献者信息,配合人体器官捐献协调员做好潜在捐献者临床诊治情况和病情转归愈后告知、捐献法规政策和捐献流程宣传,按照诊疗规范进行疾病诊治和死亡结果判定,协助 OPO 单位开展人体器官捐献的获取,并为器官获取提供场所、设备、技术和人员支持。严禁向方案规定之外的其他机构或个人转介潜在捐献者信息,严禁医务人员利用职务之便违反诊疗原则借转诊、转院等机制转运潜在捐献者遗体为服务范围外的 OPO 单位获取器官提供便利。

江西省卫健委依法履行监管职责,向全省公布了 OPO 工作人员名单,对 OPO 人员实行备案管理。未经备案不得代表 OPO 在服务片区开展器官捐献相关工作,OPO 工作人员接受社会监督和各级卫生健康行政部门管理,OPO 工作人员要积极配合各级红十字会,协助人体器官捐献协调员见证工作。

与此同时,江西还建立了自己的人体器官移植临床服务体系。全省有3 家医院获得器官移植资质,分别是江西省人民医院(心、肺、肝、肾、小肠、胰腺移植)、南昌大学第一附属医院(肝、肾、小肠、胰腺移植)、南昌大学第二附属医院(心、肺、肝、肾移植)。全国的情况,目前具有器官移植资质的医院 178 家，其中具有肝脏移植资质医院 97 家，肾脏移植医院 136 家，心脏移植医院 46 家，肺脏移植医院 32 家，胰腺和小肠移植医院 43 家。

截至 2021 年底，全省共认定人体器官移植医师 51 人，其中肾脏移植医师 18 名，肝脏移植医师 13 名，心脏移植医师 14 名，肺脏移植医师 13 名，胰腺移植医师 7 名。

为了深入了解江西人体器官捐献和移植的监管情况，我专程采访了省卫健委医政医管处的葛贤建和曾祥滨，并且专门听了葛贤建一堂人体器官捐献与移植法规政策的解读。

据葛贤建介绍，江西有五条强有力的措施确保了人体器官捐献和移植顺利开展：一是省卫健委与红十字会及相关部门之间建立了联席会议制度，及时研究解决人体器官捐献和移植中存在的问题，确保了部门之间对接的通畅。二是给 OPO 划分了"责任田"（责任片区），如江西省人民医院的服务范围是赣州市、抚州市、萍乡市，南昌市的南昌县、安义县、青云谱区、青山湖区。南昌大学第一附属医院的服务范围是九江市、景德镇市、鹰潭市、宜春市，南昌市的进贤县、新建区、东湖区、高新技术开发区。南昌大学第二附属医院的服务范围是新余市、上饶市，南昌市的西湖区、红谷滩区、经济技术开发区、桑海经济技术开发。上海市东方医院吉安分院的服务范围是吉安市。服务与责任统一。三是严格 OPO 的人员管理。要求 OPO 的工作人员必须是医院的正式职工或长期聘用职工，有相应的资格证。四是严格近亲属活体器官移植的审批制度。五是所有的人体器官捐献都必须经过伦理委员会审查。在每家移植医院都必须成立伦理审查委员会，由院内的科室主任、医务部门负责人、护理部主任、分管院长和院外的医学专家、法律顾问等人员组成。活体器官移植的伦理审查还必须有省卫健委有关人员参加。五条措施基本上从源头上预防器官获取乱象的发生，确保了 OPO 正常的工作秩序。

对监管部门而言，人体器官捐献和移植不仅仅是一项技术工作，还是一项"政治"工作。国外一些敌对势力往往会借中国的人体器官捐献和移植来攻击中国的制度和人权，只有依法履行职责，才能有力回应这些攻击。

2016 年 6 月，葛贤建就开始从事人体器官捐献和移植监管工作，法律条款熟悉，工作思路清晰，工作经验丰富。我们聊着聊着又聊到了活体移植的伦理审查。伦理审查是分批次集中审查，每一次都要审查几个或十几个案例。审查时，捐受双方和直系亲属都要参加。

一次，有一个大学生患有尿毒症，需要换肾，却没有等到合适的肾源。家里有三兄妹，这是最小的一个儿子，家庭经济状况很一般。在万般无奈的情况下，母亲准备将自己的一个肾捐给儿子。葛贤建亲自主持了这一活体捐献移植的伦理审查。

审查在一个非常庄重的气氛中进行。审查的方式是一问一答，看似在走程序，但是每一次审查都是对亲情、对灵魂的再一次拷问。

第一个进来的是受体儿子。

葛贤建问，你是谁？

儿子回答了。

葛贤建说，你这次来想干什么？

儿子说，想做肾移植。

葛贤建问，知道是谁把器官捐献给你吗？

儿子声音很低回答，我妈妈。

葛贤建又问，你愿意接受吗？

儿子半天没吱声，脸上渐渐现出痛苦的神色。

葛贤建理解一个做儿子的心情，这是要牺牲母亲的健康来换儿子的一条命，但这个问题又必须要儿子亲口回答。他不得不再一次提问，你愿意接受吗？

儿子仍没回答，只是点了点头。

葛贤建说，你的家庭是否有经济能力承受这次手术？

儿子仍然是轻轻点头。母亲身上的器官都捐献出来了，家里还有什么不愿拿出来挽救孩子的生命？

葛贤建说，你能否承受手术的失败？

儿子突然站了起来，脸色苍白地看着葛贤建，又缓缓地坐了下来。手术失败意味着儿子将承受重大的生命安全风险，还要深深地伤害一次自己的母亲。儿子或许是在内心嘶喊，我不能承受！但这种嘶喊又被强烈的求生欲望死死按住，无力地咽了回去。儿子有气无力地说，我能承受。

葛贤建最后问，这次移植，你家里人都同意吗？

儿子无比忧伤地说，同意。

葛贤建说，我的问题问完了，祝你成功。

儿子已是汗透衣背。他深深地向葛贤建鞠了一躬说，谢谢你的拷问，以前我总是肆意挥霍母爱，以为母爱就是用来儿子挥霍的。

葛贤建微笑着问，现在怎么想？

儿子说，母爱是母亲的精血所化，挥霍一分便少了一分！

一场伦理审查变成了一次伦理考核。

第二个进来的是捐献者母亲。葛贤建问了同样的问题，你是谁？这次来的目的是什么？你想把器官捐献给谁？你是不是自愿捐献？

母亲面带微笑，或许是仍沉浸在能救活儿子的喜悦中，回答也很轻松，捐一个肾给儿子，能救儿子一命，哪有不愿意的！

葛贤建说，移植一棵树都不可能保证100%的成活，你能不能接受器官捐献的失败？

母亲犹豫了一下说，真要遇上了，那也是命，我不后悔。

葛贤建说，你的家庭是否有经济能力承受这次手术？

母亲说，就是砸锅卖铁也要救人。

葛贤建说，捐献一个肾之后，对你的身体会有一定影响，甚至会丧失部分劳动能力，你能不能接受？

母亲说，儿子没了，我死的心都有，你说我能不能接受？

接着是对父亲和直系亲属的审查。一场伦理审查就是对一个家庭不同角色的一次人性审视，其间有痛苦，有忧伤，有期待，也有无奈。所幸江西的活体器官移植手术成功率是100%，没让江西人失望。一个肾移植手术是否成功可以从四个方面去衡量：一是手术顺利完成，人体各项生命体征正常。二是器官功能恢复，四小时之后来尿，说明器官与身体连通，血液循环正常。三是各项生化指标检测趋向正常，说明器官在体内已经发挥了作用。四是术后年份生存率的考量。江西近20年的肾移植生存率，三年生存率在95%以上，五年生存率在90%以上。

曾祥滨也跟我谈了他的一些感受。每成功实施一例人体器官捐献和移植都是一件值得庆祝的事。一个脸色灰暗的肾移植患者，手术成功出院，就像一棵干枯的小树突遇一场春雨，生机迅速得以恢复，面色变红润了，人也变精神了，再也看不到一点病态。只是"春雨"贵如油，受各种陈腐观念等"气候"影响，OPO的工作人员和受体盼望的"风调雨顺"太难了。十个潜在捐献者信息，能成功实施者不过一两例。人体器官捐献和移植在静默的春天行走得太辛苦。

曾祥滨谈起他一个大学同学肾移植20年的辛苦等待，无限感慨。在南昌大学医学院读书的时候，同学一米七的个头，爱好体育运动，活泼开朗，是女孩心目中的白马王子。也是在他风华正茂的时候，潜伏在身体内的危机正在一步步显现。脚部经常出现紫癜，经常出现免疫系统导致的凝血。大学毕业后，大家各奔东西，但曾祥滨总能在网络上找到这位同学，因为同学酷爱打游戏，常常是通宵达旦。可是，曾祥滨发现，从 2003 年开始，同学一到晚上九点就下线了。曾祥滨不以为意，以为同学"改邪归正"了。没想到同学是得了肾小球肾炎。近 20 年，肾炎将他折磨得体重只有 45 公斤，双肾萎缩到如小鸡蛋般大，完全丧失了功能，靠血透来维持生命。通过其他同学在上海、北京的大医院排队，期待那里的 OPO 敲开他的幸运之门，但都没有成功。他又回到江西的医院挨日子，基本不上班，对人生基本绝望。之所以还在苦撑，就是想把儿子送到大学毕业。2020 年，经过漫长而又焦急地等待，他从器官分配系统等到了一个肾源，并成功移植。同学现在完全恢复了正常，再也不是以前"弱不禁风"的小男人了。

在这个器官准入的唯一通道里，每一个生命都是在孤独绝望中行走，当他们与 OPO 相遇，两个孤独的生命便如情侣般手牵着手，感受着彼此的温暖，你把生机给我，我把生机给你。世界因"相遇"不再孤独，因"相爱"不再绝望。

用车轮丈量生命的缘分

2022 年 2 月 24 日凌晨，一辆小车在会昌至南昌的南韶高速上飞驰。

江南已渐渐进入雨季，没想到一场迟到的雪席卷而来，似是为已经走远的冬天进行的最后葬礼。22 日，赣鄱大地上一夜风雪，尤其是南昌及其周边地区的雪下得最大，积雪厚度达到十多厘米。江西南北纵深千余里，南北气候差异很大。会昌县属赣南，连雨都没下，路面还是干的。小车开始一直在干爽的路面上行驶，似乎完全闻不到前途的凶险，毫无顾忌在黑色的沥青路面上奔跑。到了乐安县境内，道路开始结冰，且弥漫着大雾。小车一头扎进大雾时，司机才有些慌乱，紧急踩刹车想控制车速，一个处置不慎，小车发生侧翻，向前滑行了几十米才撞到路边护栏上停了下来。

龙成美是坐在副驾驶的位置，目睹了车子从侧翻、滑行到逼停的全过程，但他经过一阵天旋地转之后，脑子里除了两个字"完了"，剩余全是一片空白。车子终于停了下来，龙成美渐渐恢复了意识，感觉没完，就是不知道身体撞坏了多少"零件"。他的身体与侧翻的车子一样横躺着，先活动了一下手，没找到毛病，又找到安全扣，松开了安全带，活动了一下身体，也没事。

他又想起同伴，喊了一嗓子，还有活着的吗？

司机说，活着呢，就是不能动。

后排是医院一个判定脑死亡的专家。他也哼了一声说，我腿可能断了。

龙成美苦笑，没死就好！

龙成美设法钻到车外，踩在结冰的路面，发出嚓嚓的响声，四周是白茫茫的一片。他出了一身冷汗，这样的天气和路况，车子没飞出高速已经是命大了。他找到手机，打通了另外两辆车同事的电话。这次从会昌出发一共有三辆车，他因为要赶医院八点的会，先行了一步。

龙成美在寒风中等了半个小时，同事的车到了。众人七手八脚把受伤的司机和专家从车子里抬出来，转到另两辆车上，车子小心翼翼下了高速，转到国道上回了南昌。

出事的当天下午，我在江西省人民医院 OPO 办公室见到了龙成美。龙成美是 OPO 办公室的主任。来之前，我就听红十字会救助服务中心副主任张知璜说，龙主任到赣南获取捐献器官出了车祸。所以，我们见面聊的第一件事就是车祸。

会昌县有一个四岁多的小孩患有脑胶质瘤。一个多月前，人已处于昏迷状态。龙成美与医院影像科、神经外科的专家去会昌进行过一次评估，小孩属胶质瘤二级到三级，可以做捐献。但小孩的眼睛偶尔还会动一下，家属认为还活着，坚持要等一等。龙成美也觉得家属的心情能理解，便同意等一等。龙成美回来后都把小孩捐献这事给忘忘了。22 日晚上 9 点多，会昌那边的医生突然打电话来说，小孩不行了，血压忽高忽低，吸氧也不大好，要龙成美他们过去。龙成美看到窗外大雪纷飞，有些犹豫。但他还是与同事和医院有关部门进行了电话沟通，到了 11 点，雪一点停下来的意思都没有，而且路面积雪越来越厚，车子根本无法出门，他不得不放弃连夜赶去的想法。

第二天清早，雪停了，南昌道路上的雪也有人在清理。龙成美决定去会昌。他昨晚就知道会昌没下雪，下雪主要还是南昌地区。南昌到会昌有四百多公里，他们一行下午 3 点才赶到会昌县医院 ICU。经过脑死亡专家判定，小孩已进入脑死亡状态。一个多月过去，小孩被病痛折磨得只剩下皮包骨头。家属思想几经斗争，决定捐献时已到了 5 点多。省人民医院派出做器官获取手术的车辆同步出发，开到会昌已是晚上 11 点多。紧接着是术前准备，凌晨一点半开始做器官获取手术，4 点前成功获取了一肝两肾。因为省人民医院受体不够，这次获取的器官，自己只做一台肾移植手术，肝和一个肾通过计算机系统分配出去了，分别装在随后出发的两辆车上，到南昌去交接。

龙成美 4 点从会昌出发，6 点半在乐安出事。

龙成美说，幸亏器官装在另外两辆车上，要不白忙活不说，如何对得起小男孩和他的家人。

我说，你没事吧？

龙成美笑着说，现在已经过去了六七个小时，有事我应该有感觉的。

我问，司机和你同事也没事吧？

龙成美说，司机腰部扭伤，同事大腿骨折。

我笑，这是最好的结果了。

龙成美身材瘦小，头发如秋天的树叶，掉落了不少，大半小脑门暴露在"光天化日"之下。他属外向型性格，很健谈，说话常常伴有爽朗的笑声。笑起来，一双眼睛缩在眼镜后面，变成了一条缝。龙成美思维很敏捷，我的思路都有些跟不上他说话的节奏。

龙成美又说，这个月，我是第二次直面死亡。

我问，又怎么了？

龙成美说，2月17日，在赣州市一个十字路口，我们的车子抢了一个黄灯。那次我也是坐在副驾，一辆油罐车从侧面直接对着我撞过来，幸好是撞在车尾巴上。

我笑，人要死前是什么感觉？

龙成美说，没有感觉，就是眼睛一闭，等死。又说，两次直面生死，我想通了一件事。

我说，什么事？

龙成美说，上战场的士兵为什么会舍生忘死？因为面临生死的时候，没有那么多时间让他们去想，没有纠结，要么你打死我，要么我打死你。

我问，车子撞来的时候，你怕吗？

龙成美说，当时脑子里一片空白。别看我说说笑笑，现在倒是有些后怕。这就是死里逃生。我都不敢想，会不会有第三次？如果有第三次，我还能不能死里逃生？

我笑，大难不死，必有后福。但愿没有第三次。

龙成美说，我也不想有。我在有意识地记录一些东西，等我退休了，也当作家，写我的经历，我的人生。我现在做的事太有意义了。

龙成美是一个很有意思的人，他自我介绍时总要对自己的名字做一番解读：君子成人之美。这话切中了他做人做事的要害。他1973年出生，还有一步便跨进了"知天命"的门槛，这番解读或许就是他的"天命"。他是宜春市万载县人，本科在赣南医学院读。2003年，他到南昌大学医学院读研究生，学泌外。2006 年毕业，本来是分配到福建宁德。宁德是中国大黄鱼之乡，国家园林城市。位于福建省东北翼沿海、福建闽东地区，东临东海，与台湾隔海相望，西邻南平，南接省会福州市，北接浙江，是福建离"长三角"和日本、韩国最近的城市。他女朋友已经去了厦门。然而，2005年江西省人民医院组建器官移植科，想要龙成美留下来搞肾移植。龙成美成人之美，留了下来。

江西省人民医院早在 1994 年就开始做肾移植手术。2001 年开始做肝移植，做活体肾移植。开展人体器官移植在全省不算最早，但医院有一个好的传承，坚持得也非常好，现在是全省唯一获得所有科目人体器官移植资格的医院。2007 年，江西省人民医院做了第一例公民逝世后捐献器官的移植手术，邀请华中科技大学同济医院的陈忠华教授来主刀。2008 年，医院又做了一例儿童捐献的器官移植手术。2010 年国家将江西列入试点省，与省内几家医院在器官移植领域的坚守不无关系。

龙成美在器官移植科之前都是做助手，真正主刀是在 2015 年之后。龙成美还是一个"快刀手"，做了几十台肾移植手术，每台手术大概用一个到一个半小时便能完成。肝移植也做，但参与得少。那时医院主刀医师只有四个人。2015 年以前，江西省人民医院肾移植做得最好的是 2009 年，全年做了 99 例，在全国医院排名第十四位。2015 年之后，司法捐献断供，器官来源少了。医院与省红十字会合作，做公民逝世后人体器官捐献，每年捐献量大概在二三十例。2018 年，医院考虑到龙成美的专业优势和 OPO 职能特点，契合在一起能实现双赢局面，便做龙成美的工作，让他到 OPO 来负责。龙成美再次成人之美，进了 OPO。国家有规定，OPO 的医生不能兼做移植手术，他进 OPO 就等于要放弃他一直引以为傲的肾移植手术。龙成美是一个能拿得起放得下的人，放弃就放弃吧，器官获取不是器官移植的配角，而是器官捐献工作的主角。

龙成美因为曾经做过移植医生，能深切感受到等待器官的病人内心的绝望和痛苦，每当遇到捐献者家属犹豫不决时，他便像促成一段姻缘一样，苦口婆心地讲病人如何在孤独地等待，等到之后又是如何地兴奋，器官移植成功之后又是如何地感动和快乐。这种快乐不是一个人的快乐，而是两种生命结合之后的欢畅。以前他只知道患者是靠器官活命，有器官就做手术，没器官便跟他无关。现在才知道，没有捐献就没有移植，而每一例器官捐献又都是来之不易，这是他以前无法感受到的。他现在就像有一种使命在召唤，一种缘分在召唤，想的仍然是成人之美，努力促成每一例捐献，让更多的器官等待者笑逐颜开。为了成人之美，他只要获得潜在捐献者信息，无论有多远，无论是白天还是黑夜，也无论天气有多么恶劣，他都会用车轮去丈量生命的缘分。这种缘分不是天上掉下来的"林妹妹"，而是靠他和 OPO 的所有工作人员用真诚、勤劳和汗水换来的。如会昌之行的二十四小时连轴转那是家常便饭，有时几个捐献者凑在一起，还得四十八小时、七十二小时连轴转。2022 年春节过后，正月初二做了一例，初三又做了一例。正月初八，他们又到宁都，也有一辆车子出了车祸，一名专家被撞伤。从正月初二到我采访他为止的 22 天里，龙成美和他的 OPO 一共完成了十例器官捐献，此中辛苦，苦不堪言！

　　江西省人民医院 OPO 自从龙成美来了之后，器官捐献成倍增长。2018 年，他来后的三个月，做了 18 例。2019 年完成了 85 例，2020 年 93 例。2021 年做了 106 例，捐献量在全国医院排名第十二位。省人民医院的肾移植也重返了全国排名第十四位。

　　一念生，一生缘。一个人为了成人之美能豁出性命，传递的不仅仅是爱，还是江西人体器官捐献和移植事业的希望。

　　江西省人民医院 OPO 有 8 名工作人员，其中考取协调员资格的有 5 人。在江西省红十字会，我见到了一个叫黄婷的女孩。名如其人，黄婷身材高挑，亭亭玉立，是一个善解人意的女孩。2018年，她从临床护理岗位调入OPO。2021年，她通过培训考试，获取了协调员资格证。

我采访过不少协调员。我觉得一个合格的协调员，资格证倒是次要了，而他们的人生经验和人情世故才是主要的。只有自己身上有烟火味，才能融入人间烟火，与捐献者家属"情景交融"。黄婷虽然看上去像是一个不谙世事的女孩，但通过交谈，她就是我说的有烟火味的女人。

2019年，也就是黄婷刚调入OPO不久，她接到抚州市人民医院的电话，在临川区乡下有一个6岁的小男孩，从楼上掉下来摔伤了头部，已经脑死亡，靠呼吸机维持生命。小男孩的父亲是装修工，母亲是小学老师，还有一个小弟弟。小男孩虽然还在上幼儿园，但特别懂事，人见人爱。黄婷赶到抚州市人民医院。当时，小男孩的父母并不理解人体器官捐献，甚至还有些反感，这么小的孩子，死前还要挨一刀，于心何忍！小男孩摔伤五六天了，一直在抢救，已经花了不少钱。小男孩的母亲说，哪怕是还有一线希望，她倾家荡产都要救。小男孩的母亲与黄婷年龄相仿，黄婷也有一个同样大的孩子。黄婷没有直接提器官捐献，而是与小男孩的母亲聊天，聊一些有共同感受的孩子的琐事，聊着聊着便亲如姐妹。

水到渠成之后，黄婷说，这么可爱的孩子，为什么不让他的部分生命继续活下去呢？

母亲说，孩子已经这样了，再挨一刀，我心疼！

黄婷问，孩子临走之前，是救人好，还是毫无意义地走好呢？又说，你不是说孩子特别喜欢奥特曼吗？为什么不让他最后做一个超级的奥特曼！

母亲说，能这样做吗？

黄婷说，能！孩子的名字还可以刻在器官捐献纪念园的石碑上，让更多的人记住他。

母亲心动了。这次谈话后不久，小男孩的母亲反馈过来一个消息，家里人都同意捐献器官。

母亲最后给黄婷提出一个要求，孩子的器官移植以后"过得"怎么样，能不能告诉她？黄婷说，可以。黄婷加了那位母亲的微信，两个人成了好朋友。特别是在捐献后的几天，黄婷几乎天天给那位母亲打电话，告诉她，儿子的一肝两肾移植到三个人身上，都恢复得很好，鉴于工作纪律，我不能告诉你更多。母亲也非常理解地说，没关系，恢复了就好。

去年，这位母亲又怀孕了，还是个男孩。她非常兴奋地给黄婷打电话说，感觉我的孩子又回来了！

黄婷知道，她已经从失去孩子的阴影中彻底走出来了。黄婷也从这个案例中又得到了一种启示，人体器官捐献和移植往往是从悲剧开场，以喜剧结尾，谁把握住了"上天"给他的最后一次机会，谁就拥有人间喜剧！

当然，黄婷也经常面对失败。2021年国庆节休假期间，广昌县有一个脑出血患者，已无抢救希望，属潜在捐献者。黄婷开了三个多小时的车才赶到广昌县人民医院。医院有一个规定，成功捐献一例，给OPO工作人员一千元劳务费。因为成功往往难以预测，之前车轮子上的消费都得自己开支。黄婷经常是开私家车去各地医院，既节省时间，又方便。

医院ICU外挤满了家属和亲友。黄婷让医生找了一个地方让这些亲属都坐下来。她独自面对十多个家属，先自我介绍，又向家属了解了患者的发病经过和病情。患者是家里的顶梁柱，老婆没有工作，家里有三个小孩，母亲不久前患病去世，家里经济非常困难。

情感沟通得差不多的时候，黄婷开门见山地说，患者既然已经走到这一步了，为什么不做做好事，考虑捐献器官，帮助需要的人？

家属中有一人说，你让他帮别人，谁又来帮这个家呀？

黄婷说，我能帮，我会想办法通过各种渠道帮助他们渡过难关。

能解决这一家眼前的困难，工作算是通了。黄婷通知了自己的OPO团队。下午二点，团队准备出发时，患者突然心脏骤停，再也抢救不过来了。

生命缘分有时很奇妙。2018 年，黄婷刚来 OPO 的时候，也是广昌县，一个家属给黄婷打电话说，愿意捐献器官。患者是外伤造成的脑死亡，非常符合捐献条件。家属之所以打电话，是因为他家里有一个红十字会的志愿者。黄婷带着团队来到广昌，深入接触之后，患者的女儿提出一个要求，她必须知道父亲的器官捐献给了谁。几经劝说，女儿仍然坚持。

黄婷问，你为什么要坚持呢？

女儿说，我到时候要去找他。

黄婷说，谁也无法改变器官捐献双盲原则，我不能满足你的要求。

女儿说，我什么都不要，就只要知道父亲器官的去向，行吗？

黄婷很理解女儿对父亲的依赖，但也只能无奈地摇摇头。女儿从小父母离异，她一直跟父亲生活，父女感情特别深，她无法接受父亲"失踪"。

就在黄婷准备离开时，发现隔壁病床上一个患者很符合捐献条件。患者是骑电动车发生交通事故，脑部撞伤。患者是一个农民，40 多岁，生有三个小孩，大儿子在部队当兵，两个儿子还在读书。黄婷私下与医生沟通，能不能与家属见个面？医生找来了孩子的大伯。患者老婆是一个农村妇女，在家族这种大事上一般不具备"发言权"。大伯是一名县里的干部，对人体器官捐献挺认同，人都这样了，还不如做个好事。那时广昌正在推行殡葬改革，对器官捐献一无所知。黄婷又找来广昌县红十字会的工作人员，再一次与患者家属成员进行了沟通。从部队赶回来的大儿子提出一个顾虑，父亲捐献器官，我在部队会不会受到影响？黄婷说，我想不会受影响，你可以打电话问问。儿子给部队首长打电话。首长回答说，这是一件好事，你可以去做。

黄婷的无心插柳不仅仅是促成了一例器官捐献，而且引起了广昌县街头巷尾的热议。很多人说，既然不能土葬，与其一把火烧掉，还不如捐献器官。都烧成一堆灰了，尸体完整不完整又有什么区别？捐献者家庭也因为宣传报道，村里人都知道这是一件好事，还组织捐款救助了这个家庭，两个儿子读书的学费也得到了一定程度的减免。

捐献的做法一样，捐献的想法却是多种多样。

黄婷还给我讲了一个南城的案例。一个女孩，父亲离异。女孩本应由父亲抚养长大，但因父亲贪玩，没有家庭责任感，女孩是由爷爷奶奶培养成才。父亲突发脑出血，成为潜在捐献者。女孩无须任何人做工作，主动捐献父亲所有的器官。女孩对黄婷说，父亲生前一事无成，就是希望他死后有所"成就"。让女孩惋惜的是，父亲依然很"吝啬"，经过评估，他生前还有肾病，只能捐献肝脏。黄婷要给这个女孩一些经济救助，她坚决不肯要。黄婷说，这是按国家规定给的，还是拿着吧，或许还可以为你父亲做一些事。女孩这才收下。

很多人都习惯将高尚和卑微分割开，一个人要么高尚，要么卑微，二者不可能兼得。在采访中，有些人悄悄对我说，某某捐献器官没有任何欲求，是纯粹的奉献。某某是因为家里太难了，为困难补助而捐献。我的确也曾被他们的这些说法困扰过，甚至无法给这些"卑微"的捐献者定位。但听完黄婷的讲述，我豁然开朗。人体器官捐献高尚的是捐献行为，而不是某一个念头。处于困境中的高尚是高尚，藏于草根中的高尚还是高尚。

器官捐献只有高尚，或者在通往高尚的路上。

黄婷最后告诉我一个感觉，在 OPO 待久了，人也会变得高尚起来。

让移植患者俱欢颜

医院不是倡导健康生活方式的主体，但它一定是健康生活方式的坚强后盾。

南昌大学第一附属医院是江西为数不多的权威医疗机构之一，是一个拥有建筑面积118.6万平方米、编制床位6700张的国家三级公立医院。2019年，国家三级公立医院绩效考核全国排22位，评级为A+。连续7年进入复旦版百强榜，2019年度排第77位。连续7年进入艾力彼版顶级医院百强榜，位列第69位，是全省唯一稳居百强的综合性医院。

在一个春光明媚的下午，我和张知璜副主任拜访了南昌大学一附院普外科兼移植科主任肖建生。因事先有约，肖主任推掉了所有工作，与我们畅谈了一个多小时。他中等个子，脸上有不少无法掩饰的沧桑，笑容里夹杂着疲惫的神态。我们都有抽烟的习惯。在烟雾弥漫中，他的思路放得更开。

肖建生是江西器官移植的亲历者，谈起医院移植发展史如数家珍。在他脑子里有一张医院首例移植时间表：

1991年12月，第一例临床肾移植。

2001年8月，第一例临床心脏移植。

2002年10月，第一例临床肝脏移植。

2003年6月，第一例临床胰肾联合移植。

2004年3月，第一例临床肝肾联合移植。

2005年12月，第一例临床活体供肾肾移植。

2006年11月，第一例临床腹腔镜活体供肾切取肾移植。

2007年6月，第一例临床儿童肾移植。

2012年6月，第一例临床跨血型肝移植。

2017年6月，第一例临床婴幼儿双供肾成人肾移植。

2018年1月，第一例临床机器人腹腔镜活体供肾切取肾移植。

2018年10月，第一例临床婴幼儿单供肾成人肾移植。

2018年10月，第一例临床儿童供肝成人肝移植。

2019 年 10 月，第一例儿童肝移植。

2020 年 11 月，第一例劈离式肝移植。

南昌大学一附院的肾移植和肝移植开展得早，且在多种复杂的肾移植领域进行了有益探索，成果喜人。到目前共完成肾移植 860 余例，5 年人肾存活率近 90%。完成多种技术肝移植 200 余例，良性病变肝移植的 5 年存活率近 90%。

肖建生回忆说，中国的器官移植有几个"高潮"。第一个高潮应该是 20 世纪六七十年代。国外都在开展器官移植，中国怎么办？于是，很多国内大医院把能不能做器官移植作为衡量医院是否拥有高尖端医学技术的一个标志。那时候做器官移植就是第一个吃螃蟹的人，手术风险很大，患者只要愿意做，都是免费。因为没有有效的免疫药物，器官移植效果不好，存活率也不高。到了 2000 年之后，有了比较好的免疫药物，移植技术也逐渐成熟，中国器官移植进入了第二个高潮。这个时候有一个关键问题就是国家没有设置技术准入，医院作为一个副业开展，什么医院都能做。器官移植没有医保，药物的价格和手术成本都非常高，器官买卖、天价移植等乱象也随之出现。很多人砸锅卖铁做完手术，却无力再支付后续的维护费用，含恨九泉。那时器官来源也十分复杂，主要还是司法捐献。

据肖建生说，按照去年全国器官移植的数据，肝移植能做到一百例以上，在全国医院能排进前十，肾移植能做到二百例以上，在全国也能排进前十。而我按肖主任的提示，在网站上搜到 2007 年 8 月 20 日《南方日报》的一篇报道，也就是在中国所谓进入了第二个器官移植"高潮"的时候，东莞某镇级医院一月就做 40 例肾移植。

"做一例移植手术动辄十几万，因为有利可图，前几年很多医院纷纷上马，医疗安全难以保障！"主管医政的江西省卫生厅副厅长廖新波在接受记者采访时透露，器官移植涉及伦理、技术难题，国外对此监管非常严厉。而广东前几年连一些镇级医院都做器官移植，可见这"移植市场"有多"疯狂"。

据业内人士透露，一般大型医院一月最多能做 10 例肾移植手术，而几年前东莞某镇级医院就"大胆开展"肾移植手术，一个月就做了 40 例手术。该医院号称"为来自韩国、新加坡、马来西亚、越南等国和香港、台湾地区的几百名肾病患者成功做了肾移植手术，成功率达 99.98%，实属罕见"。

原国家卫生部副部长黄洁夫也曾严厉批评泥沙俱下的器官移植医疗机构："全国一共有 600 多家医院、1700 名医生开展器官移植手术，太多了！"相比之下，在美国能够做肝移植手术的约 100 家医院，从事肾移植的不过 200 家，而香港特区能够从事肝、肾和心移植手术的医院仅各一家。为此，2007 年 5 月 1 日《人体器官移植条例》实施之后，原国家卫生部对鱼龙混杂的"器官移植市场"进行大力整顿，建立了器官移植准入制，全国仅 164 家医院领到了"准入证"。

我问肖建生，那时医院做肾移植，存活率有多高？

肖建生说，谁知道呀，患者出院后是死是活也没办法统计。

南昌大学一附院在器官移植领域一直是稳打稳扎。2004 年，通过引进人才，聘请比利时归国的鄢业鸿博士到医院组建肝肾外科和移植科，开展肝、肾、小肠、胰腺移植业务。2005 年，师从著名肝移植专家叶啟发教授的肖建生从华中科技大学同济医院博士毕业，进入一附院移植科。2008 年至 2010 年，医院因多种原因停止了移植业务。2010 年，医院重组，划归普外科的一个病区，再分出肝胆外科和移植外科。医院管理体制虽然理顺了，但因器官来源在国际上受到质疑，器官移植实际上进入了低谷。

2015 年 1 月 1 日起，中国全面停止司法渠道器官的使用，公民自愿捐献成为唯一合法的器官来源。南昌大学一附院也紧随全国根本转型的步伐，成立了 OPO 办公室。然而，工作进展并不是很顺利。OPO 负责人对这块工作既不懂，也不感兴趣。医院领导接受了江西省卫健委和红十字会领导约谈，面临着取消移植资质的巨大压力。

2018年，肖建生接手了OPO的工作。接手的当年，OPO的捐献量为零。不过院领导也给了肖建生一个"特权"，由他在全院挑选人才。但是，他这个特权用不上，没有人愿意来。现任的OPO主任刘媛就是他"骗"来的。

我笑，你当初是怎么骗她的？

肖建生说，她当时是我们科一个护士。我觉得她的性格外向，人也长得漂亮，待人接物很大方，容易接近人，很适合做这项工作。我说，你先做，实在不行，仍回科里就是。她才答应。

从这一年开始，肖建生的工作重心也放在OPO上，OPO的工作人员也增加到5个。肖建生也不急功近利，既然是从零开始，就先从规范入手，踏踏实实地做这件事，严防捐献过程中的利益诱惑、不到捐献状态捐献、器官转嫁等乱象给今后器官捐献带来的负面影响。

肖建生说，虽然我们的量不是最多的，但我们是做得最规范的！不管国家怎么监管，对我们的工作不会有太多影响。

在国家尚未出台人体器官捐献财务管理制度的情况下，南昌大学一附院OPO就建立了一套规范的财务制度，所有支出走"公账"。器官成本核算公开透明，让捐献者满意，也让移植患者放心，让阳光事业更加阳光。

2018年6月之后，OPO完成了26例捐献。2019年、2020年、2021年，分别完成了40、67、62例捐献。肝移植在全国96个有资质的医院中排名第三十位，肾移植在全国142个有资质的医院中排名36位。从数量和排名看，尽管与江西省人民医院比有差距，但现在OPO的制度完善了，关系理顺了，工作正在稳步推进。当然，任何工作发展到一定程度都会有一个瓶颈，适合捐献的人就这么多。如酒驾的严查使交通事故大幅度减少，此类适合捐献的人也就在减少。未来OPO工作也还有很大的拓展空间，如不断提高民众的捐献觉悟，提升捐献率。目前，在适合捐献的人群中，只有 20% 的人捐献，还有 80% 的人不愿意接受捐献。

肖建生是一个务实的人，也是一个经历丰富的移植专家。在同济医院读研期间，他不仅学会了肝移植，还做肾移植。之后，又随叶启发教授读博到湖南湘雅医院游学。这几年一附院的器官移植业务上了一个台阶，作为医院移植的中坚力量，他压力很大，头上的白发也明显增加。他站在专业角度，尽管谈了当前中国人体器官捐献很多不足。但是，从近两年的器官捐献和移植数据分析，无论是江西还是全国，无论是绝对数还是捐献率，中国第三次人体器官移植的高潮已经到来。这次高潮是中国实现根本转型与国际接轨之后形成的一次高潮，也是一次健康的高潮，一次不含任何泡沫的高潮。

高潮不等于高峰，目前还有很多器官衰竭的患者在等待器官移植。肖建生是有着移植和 OPO 双重经历的专家，每次揭开这个人体器官捐献和移植的"伤疤"，他都很感慨，爱是能传递的，并且还会在传递过程中不断净化，最后变得洁白无瑕。他目睹过一些器官移植的幸运者等到器官时痛哭流涕，也遇到过在他手上做移植的患者找他感恩，并且表达想帮助捐献者的意愿。这是以前用司法器官见不到的。但鉴于双盲原则，他不能告诉捐献者是谁。他们还"穷追不舍"问，我该去找谁？肖建生说，实在想找就去找红十字会，他们接受捐赠。有些受者去找了红十字会，有些受者听说医院来了器官捐献者，直接将钱物捐赠给捐献者家属。有的受者还发自肺腑给捐献者写信，要 OPO 工作人员转交。每当肖建生遇到这感人一幕，会情不自禁感叹，安得捐献义士千万人？让赣都百姓俱欢颜！

在移植这条路上，要么是活，要么是死，不做移植肯定是死。在供体严重不足的情况下，肖建生常常是"巧妇做出无米之炊"。2017 年，肖建生完成了一例临床婴幼儿双供肾成人肾移植，将一个只有 3 个月婴儿捐献的双肾移植到一个成人身上，确保成人正常肾功能代谢。2020 年 11 月，肖建生又为一个有先天性胆道闭塞的 6 岁小孩做了劈离式肝移植，将一个肝劈开，大肝给大人，小肝给小孩。2021 年，完成了首例孕妇肝移植。鹰潭市有一个孕妇，生完小孩就出现肝衰，已经昏迷五天了。最后遇到一个机会，在肖建生手上做了肝移植。做完手术，肝功能正常，人却三天没醒。肖建生心里嘀咕，完了，别成了植物人。那种焦虑又不知给肖建生添了多少白发。三天之后，患者又醒了。两个月之后，患者出院，完全成为一个正常人。在没找到合适肝源，为了救命，他还做过跨血型肝移植。

肝脏是大器官，血管丰富，肝切一直是外科手术的禁区。肝移植更是移植领域的"宝塔尖"。然而，肝脏又是一个能再生的器官。一个正常人的肝脏大概在 1200 克左右。人对肝脏最低需要量是体重的 0.8%，比较稳妥的比例是 1%。如一个 60 公斤重的人需要肝的重量至少是 480 克，600 克相对安全。肖建生正因为熟知器官的奥妙，艺高人胆大，为了救人，常常通过精准计算，最大限度发挥捐献器官的作用。

多天的采访让我感觉到，只要愿意深入，从人体器官捐献到移植每一个环节都能遇到感动。

在江西省红十字会 2022 年协调员培训班上，我遇到了被肖建生"骗"到 OPO 的刘媛。她现在是南昌大学第一附属医院 OPO 的主任。刘媛的确很漂亮，交谈之后我发现她的美还在内心。

刘媛是鄱阳湖边上的鄱阳县人，或许是地缘的关系，她身上天生就有一种豪气和豁达，很容易让人亲近。刘媛的学历并不高，只是上饶卫校毕业。然而，她是一个幸运儿。2000 年，学校推荐她到一附院实习，她凭着自己的敬业和对事业的执着，赢得了医院同事的喜爱，破天荒留在泌外科当护士。医院成立移植中心，她又到移植中心当护士。都说护士是天下最辛苦的职业，移植科的护士是辛苦中的辛苦。移植患者做手术后要吃抗排异药，容易被感染，都要采取一个星期的保护性隔离。每当这个时候，刘媛是最辛苦的。由于刘媛做事勤快，又肯吃苦，便成了科里的重点培养对象，还把她送到当年移植数量亚洲第一的天津第一中心医院移植科进修。

刘媛对器官移植有一种特殊的情怀。特别是一个垂死的病人在她和同事的努力下，不但神奇般地活了，而且越活越好，这种从失望到希望的过程让她开心快乐。她曾见过一个肾移植之后的病人喝医院锅炉烧的开水，病人说，这水真甜！刘媛从来没有感觉到这种锅炉烧的自来水甜，有时甚至觉得里面漂白粉的味道很难喝。但她很快就回味过来了，肾病患者一定要限水，水喝多了会增加心肾的负担，也就意味着要增加血透的频次，把血液中一些小分子物质透析出去。而血透是痛苦的，也是亡羊补牢，每一次进血透室的患者都要做好出不来的准备。肾病患者一天能喝一百毫升水都是奢望。这不是水的味道，而是健康的味道！

成就感仅仅是一个方面，刘媛还常常被这些受体感动。一次，一个家庭经济条件还可以的受体康复后，缠着刘媛，想给捐献者家里实质性的帮助，刘媛无法满足他。他只好退而求其次，问刘媛，捐献者是男是女，多大年龄？刘媛问，要这些有啥用？受体说，我要做一场法事超度恩人。

这种感动在不知不觉中改变着刘媛。

刘媛的情怀还来自另一种惨痛。2021 年，她的一个等待了半年的肝衰患者终于得到一个信息，他所要的肝第二天就能获取，肝移植手术也安排在明天。今天正在完善相关捐献伦理审查手续。当刘媛把这消息告诉正处于肝昏迷中的患者时，她明显感觉到患者的眼皮在颤动。然而，患者没有等到明天便溘然长逝了。死与生擦肩而过，却没能抓住生。这种生的机会不是人人都能遇上的。在一附院排队等待肾移植的患者有 800 多人，这些患者之所以还能等几年，是因为有血透等替代治疗。等待肝移植患者就没有这么幸运，他们根本等不了那么长时间就要含恨远行。刘媛每天都在希望和失望中煎熬。接到通知来医院的患者，来的时候都是既兴奋，又忐忑不安。等到配型成功，又有些紧张、害怕，总担心手术意外，只有到重新醒来，才能看到无忧无虑的笑容。当匹配不成功时，又或者匹配成功却因为女人来了月经或患者感冒、感染无法做手术，患者又要回到无限期的渺茫等待中，他们就忧愤、悲伤，甚至绝望。

在这种情绪的煎熬中，虽然痛苦，但也激起了刘媛救人的欲望。移植是一个人重生的最后一搏。她想通过自己的努力，给他们创造更多的机会。

2017 年，医院的移植陷入停顿，却给她创造了一个机会。已过而立之年的刘媛，各方面的条例和资历都已具备，原打算去竞选护士长。可移植科的领导却说，她很适合 OPO 工作，劝她参与竞聘。正如肖建生所说，她提了一个条件，竞聘不成仍回移植科，她喜欢在临床。做护士虽然累，但她喜欢那种感觉，服从内心的命令不需要理由。

2017 年 4 月 1 日，刘媛经过笔试面试筛选，正式进了 OPO，但没有任职。她也没计较，就当领导是在工作中考察自己。

OPO 的工作重心在医院，特别是基层医院。要让社会接受人体器官捐献，首先要让医务人员接受。中国人体器官移植第二次"高潮"虽然给中国人上了一堂医学科普课，却也带来了很多负面影响，很多人都把人体器官捐献同器官买卖画上了等号，只是换了一种说法。一些基层医院甚至认为，我们又得不到好处，为什么要为你们作嫁衣？再加上有的医院医患关系不和谐，还担心人体器官捐献诱发新的医患矛盾。

刘媛每到一家医院，总是远远道来，讲人体器官移植历史，讲人体器官捐献的由来，讲国家人体器官捐献体系。刘媛不负众望，她的口才征服了很多人。刘媛很幸运，她去的第一个月遇上了一例捐献。捐献者是一名军人，50 多岁，突发脑出血，家庭也是军人世家，患者已进入捐献状态。刘媛闻讯过去，只问了一句，是不是考虑捐献器官？家属便同意了，什么要求都没提。不仅如此，处理完死者的后事之后，全家人都到红十字会做了志愿捐献登记。

刘媛到 OPO 之后，运气还真好。她跟的第二个案例又是南昌市居民，捐献者骑电动车撞到路边障碍物后脑出血。他家庭经济一般，可家里兄弟三人相继惨遭横祸。捐献者平常也喜欢帮助人，他出事以后，街坊邻里也发起捐款，前前后后收到捐款 30 多万元。捐献者进入脑死亡状态后，刘媛在重症监护室外找到他老婆，他老婆很爽快就答应了，最后捐出了一肝两肾、心脏和眼角膜。后来红十字会也经常去走访，帮她孩子争取了助学政策，她感动了，也做了志愿捐献登记。

幸运只是给了刘媛一个信心。之后，更多的时候是艰难。她曾跟踪一个 3 岁的小孩近 40 天，最后才成功捐献。小孩因患脑炎，导致脑死亡。刘媛第一次到省儿童医院找小孩父亲。小孩的父亲是做工程的，家庭经济条件很好。父亲说，捐献这件事我能接受，但要我孩子捐献，我无法接受。母亲更是听都不愿听。他们虽然拒绝了刘媛，刘媛还是加了这对父母的微信，并留下话，有什么事需要一附院帮助，随时可以找她。之后，小孩的父亲听说南昌大学一附院可以做儿童脑电图，能判别脑死亡，找到刘媛。刘媛免费带小孩做了一次。父亲不甘心，又请了北京、上海大医院的专家来会诊，反反复复折腾了一个多月。其间，刘媛免费带小孩做了四次脑电图。

父亲很感动，悄悄对刘媛说，我老婆不能接受器官捐献，你还愿意帮我吗？

刘媛毫不犹豫地说，愿意。我知道你这样做既是对自己内心有一个交代，也是对老婆有个交代吧？

父亲苦笑，分明知道孩子脑死亡了，这样强制性治疗，其实也是一种残忍。

刘媛说，既然无法延长生命的长度，为什么不拓展生命的宽度？

孩子的母亲则不这样想，只要孩子心跳不停止，便坚持要治疗。到刘媛带小孩做第四次脑电图的时候，孩子的母亲或许是感觉该尽的力都尽了，居然接受了捐献器官。从第一次见面到捐献器官结束，刘媛花了整整 39 天。

还有一个在深圳开公司的人，回南昌过年，8 岁的小孩在小区里被小车撞了，住进了江西省儿童医院。刘媛反复跟踪了多次，孩子的父亲都没有同意捐献器官。然而，他出于对肇事者的愤怒，又希望南昌大学一附院给小孩出一个脑死亡的诊断证明，让交通肇事方负法律责任。中国目前还没有对脑死亡立法，允许脑死亡状态下的器官捐献，却不适宜出具脑死亡的诊断证明，刘媛无法答应他。此事过去一个多月以后，父亲想通了，做出了捐献决定。这个案例她前后跟踪了三个多月。

在所有的捐献者中，女性捐献成功率只约占 20%，男性捐献成功率占 80%。因为女性捐献涉及男女双方的大家庭。

刘媛利用她女性独特的优势成功说服了不少女性捐献者家属，完成了一例又一例捐款。

刘媛还是一个心地很善良的女孩，她在 OPO 利用医院对特困儿童器官移植的扶持政策，先后为三名特困家庭儿童申请了免器官成本肝移植，一例是本省儿童，两例是浙江儿童。

刘媛还告诉我一个信息，省里曾经想接手移植器官成本核算，后来发现医院现在收取的器官成本费远低于他们核算的成本，便不敢再接手了。譬如，配备一台 ECMO（体外膜肺氧合设备）就要 500 多万，还有 CRRT（连续性肾脏替代治疗设备）。医院很多先进设备都是免费提供给 OPO 使用，还有 OPO 的运营和管理成本都是医院在承担。在器官移植等高新技术领域，很多公立医院都是在不计成本地推动着器官移植事业的健康发展。

刘媛开始做 OPO 工作更多的是站在移植患者角度考虑问题，总想为移植病人争取更多的机会。做着做着，心境便发生了变化。现在她想得更多的是捐献者。他们或许人生并不完美，但他和他的亲人们最后献出的爱却像万物凋零的冬天盛开的鲜花，给世界带来了勃勃生机。她现在更欣赏的不是移植患者的笑容，而是充满生机的世界！

刘媛现在做 OPO 工作的唯一诀窍是以心换心，她也想让自己的生命开出同样灿烂的花朵，给这个世界增添一分生机。

她的工作最后赢得了社会的认同，也赢得了领导的认可。2019 年，医院明确她为 OPO 的负责人。2021 年，医院正式任命她为 OPO 主任。

在协调员培训班上，一个年轻的小伙子讲述他成为一名协调员的工作历程引起了我的注意。他叫邹群，瘦高个，操一口浓重的九江口音。他就是在南昌大学第一附属医院 OPO 工作的协调员。2011 年，他从南昌医学院护理专业毕业便到一附院手术室做了护士。2018 年，他主动要求调进了 OPO。他在介绍这段经历时说，这是一个可以实现自我价值，也是一个光荣和伟大的职业！出于热爱，他 2019 年便考取了协调员资格。

邹群对协调员工作非常上心。他总结了一个成功的协调员必须把握五个关键点：一是前期准备。要收集好患者信息，了解病情、发病原因和家庭结构，为有针对性开展工作做好前期准备。二是介入时间。在患者病情稳定，家属又渐渐接受病情，这时候是最佳介入时间。三是增强信任度。由经管医生引荐或者同当地红十字会人员一起介入，是建立最初信任度的关键。不急于表达器官捐献的话题，站在患者家属立场思考问题是建立核心信任度的关键。四是关键人。一般情况下，直系亲属或者家族中有威望的亲属、有文化素养的亲属是关键人物，关键人物思想通了，捐献成功了一大半。当然，也不排除个别特例，关键人来自家与家族毫不相干的村里人。不能为捐献去做捐献，要把每次捐献当作一次捐献知识的普及。五是后顾之忧。细节决定成败。要人性化完成捐献中每一个细节，如隐私的保护、救助政策的落实、后事的安排等等。

2021 年，邹群接触潜在捐献者一百多人，实现捐献 30 多例，成功率在 30%以上。这是一个了不起的数字。他给自己定位是做捐献者与受捐者之间最好的桥梁，做人体器官捐献最好的志愿者。他认为同意或不同意捐献没有对与错之分。他还有一个常人少有的思维，器官捐献，我能多做些什么？或许是这些原因，他的成功率总比一般人要高。

他的这些体验都是来自一个个捐献案例。2021 年，进贤县农村有一个家庭，40 多岁的父亲在浙江开面包车帮人拉货，突发脑出血，已无生的希望。妻子在家里干农活，女儿和儿子在校读书，父母已年迈，这个家的天算是塌了。农村是这样，再难也要让患者活着落叶归根。家里找熟人在医院租了车子和呼吸机等生命维持的必要设备，将他运回了进贤。让谁都不会想到的是，读高中的大女儿竟然提出要捐献父亲的器官。

大人呵斥，听谁说的？

女儿说，书本上说的。爹爹不能为我们活，还可以为别人活。又说，我们不去帮别人，谁又会来帮我们？

女儿虽然说的是孩童言语，却说出了一个人人都知道的道理。只是大人经历了太多的世态炎凉，不再相信这个道理。

女儿的提议得到了医生的响应。邹群听到医生的介绍，当天晚上就赶到患者家里，并让老于世故的大人们相信，人帮人的道理没有改变。邹群初步对患者进行了评估，要求他们将患者转到医院去。患者的妻子又舍不得了。邹群反复做工作到十二点，才都同意将患者转到了一附院。患者最后捐献了一个肝脏。

邹群为了兑现自己的诺言，除落实了红十字会政策范围内的临时救助以外，又专程到进贤县民政部门帮助这个家庭落实了最低生活保障。

2020 年 9 月 28 日,九江市第三人民医院 ICU 有一个 32 岁的女性患者因骑电动车发生交通事故脑出血，诊断为脑死亡。她在家里是独生女，生有一个 6 岁的儿子。父母主动提出捐献女儿的全部器官，实际捐献了一肝两肾和一对眼角膜。

正如邹群所说，每次捐献完成之后，他都要与捐献者家属建立固定的联系，并且要问自己，我还能多做些什么？

女儿去世以后，她的父母一直不敢把这个消息告诉外孙。后来，实在是瞒不住了，才说出来。儿子从此忧郁寡欢，性格越来越内向。邹群听说，便找到肝移植和肾移植的患者，把捐献者儿子的情况告诉了她们。

事情总是那么巧合，肝移植和其中一名肾移植的患者都是女性。不知道是妈妈的器官在移植患者身体里产生了感应，还是女人做妈妈的天性使然，两名患者都反应很强烈。

适逢春节，肝移植的患者买了一套乐高的玩具，主动联系邹群问，我能不能寄给"儿子"。

邹群说，直接寄不合适，我替你转交吧。

邹群也是九江人，经常回九江，顺便就把玩具捎给了小孩的外公外婆。他也没直接告诉小孩，这玩具是"妈妈"送的，而是告诉了小孩的外公外婆，告不告诉小孩由他们做主。没过多久，家长将小孩拼出的玩具图形发给邹群，邹群又将图形转发给"妈妈"。

到了孩子的生日，两位"妈妈"都不约而同地给"儿子"写信。两个人对儿子的称呼完全一致，落款也都是"你的妈妈"。其中一位"妈妈"的信是这样：

亲爱的宝贝：

首先祝你生日快乐！

今天的你是又一岁的开始，今天的妈妈却是一个重新开始的人生。

以后的人生也许都是包藏百味，但一定美不胜收。有晨曦和晚霞，也有风有雨。

　　如果你遇到任何困难，别忘了还有你这个妈妈在。

　　祝一帆风顺！

你的妈妈

2021 年 3 月 21 日

两位"女儿"当然也不会忘了给自己的"父母"写信：

　　亲爱的家人，请允许我这么称呼你们。我不需要告诉你们现在毫无意义的名字，只要知道我承载着你们女儿生命的希望。听邹医生说，咱们的宝贝从忧郁中走出来了，而且恢复得不错，也收到了宝贝的拼图，我很开心。因为在冥冥之中，我们之间突然多了某种特别的维系。虽然不能常常联系，却同望彼此安好，衷心祝福两个家庭都美满和睦、幸福健康！山水总相逢，未来皆可期。

这些书信当然都是用最原始的方法写出来，通过邹群这只"鸿雁"传书。

邹群总是用自己的方式诠释器官捐款的意义。他认为，OPO 的工作重心不应在捐献中，而应在捐献前和捐献后。器官获取是一个纯技术活，OPO 要做的是要让这种技术活有人的体温，有人的情感和理想。每一个捐献者都像泰戈尔在他的《飞鸟集》里所说，生命以痛吻我，我要报之以歌。捐献者和家属在遭受沉重打击之后，还能做出如此抉择，行为是何其珍贵。邹群常常这样劝捐献者家属，任何一个意外，如果早一秒或晚一秒都可能不会发生，但便发生了。这就是捐献者以这种方式在"修行"，他的这种修行可能比他空活百岁所得到的还多。所以，在邹群 70% 的失败案例中，没有一个捐献者家属反感他。他没有完败，而是另一种形式的成功。他曾做过一个统计，儿童和少年捐献的成功率更高。成年之后牵挂太多，影响的因素太多，就像人在迷途，反而失去了本心。

邹群不但有思想，而且很敬业。2022 年 1 月 24 日，已临近春节，我正筹划着回乡下去过年，突然接到邹群的电话。

　　我问，在哪呢？

　　他回，在都昌县人民医院呢！

　　我很惊讶，怎么来都昌了？

　　他说，这里有一个潜在捐献者，你感兴趣吗？

　　捐献就在身边，我自然是欣然前往。

　　潜在捐献者因姐夫醉驾导致交通事故，已进入脑死亡状态。都昌地处鄱阳湖北岸，都昌人性格亦如鄱阳湖一般大气且豪爽，闹酒就是"豪爽"的一个注脚，悲剧又往往是闹酒的注脚。这次都昌人的豪爽直接让一个家庭一死两伤。

　　在县人民医院的 ICU，一个子很高皮肤黝黑的大男孩，身上连接着各种管子，安静地躺在病床上。病床前心电监护仪器黑色的屏幕上，闪烁着一串绿色的数字。窗外的光线有些昏暗，照在他惨淡的脸上，愈见惨淡。在 ICU 外的走廊里，一群家属在窃窃私语，还夹杂着轻声的抽泣。

　　我来之前，捐献者家属已签署了人体器官捐献登记表。大男孩的叔公在中医院药剂科，父亲是村里的村长，作出捐献决定并没有花太多的工夫。邹群告诉我，南昌大学一附院已经启动了评估和脑死亡判定程序，医院的检验科、输血科、手术室、麻剂科全都动起来了，一个车队正在赶往都昌的路上。大男孩的器官匹配结果也基本出来了，如果没有意外，一肝两肾匹配在南昌，心脏匹配在湖北武汉，双肺匹配在上海。按照惯例，匹配在外地的器官一般是由所在医院同步来取。也就是说，此时起码有一百多人"围绕"着大男孩在忙碌。

　　我去的时候，正是都在等待的一个时间空当。邹群叫了一份外卖，正在吃，这时已是下午三点多。

我问，怎么才吃东西？

邹群说，动起来就顾不上了。

这是大实话。规律的作息时间对 OPO 的人来说，也是奢望。

邹群边吃边介绍都昌的情况。让我惊讶的是都昌这两年居然成功捐献了四例，这在边远的县一级地区是不多见的。

2020 年春节，都昌镇一个年仅 23 岁的清华大学硕士研究生回家乡，与同学聚餐饮酒过量导致窒息昏迷，因缺氧时间过长，抢救无效致使脑死亡。父母捐献了儿子的一肝两肾。父母决定捐献的理由是，国家培养一个清华大学的高才生不容易，而他还没有为国家做出贡献便走了，就让他以这种方式回报社会吧。也以此警示酗酒者，以此为戒。

这位清华才子的生命没有因为死亡而终结，或许他的才华随着器官种植在另外几个人的体内。

同样是都昌镇 46 岁的余麦助（化名），老婆弱智，生有两个小孩，老母终年瘫痪在床。家里靠余麦助打些零工维持生计。2020 年春节过后，余麦助突发脑出血，与清华才子同在都昌县人民医院 ICU 抢救，最后进入脑死亡状态。因受清华才子捐献器官影响，也捐出了一肝两肾。

2021 年 2 月 21 日晚，都昌镇西河村 44 岁在广东打工的余小松（化名）突发神志不清，送往广东某医院抢救，诊断为脑出血。手术后，转到都昌县人民医院 ICU。23 日，心搏骤停，经抢救仍无自主呼吸。24 日，余小松脑死亡，捐出了一肝两肾。余小松一直未婚，父亲瘫痪在床多年，是村里的贫困户。面对突然的变故，他的父母亲和两个兄弟虽然迟迟无法接受，但听说可以捐献器官，没有太多的犹豫。甚至想，他正值壮年，来人世间一趟，什么都没留下，这也算是为社会留下了一点血脉。

这些捐献者正如邹群所说，他们生前是在"修行"，在生命结束的那一刻仍然是在"修行"。不仅他们在修行，我们的社会也在修行。修行的结果则代表一个地方或城市、国家的文明发展的程度。

在床上躺着的大男孩按照预期,顺利完成了一肝两肾一心双肺的捐献,也完成了他最后的"修行"。

成长之路

人需要成长,OPO 也有自己的成长之路。

晏园生是南昌大学第二附属医院 OPO 的 90 后协调员。他的出现,颠覆了我对护士的认知。在我的印象里,护士一般是女性,且学历都在专科或以下。晏园生是男性,当年他考进南昌大学一本护理专业,分数可是高出一本线 30 多分。他所在的专业还设了博士点,培养了不少博士"护士"。如此高的学历配置,可见现代医学的门槛已是今非昔比。

晏园生个子很高,有点像北方的汉子,脸上完全脱离了稚气,言谈显得很成熟。

2014 年 3 月,南昌大学第二附属医院从西安交大附属医院引进钟林教授,重启器官移植科。钟林教授在器官移植领域也是一个了不起的人物。他原任全军器官移植专业委员会常委,现任中国医院协会器官获取与分配管理工作委员会委员、中国研究型医院学会移植医学专业委员会委员、欧盟—中国器官捐献领导力培训和专业技术输送计划执行专家、中国器官捐献协调员培训导师。

6 月,晏园生毕业。钟林教授找护理部主任,希望她推荐一个男孩子来器官移植科搞护理。护理部主任推荐了他。作为一个高学历的男孩子,此时才突显他的优势。

晏园生在器官移植科不仅要当好一名护士,还要做兼职协调员。2015 年,他通过考试取得了协调员资格证。2018 年,晏园生又调入 OPO,从事专职协调员工作。二附院的 OPO 包括主任有 10 个人，这在江西的 OPO 中已经是最强大的一个阵容。由晏园生主导协调的器官捐献案例达 100 多个，参与获取器官的手术 200 多台。这个数据足够让一个青涩大学生成为一名成熟的 OPO 工作人员。

晏园生将过去的一段工作经历划分为三个阶段，第一阶段从 2014 年至 2016 年，属"迷茫期"。他主要是在手术室工作，配合医生做器官获取手术。都认为他是一个男孩子，胆子大，又没结婚，手术随叫随到，捐献随叫随走。却不知道他也是家里的"掌中宝"，人生到处是阳光，从来没有触摸过死亡。现在突然要面对死亡，面对血淋淋的尸体，他很迷茫，也很恐惧。护理是观察了解病人情况，根据病情变化监测或获取病情数据，以配合医生完成对病人的治疗。又或者开展危重症生命体征监测、标本采集、体重营养定期采集分析，并从生理心理、社会文化和精神诸方面，照顾病人的生活起居、日常活动、用药和安全。所有的教科书都没有说过，护理还要为尸体服务！

器官捐献是死亡之后的捐献。器官获取手术一般是钟林教授取出器官之后，立即将器官带走，以最快速度用于临床移植。在充满死亡气息的手术室里，就只剩下晏园生和一名协调员。而晏园生的工作就是独自面对一具血淋淋的尸体，像缝合手术伤口一样，将尸体缝合好，甚至比正常的外科手术缝合要求更高，更完美。这是钟林教授的要求，是对死者的尊重，更是对捐献者家属的尊重。他在手术室缝合，捐献者家属就在手术室外等待。对捐献者家属而言，一方面亲人因为捐献而重生，心里隐隐约约升起了一种希望，精神上也得到了一丝安慰。另一方面，现实中，死去的亲人就在眼前，他们希望亲人体面而有尊严地离开，而不是支离破碎地去黄泉路。所以，他完成尸体缝合后，还要将遗体擦拭干净，恢复遗容遗貌，将家属事先为死者准备的衣服穿戴好，让死者体面地推出手术室。接着还要帮助家属联系好殡仪馆，并陪同家属到殡仪馆处理完捐献者的后事才能离开。

2015 年，赣州某地有一个十多岁的孩子因车祸脑死亡，捐献了一肝两肾。因为人手不够，主任将他一个人留在赣州处理后事。这地方有一个风俗，小孩死亡后，后事只能由外人处理，自己的亲人不能看，不能送，也不能葬进自己的祖坟山。家属与晏园生商定，将小孩的骨灰安放到南昌市青山遗体器官捐献者纪念园。领导有安排，晏园生也不能推辞，硬着头皮在当地医院完成了尸体缝合和遗容遗貌整理。之后，又一个人将小孩运至殡仪馆，火化后取出骨灰盒，准备带回南昌。小孩家属按照事前约定，藏在殡仪馆对面的小山包后面。晏园生出来后给家属打了一个电话，姐，我走了。对面的小山包后立即传出震天动地的哭声。晏园生以前什么时候一个人全程处理过死者的后事？他除了紧张害怕，还有些沮丧和忐忑不安。当小山包后一群孩子的亲人哭声响起，他心酸的眼泪出来了，也不再害怕了。这一幕，几个月后仍然会在晏园生的梦中出现，阴沉的天空下那生离死别的场景，那撕心裂肺的哭声，还有那带着死亡气息的亲情。通过这件事，他顺利跨进了他所描述的第二阶段。

第二阶段是 2016 年到 2017 年，捐献者越来越多，手术也越来越多，晏园生也越来越忙碌。他的主要工作仍然是做护士，偶尔也参与器官移植手术，帮医生打下手。他开始理解这个行业，也开始理解人体捐献和移植。他感觉面对的不再是血淋淋的尸体，而是有情感的生命，他只不过是用爱的方式在完成一个又一个生命的组合。他称此为"成长期"。

2017 年，晏园生随领导来到上饶协调并获取捐献器官。捐献者是一个三十岁左右且长得很漂亮的女人，她男朋友是部队的现役军官。郎才女貌，这原是一对天作之合，可是命运却无情地将他们拆散。女人年轻时就患有癫痫。男朋友知道她病情之后，仍然不离不弃，不但在老家办了订婚宴，还请假陪她到上海大医院去治疗。男朋友正式成为未婚夫。

他们的爱情之路实际上就是治病之路。女人有爱情滋润，癫痫病渐渐地好了起来。她不发病时就像常人，俩人卿卿我我度过了一段美好时光。不久，女人便怀有身孕，接下来应该是结婚生子，摘取爱情的果实。然而，命运没有按剧本往下演。女人怀孕后，病情再次复发。

未婚夫说，把孩子打掉吧，等你病好了再生。

女人说，不，就是死也要给你留下一个念想。

未婚夫按住女人苍白的嘴唇说，别说死，我要你陪到老！

女人还是经不住未婚夫的甜言蜜语和连哄带骗，将没见面的孩子打掉了。原指望女人的病一天天好起来。但是，没多久，女人出现因癫痫引起的脑出血，已无生的希望。女人的家人和未婚夫都认为她不应该这么年轻就离开，她还应该活，于是向红十字会提出捐献器官。

晏园生作为协调员，先为捐献者办完了捐献见证手续，又陪医生到手术室获取捐献者器官。在手术室门口，他见到了那位情深义重的年青军官。晏园生已经熟知他的爱情故事，禁不住多看了他一眼。当今这个年代，痴情的男人可不多。他穿的是军服，长得很英俊，脸上有职业军人的冷峻，但也有太多的忧伤。

当晏园生按下手术室的电动门、门缓缓关上的时候，这位年轻的军官突然跪下了。军人回到民间还是军人，那下跪的速度和姿势仍像军人。一声膝盖碰到地面砖的脆响，人已跪在地上，身体挺得笔直，两眼含泪望着门内。晏园生不忍直视，转身快步走进了手术室。

手术进行了一个多小时，晏园生缝合和整理遗容遗貌又花了一个多小时。他与同事推着死者出来。当电动门刚刚开启的时候，映入他眼帘的仍然是一个跪着的军人那张英俊的脸，只是仿佛老了十年。不识愁滋味的晏园生第一次理解了什么是一夜白头。未婚夫戴着军帽，他无法知道军帽下是不是一头白发。这才过去三个多小时啊，情感的释放原来是在燃烧生命！

晏园生正是在一次次情感灼烧中成熟起来。

第三阶段从 2018 年到现在，属"成熟期"。晏园生的成熟不仅仅是职业素养，更多的还是他能换位思考。他会想，当初钟林教授为什么会有那样奇怪的要求，同事为什么会不厌其烦地重复同一件事，捐献者家属又为什么会作出如此"残忍"的捐献决定。人体器官捐献不仅仅是生命的组合，而是爱的水乳交融，是在重新给死亡定义，是赋予生命一种全新的意义。人的死亡不是心跳停止，也不是脑死亡，而是当世界不再记得他的存在，才是真正的死亡。捐献者及其家属和受体是这幕喜剧的主角，他永远只是一个配角，是生与死之间的一座桥梁。他必须当好这个配角，让主角完成他们的历史使命，去感动世界。他这座桥梁不仅仅连着生死，还连着一部喜剧的过去和未来。他要让主角爱得更完整，"表演"得更充分。

晏园生开始愿意听捐献者家属"唠叨"了，也愿意当捐献者家属思念亲人的载体，当一名倾听者。

晏老师，我想儿子了。

或者说，我想孩子的爹了。

接着便是长时间沉默。晏园生便陪他或她沉默。沉默就是一种思念，一种倾诉。当沉默到某一个爆发点时，他或她又笑了，跟你说这些做什么，说些开心的。接着便聊起家常。我又怀孕了，还做了一个梦，儿子说他快回来了。又或者说，这个月我们家拿到低保，乡里干部也来慰问了，觉得日子在一天天好起来。

晏园生的生活也因为承载了这么多"亲人"变得更加丰富起来。

2020 年 12 月 14 日，南昌市 32 岁的退役军人熊文印因交通事故导致大脑缺血缺氧时间过长，失去自主呼吸，宣布脑死亡。1 小时后，他的一肝两肾一心双肺双角膜被成功获取。器官均成功移植，让 8 人重获新生。

器官捐献的决定是摆地摊的父亲熊华在儿子昏迷时作出的。熊华说过两句话，一句是"他是共产党员，是一个优秀的士兵、退伍军人"。另一句是"我儿子若知道他能帮助那么多人一定会很开心。我帮他做这个主，相信他会感谢我"。这是一个平凡的父亲的自信和骄傲。

熊文印是一个忠厚而且孝顺的孩子。父亲熊华想通了一件事之后，毫不犹豫作出了决定。儿子的眼角膜可以在别人身上看世界，心也一直在跳动，这就足够了。

熊文印的一肝两肾的移植手术是在南昌大学二附院完成。两名肾移植患者，一人是北方人，一年多以前发现肾衰，诊断为尿毒症。另一人病情更为严重，手脚无力，脸色灰暗，一直在绝望中煎熬。两个人做完手术一个星期，恢复成常人。他们从媒体上得知捐助器官的是一个打工的退役军人，都说要好好保护他的肾，以后也去捐献器官。

如果是父亲走了，儿子未必寂寞。儿子走了，父亲一定会孤独。别看熊华只是个在街口摆摊的配锁匠，他思念的方式却是给儿子写信。今年清明节，南昌有疫情，他给儿子写信：疫情严重，宅家里不能去扫墓，还是写信吧……愿你在天堂快乐，保佑你牵挂的亲人健康吉祥，保佑你器官受益者健康长寿。

熊华还有一个排解孤独的方式就是给晏园生打电话。熊华家里什么事都跟晏园生说，他心里已经把晏园生当成儿子。

大侄子，今天城管到了街口，说这里不能摆地摊。

老叔，那怎么办？

没事，我往巷内挪一挪。

要是还不行呢？

也没事，摆摊也就是行个方便，图个热闹。我看着街上人来人往，心里就踏实。

熊华患有糖尿病。

大侄子，我吃什么药好呢？

老叔，要不你来二附院，我找医生帮你看看？

医生看过了，就是不知道开的药效果怎么样。

那你先吃着，不行就来找我。来二附院不找我，那是骂我！

哪能呢，不找你还能找谁？

熊华还真没找晏园生办过具体事，但却是与他黏黏糊糊，就像一对"情侣"。

晏园生和他们的团队其实都在思考一个问题，不能让捐献者捐完了就完事了。未来会有越来越多的人参与器官捐献中来。捐献之后，我们该为捐献者家属做些什么？团队、医院甚至包括政府和社会都应该联动起来，帮助他们尽快渡过物质和精神上的双重困难期。

欧阳柳生是二附院OPO的临床医生，也是可以从沟通、签约、器官功能维护到器官获取全程参与的协调员。2015年，他从二附院普外科硕士研究生毕业，分配到景德镇第三人民医院，2019年调入二附院OPO。

器官捐献有三个前提条件，一是家属同意，二是器官能用，三是必须到捐献状态。因此，在家属还没有渡过突如其来的哀伤期，还没有接受现实犹豫不决的时候，维护捐献者器官功能事关捐献的成败。

2020年10月，上饶有一患者自发性脑出血。患者家里有母亲、妻子和子女。前期沟通，妻子和孙子都同意，奶奶坚决不同意。儿子是母亲身上掉下来的"肉"。

没想到还是学生的孙子态度很坚决，跪下求奶奶，为我们留下一点念想吧。爹爹什么都没留下就走了，奶奶不后悔？

奶奶沉默了一阵才说，奶奶不是不想留，让奶奶想想。

奶奶是不想接受儿子要离开的现实。

家里人也劝奶奶，孙子跟爹长大，对爹有感情。他今后的日子更长，不能让孙子心里没有着落。

奶奶说，我儿吃了很多苦，临死还要开腹掏心，谁受得了？

家里人轮番劝奶奶，她始终没松口。

四天之后，等奶奶想通了，欧阳柳生却没办法实现他们的愿望。

欧阳柳生说，OPO 必须要与各基层医院建立无缝隙对接，及时了解情况，适时介入，及时维护。

2021 年 6 月，上饶有一对离异夫妻，年龄都在四十七八，丈夫是公职人员，妻子在本地打工。女儿跟着妈妈，儿子跟着父亲。这一天，天下着大雨。女孩去给哥哥过生日，妈妈工作忙，没空去送女儿。女儿出门被机动车撞成重伤，在上饶医院抢救，后又转到二附院治疗。

女儿出事后，夫妻俩见面就相互埋怨，争吵。

父亲说，你的工作有女儿重要吗？为什么不送女儿过来？

母亲说，家庭走到这一步，你以为是我一个人的责任吗？

这样的争吵持续了七八天。就在捐献的前一天，已经判定女孩脑死亡，欧阳柳生还无法判断，捐献能否成功。

欧阳柳生虽然只有三十多岁，却老于世故。他一直在等待一个契机，等他们冷静下来。之前，双方都对器官捐献不排斥，也想留下一些牵挂，只是被致使家破人亡的那根"刺"卡住了，不吐不快。

欧阳柳生见两个人都吵累了，委婉地说，你们能不能都先放过对方，也放过自己？女儿还在等你们做决定。再不做决定，女儿可能等不了了，她的生命因没有机会而变得毫无意义。

又说，这是一个意外，你们谁也不想女儿变成这样。意外中有很多偶然因素。如果天不下大雨，也许意外不会发生。事情已经不可挽回，相信女儿不会怪你们。你们怎么决定都行，就是别让女儿带着伤心离开。

出人意料，两个人突然都放弃了争吵，想通了，顺利地签署了人体器官捐献同意书。女儿捐献了一肝两肾。

夫妻俩因为女儿的捐献，感情也在慢慢修复，并与欧阳柳生约定，等移植患者康复后，由欧阳柳生出面沟通，在可能的情况下，与"女儿"见见面。欧阳柳生也乐意做这个"桥梁"。

这事过去近一年，或许是事过境迁，又或是不想再揭这个伤疤，夫妻俩都没有再跟欧阳柳生提见"女儿"的事。这种情况，欧阳柳生遇到过多次，当初有这种想法的捐献者家属最后都放弃了见受体。他们未必就是怕揭伤疤，还或许是亲人活在想象中会更美好。

欧阳柳生是两个小孩的爸爸。他像所有OPO的年轻人一样，心里都有一道坎。做协调员必须要与捐献者家属共情，但共情又会带给自己更多的负面情绪。在协调员的生活里，一边是自己家的阳光和温馨，一边是捐献的死亡和悲伤。每当做完一例捐献，他们都要花一段时间来调整自己的情绪。

去年，欧阳柳生连续做完两个十多岁女孩的捐献，回到家晚上就做了一个梦，梦见自己的小孩也出事了，他也在签署人体器官捐献同意书。梦醒时，他惊出了一身冷汗，问自己是不是也要去做心理辅导。他每次解决了别人的情感入口，却迷失了自己的情绪出口。

然而，欧阳柳生话锋一转，又笑着说，我能走得出来。

能否从器官捐献带来的负面情绪中走出来，也是衡量其成员是否成熟的标志之一。我从欧阳柳生谈吐的情绪变化中看得出来，他从低沉到忧伤，再到轻松，转换自然而且很迅速，我就知道，他已经走出来了。

截至2019年12月31日，除港澳台以外，全国共有125个由医务人员、人体器官捐献协调员、行政管理人员组成的OPO。每一个OPO成员的成长道路都不一样，但成熟的结果却一样。

在 2020 器官移植科学论坛（TSS）上，中国器官移植发展基金会理事长黄洁夫指出，中国要成为世界第一器官移植大国，必须将器官捐献协调员扩充到 5000 人，建立一个独立的 OPO 系统。美国每年开展器官移植三万多例，中国应当增加到一年五万例。

要实现第一器官移植大国目标，OPO 必须不断提升管理水平，完善人员结构，尽快赋予 OPO 专业化和独立性，实现对器官捐献流程的再造管理，等等。

中国的 OPO 还有很长一段路要走。

第七章　生命光彩事业

向爱奔跑

2022年1月26日，江西省政府新闻办、省红十字会联合召开了一场"汇聚人道力量，打造群众身边的红十字会"新闻发布会。江西省红十字会党组书记、常务副会长龚建辉介绍了2021年江西省红十字会打造群众身边的红十字会的做法与成效，并回答了记者提问。

龚建辉说，2021年，江西省红十字会募集捐赠款物近4.7亿元，聚力加强人道救助，开展了助困、助老、助学、助医、助残等系列人道救助活动，改善最易受损人群境况。救助遗体器官捐献困难家庭234户，发放救助金1121.4万元。实施"红十字救在身边，我为群众办实事'4＋N'"行动，帮助解决群众最关心、最直接、最现实的"急难愁盼"问题共40项，重点开展了四大行动。

行动之二便是"莲丝信使·为爱出发——捐献者家属关爱抚慰行动"。

专职副会长戴莹做了进一步说明，江西省红十字会在助力"健康江西"上主动作为，近两年大力开展"我为群众办实事"实践活动，实施"莲丝信使""回音计划"等项目，筹集"生命光彩基金"2000 余万元，帮助困难遗体器官捐献者家属改善生活状况。

当很多人为一个生命因器官移植重生而庆祝的时候，红十字会却走进了另一个困境：器官捐献者家庭中绝大多数正陷入精神与经济的双重灾难中苦苦挣扎。只有这些人从苦难中走出来了，人间大爱才算真正圆满。

江西省红十字会在倡导人体器官捐献的同时，一直在构建对遗体器官捐献者困难家庭的帮扶平台。

"生命光彩基金"是 2015 年江西设立的第一个救助平台，由江西省红十字会、江西省卫健委、捐赠方代表共同派员组成"生命光彩基金"管理委员会，负责"生命光彩基金"的筹集、管理和使用。基金的管理遵循公开透明、尊重捐方意愿、体现资助效益、推动江西省公民死亡后器官和组织捐献工作发展的基本原则。基金来源主要是接受政府财政拨款，接受发起人、社会爱心人士、国内外法人和自然人的捐赠，组织开展专项筹集活动及合作项目募集的资金。基金主要用于支付开展全省公民死亡后器官、组织捐献工作的日常办公、宣传、培训、缅怀、表彰等费用，为实现捐献遗体、器官和组织的捐献者家庭提供一次性人道救助；用于支付公民死亡后遗体、器官和组织捐献者的善后服务费（含火化费、殡葬费）。"生命光彩基金"运行以来，共救助 900 多户遗体、器官和组织捐献者家庭，发放慰问金和救助款 4100 余万元。

"'莲丝信使'——遗体器官捐献者家属抚慰和援助计划"是 2017 年江西省红十字会为捐献者家庭带去物质与精神上的关怀与慰藉，自主设计的一个公益项目。

项目设计引用了两个让人看了无不辛酸的案例。

一个是高安小伙朱思泉因意外车祸身故，家人无偿捐献了他的一肝两肾和一对眼角膜，挽救了 3 名器官衰竭患者的生命，帮助两位眼疾患者重见光明。三天后，朱思泉小女儿出生，但妻子却因农村丧夫之女一个月不得回娘家的习俗，不得不租住在村口破屋中坐月子。此外，因肇事方没钱赔偿，抢救治疗的医药费让这个本就拮据的农村家庭债台高筑，老父亲又患有糖尿病，一家人的生活在顶梁柱突然离世之后陷入绝境。然而，当人问及朱父怎么想到捐献器官时，他却说："去年看到赣州那个11岁小孩子捐献器官的新闻，觉得很触动，我小儿子也是去年生病去世的，但是那时候不知道这个（器官捐献）就带回家安葬了。结果我大儿子又碰到这个事情。我们虽然是社会底层群体，但是以前也受到过别人的帮助，希望做点好事也可以帮助别人。"

另一个案例发生在2014年。江西玉山县村民毛乾明18岁的儿子在浙江打工时遇到车祸，毛乾明带着妻子连夜赶到浙江，但由于伤势过重，儿子最终没能抢救回来。想到儿子短暂的一生都在做好事，夫妻俩强忍着悲痛，含着泪将儿子的有用器官无偿捐献出来挽救了三人性命。然而，夫妻俩回到家乡，面对的却是左邻右舍和村民的不理解和冷嘲热讽，如"不称职的父亲""卖器官得了多少钱，成百万富翁了吧？""做父母亲的心怎么这么狠，孩子都死了还要开肠破肚"。

毛乾明夫妻平时都不怎么出门。他俩在遭受丧子之痛后，还在承受着来自舆论的巨大伤害。

项目书有一段话让人看了不知不觉就会流泪：

当患者病愈后赞美医生技法高超，当失明者因眼角膜移植重见光明，当器官移植受者重获健康和家人拥抱在一起时，请不要忘记那些无私奉献的捐献者们，请别忘记那些痛失亲人却心念他人、忍受悲伤捐献亲人遗体器官的捐献者家属们，请不要忘记那些破碎的家庭和他们痛苦而善良的心，他们是最可爱的人，他们更需要全社会的理解和关心。

别让无私奉献的捐献者家属在失去亲人后暗自垂泪！

项目实施的主要内容包括组建"莲丝信使"队伍：依托省内各级红十字会的帮助，在全省招募"莲丝信使"志愿者队伍并加以培训，对省内所有捐献者家属进行走访和慰问，收集家属生活状况和需求，建立捐献者家庭情况档案，通过长期志愿服务、心理疏导等方式帮助家属缓解悲伤；为家属送去"莲心包"，给予家属精神慰藉。"莲心包"为含有睡莲种子和广大网友祝福寄语的香囊，"莲"生于水下，暗喻家属对捐献者默默的思念，"莲心"寓意"连心"，表达家属与捐献者心连心，社会大众与家属心连心。睡莲种子蕴含着强大的生命力，种下睡莲可以成为家属精神的寄托，网友的祝福亦是表达全社会对捐献者家属的关心之意；编织"莲丝带"，精准扶贫。协助符合条件的捐献者家庭积极申请政府救助性政策，依托江西省红十字会"魔豆妈妈"电商帮扶、众筹扶贫等活动对合适的捐献者家属开展技能培训、创业支持，助其生计脱贫。联系国家级红十字心理救援队开展心灵抚慰，助其心理脱贫。志愿者结对子帮扶困难捐献者家庭小孩学习，助其教育脱贫。帮助捐献者家庭完成 100 个微心愿，多措并举，多方抚慰。每年清明期间，组织捐受双方参与追思活动，分享生命的延续。开设网上纪念园，面向全社会开放，倡导无偿捐献理念。整合政府与社会资源，帮助捐献者家属走出经济与精神双重困境。

2017 年 6 月，江西省红十字会启动"莲丝信使"遗体器官捐献者家属抚慰和援助项目。项目一经推出，很快得到了社会各界爱心人士的认同和支持。2017 年 9 月 9 日腾讯公益日，腾讯乐捐"莲丝信使抚慰行动"发动线上筹款，仅两天时间就有 7076 人参与，筹集善款 11 万余元。遗体器官捐献志愿者、江西卫视《江西新闻联播》主持人刘玲华和《金牌调解》主持人胡剑云欣然担任"莲丝信使"形象大使，全力支持项目实施。

9 月 24 日，"莲丝信使——遗体器官捐献者家属抚慰和援助计划"在第六届中国公益慈善项目大赛决赛现场经过激烈角逐，于 1617 个项目中脱颖而出，斩获大赛金奖。"莲丝信使"项目让中国社会各界人士聚焦人体器官捐献事业，展现了人体器官捐献江西风采。

中国公益慈善项目大赛是基于中国慈善会成长起来的全国性活动，也是国内级别最高、参与度最广、影响力最大的公益慈善项目竞赛活动。活动已逐步成为一个开放性的国家级公益创投平台，为推动中国的公益创投实践开展了许多前沿探索，资助和培育了一批具有社会影响力的创新公益慈善项目。

该届大赛以"公益创投，支持有效社会创新"为主题，从全国1617个报名项目中遴选出30个项目在深圳进行路演，汇聚了来自全国18个省市涵盖扶贫、扶老、救孤、助残、教育、科学、文化、卫生等多领域的顶尖公益项目。"莲丝信使"经过精心筹备，历经实践验证，以其巨大的社会价值和有效的创新举措赢得全场公认，一举拿下金奖。比赛现场，评委们对此项目特别给予了积极评价，认为项目紧紧围绕《中华人民共和国慈善法》和《中华人民共和国红十字会法》开展，创公益之心，务慈善之实。同时也对关心和帮助遗体器官捐献者家属这个社会最伟大之一的群体表示肯定。

大赛之后，专注于关怀遗体器官捐献者家属群体的公益品牌"莲丝信使"不仅汇聚了多元化慈善资源投入对捐献者家属的关爱，还进一步推动了更多跨界力量探索与创新，迅速走向全国。

2018年2月11日，全国道德模范龚全珍、第44届南丁格尔奖章获得者邹德凤、江西道德模范甘公荣、舍己救人小英雄肖玉玲等20余人在萍乡市莲花县宣誓成为全省首批"莲丝信使"，呼吁社会关注遗体器官捐献者家属，自愿为捐献者家属提供帮助。

2018年4月3日，"中国好人"获得者许诺在遗体器官捐献缅怀纪念活动中宣誓成为一名红十字"莲丝信使"。许诺，1994年9月出生，江西南昌人，中国人民武装警察部队北京市消防总队退役战士。荣获"中国好人""中华见义勇为楷模群体""圆梦中国，德耀中华"第六届全国道德模范提名奖、"江西五四青年奖章"等荣誉称号。2017 年 3 月 16 日，南昌市老福山立交桥发生一起三车相撞事故，他不顾个人安危，从车祸现场的大火中救出 3 名被困人员。

同日活动中，第十八届贝利·马丁奖获得者、南昌市第九医院护理部主任胡敏华和 10 余名医务人员填写了《江西省遗体器官捐献登记表》，并郑重宣誓：我志愿成为一名红十字会"莲丝信使"，自觉遵守国家法律法规，坚持红十字运动原则，敬畏生命，支持遗体器官捐献公益事业，尊重捐献者及其家属，保守捐献者和受捐者双方的信息隐私，自愿无偿帮助困难捐献者家属，倡导移风易俗，弘扬社会新风尚。

2018 年 6 月 15 日，南昌市一家保险公司全体 50 余人集体登记成为遗体器官捐献志愿者，并宣誓加入遗体器官捐献者家属抚慰和援助计划——"莲丝信使"的队伍。

"莲丝信使"项目实施 4 年多来，联合江西省 11 个地市 100 个县区红十字会，在全省 4000 多名遗体器官捐献志愿者中，建立了一支分布在全省的"莲丝信使"志愿者队伍。同时，还重点培养了一支 200 多人的"莲丝信使"志愿服务队。

项目设立了"莲丝堂"网上纪念园，为捐献者家属和社会各界祭奠捐献者提供便利。开展"莲丝信使——为爱出发"走访慰问活动。通过走访为捐受双方寄托情感搭建桥梁，对捐献者家庭开展精准帮扶。

从 2017 年起，江西省红十字会每年都在"99 公益日"期间为"莲丝信使"设立专项网络筹款，年募款额均达数十万元。江西省红十字基金会还设立了"莲丝信使"专项基金，用于捐献者家属的精准帮扶和器官捐献文化宣传。

近年来，"莲丝信使"志愿者对口帮扶困难家庭 500 余户，在精神、经济、舆论疏导和志愿服务等多方面提供了强有力的支持和帮助。通过走访，累计发放慰问金20余万元。2021年11月，项目又新设立"莲丝信使助学行动"，首批向6户捐献者家庭发放助学金1.5万元。

红十字会坚持开展"清明追思会"等系列活动，缅怀遗体器官捐献者，传递"器官捐献、生命永续"的文明新风尚。为了更好地调动各地的爱心资源，筹集更多人道救助金，资助慰问遗体器官捐献家属，南昌、赣州等地红十字会还拓展了"莲丝信使"子项目。

2021年3月，南昌市红十字会启动了"回音计划"项目。当月，"回音计划"发动企业家捐款8.4万元、筹集物资3万元，参加实地走访和缅怀追思活动91人次，累计来往近2000公里，足迹遍布南昌的2县8区，走访了57户捐献者家庭。当年，"回音计划"筹资23万余元，对捐献者特困家庭进行全面帮扶。采访中，南昌市红十字会余鹏主任对我说，年底，红十字会又组织爱心企业家和"莲丝信使"志愿者走访了87户捐献者特困家庭。走访有三项内容，一是了解他们工作生活中存在的困难和问题，有针对性开展帮扶；二是送上一千元慰问金；三是送上一声问候、一首诗朗诵（对捐献者的赞美诗）、一个拥抱。

南昌县农村有一捐献者家庭，儿子死后捐献了器官，家里只剩下奶奶和孙子相依为命。捐献之初，奶奶按照当地习俗，强忍悲痛借钱办了十多桌酒席，想做一场"白喜事"为儿子"送行"。没想到村里没一个人来，十多桌酒席空荡荡的，唯有一老一小两个孤独的身影。村里人都怪奶奶残忍，没给儿子留一个全尸。不仅如此，孙子在学校读书，背后总有同学指指点点，弄得他无心读书，成绩直线下跌。"回音计划"启动之后，红十字会和乡村领导经常到老人家里走访，学校老师也经常宣传孩子父亲捐献的事迹，村里人彻底改变了看法。这次，余主任带队去老人家走访，老人热泪盈眶，抱着余鹏久久不肯松开。

南昌高新区还有一个家庭，家里顶梁柱捐献了器官。妻子为了一家人的生计不得不外出打工。三个小孩，老大老二是女孩，老三是男孩。老大为了让老二老三能上学，主动放弃了自己的学业。爷爷上了年纪，还有高血压，却还要承担接送孙女和孙子的任务。孙女和孙子不在一个学校，而且离他住的地方都很远，爷爷每天都在两座学校和家之间疲于奔命。余鹏走访中发现这一情况后，立即协调高新区教育部门，将两个小孩都转入就近的学校上学。现在老二老三的接送已经不需要爷爷奔波，只要姐姐看管就可以了。

爱心企业家赵平在走访时看到一个捐献者家庭，家里除了一张四方桌一条板凳，就只有满墙的学校奖状。奖状是一个小学二年级男孩和一个读中等职业学校的大男孩的。同样的情景，赵平小时候在农村经常看到。这既是一个苦到极点的家庭，又是一个大有希望的家庭。赵平主动承担起这个家庭的对口帮扶。或许在不久的将来，这个家庭又会大放异彩。

南昌市红十字会的"回音计划"不是"一锤子买卖"，而是一种持续跟踪和有针对性的帮扶，效果十分明显。

赣州市红十字会启动的是"生命接力·援助计划"。2022年1月13日上午，赣州市红十字会"莲丝信使——生命接力·援助计划"慰问小组走进器官捐献者阿秀的家里，为这个上有老下有小的家庭带去一丝慰藉。2021年12月9日，54岁的阿秀因病去世后捐献器官。之前，家里因给阿秀治病，花费很大，家庭经济已经彻底崩溃。之后，在项目帮扶下，日子熬过来了。声音还带着淡淡哀伤的阿秀丈夫长华面对走访者感叹地说："日子再难再苦，现在也慢慢扛过来了。谢谢党和政府，谢谢所有好心人！"

人体器官移植依赖器官捐献。在整个中华大地上，类似江西这种为生命接力、向爱奔跑的人无处不在。

2016年4月，中国红十字基金会在北京设立生命接力博爱基金，并获威高集团股份有限公司首批捐赠 800 万元款物，致力于推进中国人体器官捐献事业。人体器官捐献事业被视为"生命接力工程"，正是基于这一使命，中国红十字基金会携手威高集团，启动"威高生命接力链"公益项目，在公众倡导、人道救助、奖励人体器官捐献协调员、支持人体器官移植、运输和科研等方面开展了系列活动。

2021 年 12 月 27 日，中国红十字基金会第五届理事会第一次会议在北京召开。会议对 2016 年至 2021 年中国红十字基金会第四届理事会任期五年工作进行了回顾。五年来，中国红十字基金会恪守"守护生命与健康，红十字救在身边"使命，继续深耕人道救助和服务项目，设立了"生命接力基金"，支持人体器官捐献事业，充分体现了人道救助的补充、兜底作用。

"生命接力基金"是由中国红十字会总会指导并设立的国家层面人体器官捐献人道救助专项基金。该基金致力于中国人体器官捐献人道关怀事业，依法推动器官捐献工作，完善捐受双方必要的人道救助机制，实现器官捐献事业的持续健康发展。基金不仅为捐献者家庭提供生活救助，还支持开展器官捐献的宣传推广、缅怀纪念、家属慰问等活动。

"生命接力"公益救助项目是中国器官移植发展基金会于 2019 年发起，通过与具有器官移植资质的医疗机构合作，直接拨付救助款项的形式，对因家庭经济状况，无法独立承担器官移植手术费用的终末期器官衰竭患者，提供医疗费用的补贴，让更多需要帮助的器官移植患者得到救助，重获新生。患者通过个人自愿申请、医疗专家筛选审核后，由中国器官移植发展基金会最终确定救助对象。救助对象需要在项目落地实施医院按照正常流程办理有关诊疗手续，并在中国人体器官分配与共享计算机系统登记，一旦器官匹配成功实施手术，基金会将救助款直接拨付到落地医院实施救助。

2021 年 12 月 28 日，国家政策积极响应者中国健康保障平台"轻松筹"

联合中华慈善总会，共同推出了公益慈善品牌"善济病困工程"。"善济病困工程"首次启动了贫困山区肾移植救助行动，并与中国器官移植发展基金会合作，共同开启"生命接力公益救助行动"——器官移植医疗公益救助项目，为建立中国器官移植医疗救助公益模式做出了有益探索。

中国人体器官捐献和移植牵动了无数"中国心"，他们在向爱奔跑，向未来奔跑，正在努力探索中国人体器官捐献和移植人道救助更多的可能性。

2022年3月，全国两会召开。农工党中央提交了《关于进一步规范人体器官捐献及移植管理的提案》。提案指出了中国器官捐献和移植工作中的一些问题，如尚未建立对有困难的捐献方人道救助的机制，专业化队伍不足，接受遗体捐献工作大多由地方红十字会、医学院及大型医院承担，处于无固定经费、无科学有效的管理体制、无规模状态。同时也提出建议：尽快将器官捐献、移植纳入大病医保，加大财政拨款力度，提高统筹基金支付比例和年度支付限额，大大节约政府负担的基本医疗费用，让更多贫困患者通过器官移植重获新生。建立合理的器官捐献激励机制，对捐献者家属进行人道关怀和困难帮扶。民政、卫健部门及红十字会共同完善医疗费用减免、嘉奖证书发放、心理救助、亲属救助等相关政策，对捐献者家属给予关怀帮助。建立捐献者及其家属的数据库，相关部门与社区联合解决困难家属的生活问题。积极动员社会力量，设立和完善人体器官捐献人道救助基金。加大宣传力度，加强宣传队伍建设。投放人体器官捐献公益广告，提高公众的知晓率。扩大宣传员和协调员队伍，定期举办人体器官捐献培训。明确权威专职的主管部门，促进区域内的资源共享和医疗机构之间横向联合。

全国人大代表、"宝贝回家"寻子网创始人张宝艳建议，建立人体器官捐献抚恤制度。张宝艳说，尽管器官捐献的行为是自愿无偿的，但器官捐献是在用生命延续生命，在鼓励和倡导这一志愿行为时，理应为捐献方多提供一些关怀与帮助。他认为，以实实在在的行动予以宽慰和缅怀，对捐献者及其家庭表示适当的感谢，不仅有助于解决实际问题，也符合回报社会公平正义的原则，将鼓舞和激励更多人加入这支队伍。张宝艳建议，在捐献者去世之后，对捐献者生前在医保报销中个人承担部分，应给予全部返还。民政部门应对捐献者免费提供纪念墓地及免除火化等丧葬费用，对于家庭特别贫困的捐献者，通过财政补助、社会捐赠以及受益方定向捐赠等方式筹集基金。要从法律层面确立人体器官捐献的激励体制，为规范和调整器官移植领域各方法律关系提供更权威、更全面、更充分的法律保障。通过激励性、保障性立法，鼓励更多的人加入"传递生命"的善举中来。

全国人大代表陈静瑜建议，将器官移植纳入医保，降低家庭和社会负担。

全国人大代表史伟云建议，在《人体器官移植条例》基础上完成人大立法。一方面，我国人体器官捐献体系建成了一套完整的制度；另一方面人体器官捐献体系是在政府统一管理下，以红十字会为主导，卫生、民政、公安、司法等多部门协同合作共同完成，管理体制基本理顺，各部门职责较为清晰。针对遗体、器官和组织捐献进行立法，消除法律盲点，更好地界定捐献者、执行者、接收单位等各方的权、责、利。

爱就像天上的太阳，每天都照耀在我们身上。如果你认为阳光很廉价，就想想暗无天日的时光。如果我们每一个都做夸父，向着太阳奔跑，爱离我们就不会太远。

民间真情

新余市有一条街被称作为老西街。老西街与现代化都市比的确很老，在新余城南。新余市是江西新兴的一座地级市，被誉为钢城，其人口却只相当于江西一个大县的规模。自20世纪80年代，新余撤县改为地级市之后，城市发展日新月异，地理位置的变化只有老新余人才能分得清。我无意去说新余市的城市变化，只想讲一个老西街充满温情的故事。

老西街街面不过三四米，两边的房子却都是三层以上的清一色红砖砖混结构，这些建筑足以说明老西街当年的繁华。老西街是新余人的怀旧之地，即便是新城已伸向了远方，老街上的人也没放弃这块土地。在这条不足一里地的街面已然藏着两百多家日用杂货、补鞋修伞、鞋帽衣物、理发裁缝等各种"老店铺"。老西街180号是一家20多个平方米的爱心粮油店，主要经营粮油副食。

小店看似普通，却大有"来头"。这家小店不仅有21位"股东"，而且背后还有一个600多位人体器官捐献者的家属和人体器官捐献志愿者组成的"大家庭"，他们现在都有一个共同的身份——新余市红十字会"莲丝信使"服务中心志愿者。这家小粮油店就像一片荷塘，一年四季都盛开着鲜艳的莲花。志愿者在这里落脚，遇事互帮互助，为小粮店拉"生意"。

2021年12月，在新余市委宣传部、网信办、新余市文明办的共同接力下，粮油店还加入了"网商银行公益小店联盟"，获得公益金爱心资助，小店的"生意"更加火爆了。市民、网友只要在这家粮油小店购物，就是在为无偿献血、造血干细胞和人体器官捐献事业献爱心。

这家公益小店是由新余钢铁公司职工黄河和刘新萍、吴志人等21位核心成员凑了67000元开办起来的。21人虽说是店里的"股东"，却不拿店里一分钱利润，所赚的钱全部用在人体器官捐献公益活动上。店面租金每月要1000元，小店靠一袋米、一桶油的微薄利润来维持，还想赚些钱来帮助捐献者家庭，自然无钱请专职的店员。为了节省开支，黄河、刘新萍和另外一名志愿者主动提出，三人轮流守店，多节省一笔开支便能多帮几个人。

黄河人到中年，个子不高，微微有些发福。他为人厚道，不求富贵，只求平安，也没什么爱好，平常以助人为乐。黄河还有另外一个身份——新余市红十字会"莲丝信使"服务中心主任。提起开这家粮油小店，便要翻开黄河一段痛苦的记忆。2015年，弟弟因病去世，黄河按照弟弟的遗愿捐献了他的遗体器官。当黄河听说弟弟的一对眼角膜就让三个人重见光明，深受触动。这么有意义的事，弟弟能做，自己为什么不去做？于是他也申请登记成了一名人体器官捐献志愿者。这事当年在新余还算稀奇事，很多人是持反对态度，即便遇到一个不反对的人，对此也是敬而远之。黄河是新余7名志愿者之一，在新余市"莲丝信使"里属"元老"级人物。

黄河加入了新余市遗体器官捐献志愿服务队，常常上门去宣传普及遗体器官捐献。他突然发现，很多朋友看他的眼色都变了，要么找借口走开，再么干脆说，大黄，我最怕你来找我。我要是有个三病四痛，你千万别来！这话看似玩笑，却道出了志愿者的真实处境。

民间都想借人吉言，志愿者上门宣传无异"黑白无常"造访。黄河也觉得发传单大张旗鼓宣传行不通，便走街串巷开展一些公益活动，如帮人理发、量血压、修个锁、磨个刀，只要街坊邻里需要，他们都去做，好奇的人想了解人体器官捐献知识，他们就说，不问便埋头做事。黄河和十多名志愿者跑遍了新余市大大小小的乡镇和社区，这种潜移默化的宣传效果比以前任何时候都好。

2017年12月，新余市民老陈即将走完她人生的最后一程，医生让她读大二的女儿小徐准备后事，女儿万分不舍，情不自禁发问，妈妈还能以什么方式活下去呢？这话让医生听到了，又传到了黄河耳朵里。志愿者告诉小徐，捐献器官能救人，也是生命活下去的又一种形式。小徐最后与父亲商量，捐献了母亲的一肝两肾和一对眼角膜，为善良的母亲在这个世界上做了最后一件好事。截止这年底，新余市自从启动人体器官捐献以来，共实现了14例遗体器官捐献。

小徐家里并不富裕，家里住在几十年前矿山卫生队的公棚里，一直是花鼓山煤矿的低保户，为了供女儿上大学，父亲不得不远赴山西煤矿打工。小徐也是班上的贫困生，课外靠勤工俭学挣些钱来缓解家里的经济压力。小徐家里的境况更坚定了黄河和志愿者的帮扶信念。爱人的人一定要让他们得到更多人的关爱，这份爱才不会在孤独中沉寂。

2017年，江西省红十字会启动了"莲丝信使——遗体器官捐献者家属抚慰和援助计划"。这一计划与黄河团队正在做的志愿活动无论是内容还是目的都非常相似，如果能与上级对接上，他们便更有底气了。黄河与几个核心成员商量后决定，将自己的捐献志愿服务队改为"莲丝信使"志愿服务队。他们积极向市、省两级红会申请，很快得到批准，"莲丝信使"志愿服务队挂靠在新余市红会的红十字"莲丝信使"服务中心，并于2018年7月11日在新余市民政局正式注册。志愿服务工作主要有三块，一是到社区、村委、医院开展献血、造血干细胞捐献和人体器官捐献等公益事业的宣传和动员，并在新余市三家大医院自费设立了专业咨询点，由志愿者轮流值守；二是协助红会开展日常志愿服务活动；三是抚慰和援助人体器官捐献者家属。服务中心还建立了一个微信群，谁家里有事需要帮助或捐献者家里遇到困难，在微信群发一条消息，志愿者都会第一时间赶来帮忙。

之前，中心没有经费，遇事都是志愿者临时募捐。2019年4月，黄河等21位核心成员在一起商量，志愿服务是他们一辈子要干的事业，没有固定的收入来源，没有经济实体支持，很难支撑下去。他们群策群力，才开起了这家爱心粮油店。大家约定，大家都有工作，家里生活都不成问题，将店里的利润全部拿出来做公益，用于人体器官捐献的公益宣传、慰问和捐献家庭帮扶。

店里核心"股东"刘新萍也是一名捐献者家属，她母亲袁淑兰就是一名器官捐献者。2017年，刘新萍也签署了人体器官捐献志愿书，成为服务中心第一批志愿者。在她的带动下，她的女儿也加入了器官捐献志愿者行列。

刘新萍对口帮扶的对象是一位80多岁的遗体器官捐献志愿者方瑜莲。方瑜莲中风偏瘫，独自一个人生活，平时的生活和治病都是靠刘新萍帮她张罗。刘新萍对方瑜莲，比对亲娘还亲。

有一次，方瑜莲忍不住把心里多时想问的话说了出来，闺女啊，你对我这么尽心，是不是哪里给你发了工钱？

刘新萍笑笑说，老阿姨，没人给我发工钱。

方瑜莲沉默了好一阵又说，不对，是不是捐献遗体器官有钱，他们将这钱来发你的工资？

刘新萍还是笑，捐献遗体器官没钱。

方瑜莲说，我无依无靠，答应了捐献就不会反悔。如果捐献有钱，我让他们涨你的工资。你对我比娘还亲，我愿意。

刘新萍知道方瑜莲误会了，不敢再笑，老阿姨，我娘也捐献了遗体器官，没钱。

方瑜莲仍然不信，那你为啥对我这么好？

刘新萍说，你比我娘年纪还大，又没有一个亲人，我不照顾谁来照顾？

方瑜莲没有再问，泪水填满了脸上的皱褶。

"莲丝信使"服务中心有不少像方瑜莲这样上了年纪的帮扶对象，有些生活还相当困难，如果大家不额外多帮衬一点，靠粮油小店赚的钱远远不够。刘新萍是"莲丝信使"里的核心之一，凡事都抢在前头，否则如何将大家捏在一起？

江西的殡葬改革是一股强劲的春风，它不但吹绿了赣江两岸，也掩埋了很多陈规陋习。很多人慢慢开始接受遗体器官志愿捐献，新余的志愿者队伍也在不断壮大。2018年至2021年，新余市签署人体器官捐献志愿书的人数，也从最初的个位数增长到现在以百为单位。在新余"莲丝信使"志愿服务中心的600多名志愿者中，不乏夫妻、父子和兄弟志愿者。正如志愿者谢新和所说，加入这个群体不是为了别人，更是为了自己，为了人类有一个健康的未来。赣西科技职业学院老师符瑜梅2020年成为遗体器官捐献志愿者。她谈及此事已经很坦然，挺正常呀，人都走了，还能给这个世界留下一点礼物，不用脑袋想都是好事。新余市委政法委原常务副书记、新余市阳光学校书记傅塘根是一名对越自卫反击战的老兵，战斗多次负伤，至今身上仍留有三块弹片。弹片对他身体影响很大，也非常痛苦。他志愿捐献遗体就是想用于医学研究，希望后人不用像他一样痛苦。

新余在变，新余人的观念也在变。

粮油小店加入"网商银行公益小店联盟"后，网商银行以公益扶持金的形式，帮助小店承担了全部经营成本。小店的顾客也越来越多，很多人绕道都要来这里买粮购油。同样是购粮油，在这里能贡献一份爱心，还能"买"到人间一份真情，何乐而不为！或许在不久的将来，爱心小店会变成爱心商行，变成爱心"集团"，甚至精神"家园"，惠及更多的人体器官捐献者家庭，让更多孤苦的生命和孤独的灵魂在此栖息。

采访进入了尾声，我突然发现，自己掉进了一个温柔的爱的陷阱。因为我的先入为主，叙述者一直围绕我的"提示"，讲我需要的故事。我每次听到一个成功捐献的案例，心里便感到欣喜，听到一次失败的捐献，又觉得遗憾沮丧。我的情绪流露就像在提问，叙述者察言观色给予相应回答。

他们为什么捐献？

因为心中有爱。

我们为什么需要这样的故事？

因为要积小爱成大爱。

中国为什么需要人体器官捐献？

因为需要一个健康而又充满爱的未来。

一切看似很完美，却忽略了爱根植的这块土壤。中国人心中有爱，就像我们脚下的这块土地蕴藏着无数的种子，到了春天，草木会铺满大地，荆棘也会肆无忌惮地生长。

爱也需要培植。当我听完高安市红十字会党组书记刘炜的一番讲述，我陷入了思考。

刘炜四十出头，小个子，看上去很精干。从谈吐能看得出来，他有着丰富的基层工作经验，且善于思考。

2010 年，他调到高安市卫生局，任红十字会专职副会长。2020 年，市红十字会从卫健部门独立出来，他任党组书记，主持红十字会全面工作。刘炜做红十字会工作有很多优势。他一直在卫生部门工作，而红十字会工作又离不开卫生部门支持。高安市有五家二甲以上的医院。刘炜利用这些资源，在医院建立宣传窗口和捐献联系点，工作开展得顺风顺水。

2013 年 8 月，高安市成功实现了第一例人体器官捐献，走在全省前列。

2018 年 8 月，高安市实现了首例公务员人体器官捐献。80 后的捐献者谢海洋荣登"中国好人榜"，在全省引起轰动。

2019 年 5 月 19 日，高安市新时代文明实践中心、市卫健委、市红十字会、市爱心公益大联盟联合主办了以"爱，让我们聚在一起"为主题规模宏大的遗体器官捐献者家属爱心见面会，致敬人体器官捐献者，践行和传播社会主义核心价值观，促进社会主义精神文明的建设。活动通过播放宣传短片和现场讲解，普及器官捐献知识。市红十字会为受邀出席活动的遗体器官捐献者家属献上鲜花和慰问金。捐献者家属和热心的志愿者共同演出了一台精彩的文艺节目。

截止到此时，高安已经实现了 9 例人体器官捐献，让 25 名濒临绝望的患者重获新生。这对于一个县级市来说，可谓成绩斐然。

我在采访南昌大学第一附属医院刘媛时，也听到很多关于高安的赞美之词。一次，刘媛从外地获取捐献器官回南昌，途经高安，大雾漫天，高速封闭，她一行只能下高速改走国道。刘媛计算了一下时间，将会延后两小时到达南昌，超出了器官缺血时间的上限，器官不能用事小，还将危及移植患者的生命。刘媛尝试给交警部门和红十字会打了一个电话，说明了情况。没想到，高安市有关部门闻风而动，在封闭的高速上，用警车开道，一路将刘媛等人送出了高安。

然而，我从刘炜的喜悦中品味到了另一种困惑和艰辛。

就他"关系不错"的医疗机构而言，其一，这项工作是一项无利可图的"额外"工作。在医疗卫生体制改革中，基层政府普遍对公立医院投入不足，"欠账"颇多。公立医院要过日子，就得创效益。其二，基层医院过多参与人体器官捐献容易产生医患纠纷。家属希望医院全力救治，医生又劝家属捐献，很容易被误会为医院为了捐献而放弃治疗或不尽力去救治。其三，基层医院认为，人体器官捐献是移植医院和红十字会的事情，参与的积极性不高。这些问题还难不倒刘炜，他也只要医疗机构配合就成。而另一个难题就不是他一个人能力所及。

刘炜对十年前自己亲自协调的一个案例至今记忆犹新。高安市大城镇青洲村村民李小民，以开摩的维持一家人的生计。2013 年 8 月 12 日，他途经高安市工业园附近的十字路口，被一辆疑似醉驾的小车撞倒后逃逸。李小民被人发现后送往高安市人民医院，诊断为脑死亡，生还希望渺茫。李小民四十多岁后才娶老婆，生了一个小孩，妻子在工厂打工。出了交通事故之后，找不到肇事方，赔偿更是无从谈起。

在 ICU 时，护士通知他妻子交钱，否则将要停止救治。

妻子已经走投无路，哭着说，我没钱，放弃吧。

护士说，账上还欠钱，出院时也要结清。

妻子歇斯底里地喊，说了没钱，遗体也不要了，我没能力安葬他！

如果不相信一个妻子能说出这么狠心的话，那是因为你还没有经历真正的绝望。

好心的护士没有怪她，而是帮她出了一个主意，安葬都没钱，为什么不捐献遗体器官，听说多少有些救助。

妻子像抓住了救命稻草，抓住护士的手赶紧问，找谁？你帮我问问。

刘炜接到电话赶到医院。人体器官捐献在高安还是新生事物，他也不知道如何做。但刘炜听出了李小民妻子话里另一层意思，她丈夫被人撞了，还逃逸了，她丈夫人死了，还欠一屁股债，没天理啊！她遭受到不公正待遇，政府就没人管管？刘炜于公是政府部门工作人员，于私他良心过不去。他得管！刘炜联系了江西省红十字会工作人员，在工作人员指导下完成了李小民遗体肝脏和肾脏的捐献，又帮助这个家庭落实了医疗救助和人道救助，那时江西省红十字会还没有设立"生命光彩基金"。

这个妻子迫于生活不得不掏出爱心，虽然让人心酸，却也让人敬重。她已牵着小孩步履蹒跚地走向了远方，还会有人想起他们吗？

刘炜完成了这一例捐献之后，影响出去了，他经常接到陌生电话，让他联系器官来源，并许诺给他好处，他都愤怒拒绝了。人宁可为苦难而心酸，却不可对善良视而不见。

2015年8月31日凌晨，高安汪家泥工朱思泉骑摩托车到长途汽车站接朋友，行至半路，后方突然蹿出一辆黑色轿车，与朱思泉发生追尾。朱思泉被送往医院抢救，一直未能醒来。小车司机属酒后醉驾，酿成悲剧。医生抢救了20多天，还是没能挽回朱思泉的生命。9月21日傍晚，朱思泉进入脑死亡状态。9月22日凌晨，朱思泉捐献了一肝两肾和一对眼角膜。捐献前，即将临盆的妻子强忍悲痛，冒着路途颠簸给胎儿带来的巨大风险，坚持要到医院在志愿书上签字，为丈夫送行。

朱思泉走后，留下的家庭也是惨不忍睹。朱思泉的父亲朱厚得原生有两个儿子。2014年，小儿子朱攀因突发脑出血抢救无效，年仅13岁就离开了人世。朱厚得还患有糖尿病。朱思泉遭遇飞来横祸，仅医疗费就花费了十多万元，肇事方又无钱赔偿。朱家剩下两个风烛残年的老人、一个即将临盆的孕妇和一岁多的孩子，再就是一大笔债务。即便是在这种情况下，朱厚得还说过一句让所有移植患者都暖心的话，小儿子去年去世，要是知道可以捐献，我也捐了。多么纯朴的中国农民，任何灾难都无法掩埋他们心中的厚道！

我在高安市"高品高安"微信公众号里发现这么一则"求援"信息：

> 如有爱心人士愿意伸出援手帮助这个困难家庭，请与捐献者家属朱厚得或市红十字会联系。

七年过去了，不知朱厚得一家过得怎么样？

高安首例公务员捐献者谢海洋父亲早逝，靠务农的母亲拉扯大，并送进了重庆大学。他走后，家里也只剩下了年迈的母亲、年轻的妻子和两个幼儿。刚刚好起来的日子又陷入困顿。四年过去了，她们还好吗？

2014年10月20日，中国江西网报道了一则消息，12岁男童意外身亡捐献器官续篇：当地小学发动捐款。12岁的男童家里的境况是贫寒农家，爸爸瘫痪，哥哥抱恙，姐姐还在读书，操持三亩薄田的妈妈又病倒住院，如雪上加霜。小男童曾经读书的小学获悉，发动全校师生募捐，募得善款1216元。其中教师570元，学生646元。另据了解，当地村民自发帮助小男童家收割稻田。

当盆景或者花园式的人间真情呈现在我面前的时候，我倍感欣慰，但也觉得意犹未尽。我越来越期待如农工党中央一样的提案成为现实。就人体器官捐献和移植的供需而言，人间真情应该要像绿色植被，覆盖全球，消除人心"荒漠化"的危险。

第八章　爱满人间

遍地善良

2022 年 5 月 7 日下午，浙江省金华市东苑小学四年级四班教室里，一位红十字会志愿者在给小学生讲美国作家巴斯卡利亚《一片叶子落下来》的故事。

春天过去了，夏天也快过去了，叶子弗雷迪长大了，又宽又壮，结实挺拔。

弗雷迪最好的朋友是丹尼尔，他是这根树枝上最大最聪明的叶子。弗雷迪觉得当叶子真好，有高高地挂在天上的家，有推来送去的风，有晒得暖洋洋的太阳，还有洒下温柔洁白的月亮。

公园很多人都喜欢在弗雷迪的树下乘凉。丹尼尔告诉他，给人遮荫是叶子的目的之一。弗雷迪问，什么叫目的？丹尼尔说，就是我们存在的理由嘛！让别人感到舒服，就是存在的理由。

转瞬之间秋天到了，整棵树，甚至整个公园，都染上了浓艳的色彩。丹尼尔变成了深紫色，弗雷迪是半红半蓝，还夹杂着金黄。多么美丽啊！丹尼尔告诉弗雷迪，这个美妙的季节叫作秋天。

有一天，风儿似乎生气了，对叶子推推拉拉，有些叶子从树枝上掉了下来，卷到空中，刮来刮去，最后掉落在地上。所有叶子都害怕了。丹尼尔告诉他们，秋天就是这样。时候到了，就该搬家。有些人把这叫作死。弗雷迪问，我们都会死么？丹尼尔说，会。任何东西都会死，无论是大是小是强是弱。我们先做完该做的事，体验太阳和月亮，经历风和雨，学会跳舞，学会欢笑，然后就要死了。弗雷迪说，我不要死！你会死吗？丹尼尔说，时候到了，就会死。弗雷迪问，那是什么时候？丹尼尔说，没有人知道会在哪一天。

叶子在不断地掉落。弗雷迪越来越害怕，再也感受不到当叶子的好。他发现有些叶子在掉落前和风挣扎厮打，有些叶子却只是把手一松，便静静地飘落了。没多久，整棵树几乎空了。弗雷迪对丹尼尔说，我好怕死。丹尼尔说，春天到夏天你不害怕，夏天到秋天你也不害怕，面对不知道的死亡为什么要害怕呢？不都是自然的变化吗？弗雷迪又问，树也会死么？丹尼尔说，树也会死，不过比树更坚强的生命不会死。我们都是生命的一部分。弗雷迪说，我们死了会去哪儿？丹尼尔说，没人知道，这是个大秘密！弗雷迪说，春天来的时候我们会回来吗？丹尼尔说，我们可能回不来，但生命会回来。弗雷迪说，反正要掉落死亡，活着又有什么意义呢？丹尼尔说，为了太阳和月亮，为了一起快乐的时光，为了树荫、老人和小孩子，为了秋天的色彩，为了四季，这些还不够吗？

一天黄昏，丹尼尔放手了，毫无挣扎地走了。掉落的时候，还对弗雷迪安详地微笑，暂时再见了，弗雷迪。弗雷迪成了那根树枝上仅存的一片叶子。

晚上下了一场大雪，雪非常柔软洁白。弗雷迪发现自己变得干枯易碎，雪压得他喘不过气。清晨，弗雷迪离开了树枝，一点也不痛，静静地飘落。往下掉的时候，他看到了整棵树，高大强壮，坚如磐石地挺立在雪地里。他确定这棵树还会活很久，而自己曾经是它的一部分！雪地很柔软，甚至还很温暖，他感到前所未有的舒适。他闭上眼睛，睡着了。

冬去春来，雪融成水。弗雷迪不知道，他干枯的身躯融化在雪水里，顺着树的细管子慢慢爬上枝头，大树又焕发了生机。

讲故事的是一个五十多岁的女人，叫郑方。她剪着一头短发，因为有一颗童心，脸上总挂着无忧无虑的笑容。

六一儿童节临近，金华市红十字会器官捐献宣传服务队"向阳花开"器官捐献特殊家庭孩子精准帮扶项目向 15 名器官捐献困难家庭的子女送上一份礼物：书包、水瓶、文具套装盲盒。郑方即兴给孩子们讲了这样一个故事。接下来，故事背后的故事更加精彩。

郑方问，谁能告诉我，我们从哪里来？

一个孩子举手回答，我从妈妈肚子里来。

郑方又问，我们会去哪里？

另一个孩子抢着回答，像弗雷迪一样掉在地上，融化在雪水里。

郑方说，既然都要掉下来，我们为什么还要活着？

孩子们都举起手，用期盼的眼神看着郑方，让郑方有些愕然。这个让大人都一言难尽甚至讳莫如深的问题，孩子们都有自己的答案？童年真好！

一个孩子说，为了给老人和孩子遮阴。

一个孩子说，为了快乐的时光。

一个孩子说，为了漂亮的世界。

一个孩子说，为了陪爸爸妈妈到老。

……

最后一个孩子已无答案可找，憋了半天才说，为了大树长得更加强壮。

郑方说，你们都回答得非常好，尤其是最后一个小朋友说得好。每一个人都是一棵生命之树，我们把人生的精彩献给这棵树，献给这个世界，树就会越来越繁茂，世界就会越来越兴旺。我们都会死，但我们的生命之树却不会死。

郑方这番话既是为一个故事总结，也是她十多年红十字志愿者生涯的感慨。

郑方是一家私营企业的普通财务工作者。从 2001 年开始，郑方坚持无偿献血 40 多次，献血量达 3 万多毫升。正是因为这个献血的经历让她踏上了红十字志愿者之路。2006 年，郑方成了一名注册的红十字志愿者，从此志愿服务成为她生命的一部分。她累计服务时间近一万个小时。

2010 年，中国开始试行公民逝后人体器官捐献，浙江省也是试点省份之一。2010 年 8 月，郑方参加了浙江省人体器官捐献培训班，通过考试成为我国首批正式注册的人体器官捐献协调员。十多年来，她怀揣着对生命的敬畏，奔走在人体器官捐献宣传、协调的现场，见证了无数人体器官捐献。由于她和众多的红十字会志愿者开拓性努力，金华市人体器官捐献工作得到了中国红十字总会领导的肯定。2012 年 12 月，郑方获得"中国十大杰出红十字志愿者"称号、"中国红十字总会五星级志愿者奖章"。3 月，她应邀参加了全国人体器官捐献试点工作总结会。6 月，她又作为代表参加了在杭州举办的第五届中国移植运动会暨第四届中国器官捐献纪念日的活动。2015 年 5 月，她作为志愿者代表参加了中国红十字第十次会员代表大会，受到党和国家领导人的接见。

转眼就二十年，岁月的沧桑已布满了郑方俊秀的脸。回首往事，是志愿服务改变了她的人生轨迹。她将见证的每一个捐献者都雕塑在自己的记忆长河上，留作永久的纪念。她现在唯一的心愿就是要让更多的人记住捐献者的爱和善良。

她记忆长河上第一座雕塑是一个10岁的小男孩,时间永远停留在2010年12月冬至日,天上下着鹅毛大雪。这天,一个小男孩从楼上不慎坠落。小男孩的家只有爷爷和他,家里非常困难,温饱都成了一个大问题。为了孩子的成长,爷爷不得不接受爱心人士资助的营养餐。这个家已经非常不幸,没想到仍然有不幸降临在这个家里。小男孩意外离世,爷爷万念俱灰,就是觉得还欠爱心人士一个爱,便产生了捐献小男孩的眼组织,还爱于社会。这时,郑方出现了。

郑方说,捐献眼角膜是捐,捐献器官也是捐,为何不捐献器官,还社会一个大爱?

爷爷说,古人有滴水之恩,当涌泉相报。俺为什么不能!

尽管当时人体器官捐献刚刚起步,相关部门对此认知度还不高,办理相关手续经历了一些波折,但是通过郑方坚持不懈地努力,小男孩捐献了一肝两肾和双眼角膜。小男孩是金华市首位器官捐献者,也是浙江省第二位捐献者。

第二天,爷爷告诉郑方,昨天晚上他做了一个梦,梦见很多孩子到他家里玩,都很开心。

郑方说,这些孩子都是您的孙子!

郑方已经记不清陪伴过多少家庭经历生离死别,也记不清出入多少次重症监护室。2011年,郑方得知外地一位教师在金华出了车祸,被送到重症监护室抢救。家属人生地不熟,郑方便主动承担起患者的陪护任务。她每天为患者擦拭身体,按摩手和脚,有时还要联络对外事务。这样忙里忙外了一个多星期,患者的丈夫也把她当成了朋友。患者丈夫考虑,治疗有一个漫长的过程,他想找一个短租的房子。郑方又找朋友张罗,帮他在医院旁边租了一个简易房子。半个月后,郑方与患者丈夫闲谈时说起了患者的病情。

郑方说，听医生说，患者已出现脑死亡症状，很难救回来。

丈夫唉声叹气，我该怎么办？

郑方说，如果真的救不回来，这样耗着也不是办法。

丈夫已泣不成声，我如何忍心放弃！

郑方小心翼翼问，如果你妻子命该如此，你有没有考虑过捐献器官？人虽然不能活，她的一部分生命却仍然可以活在人世间。

丈夫默许了。

这次捐献尽管因为患者的妹妹临时从外地赶来反对而没能实现，却让郑方想明白了一件事，每一个人都有一颗从善之心，只不过有的人需要一把善良的钥匙去开启。

让郑方感动的是，事情过去不久，死者丈夫从外地打电话来，郑重其事地告诉郑方，如果哪天他出了意外，一定捐献器官。

在郑方十多年的协调员生涯中，有一句话让她终生难忘。一名原本素不相识的志愿捐献者填完捐献志愿书后，握着郑方的手说："我把后事托付给你，心里就踏实了！"这种托付让郑方感动，也让她感到沉重。按照郑方的理解，捐献者所说的"后事"不仅仅是他们的一次器官捐献，而且还包括捐献者的"身后事"。捐献者的家人过得好不好？有没有饭吃，有没有衣穿？孩子有没有书读？家属是不是走出了灾难的阴影，过得开不开心？这些"身后事"无时无刻不在牵挂着郑方的心。

2015 年，郑方和她的协调员伙伴们一起开了一家微店，通过销售商品筹得公益金，用于救助器官捐献者困难家庭。七年来，他们共筹集公益金二十多万元，用于困难家庭孩子助学，组织诸如"冬日暖阳送书活动""六一送礼物""新春你好"等活动，给捐献者困难家庭送去关怀和温暖。郑方和她的伙伴们从策划、吆喝到发货、送货，既当老板又当伙计。按月公布微店公益金的筹集和使用情况，让每一笔爱心款来去都明明白白。一家微店就像一条向善的细流。

在中国人体器官捐献管理中心的信息库里，像这样的向善细流遍布着大江南北，黄河两岸。他们积细流以成小溪，积小溪以成江海。

2016年5月，大渡口复合材料厂的马鹏飞正在筹办婚礼的时候，突发脑出血离世。妻子钟驰怀有五个月身孕，还是一对双胞胎。钟驰强忍悲痛捐献丈夫的一肝两肾和一对眼角膜。不幸并没有因此而走远。两个月后，一直沉浸在痛苦中的钟驰突然患上了妊娠高血压，母子三人随时都面临生命危险。唯一的生路就是提前做剖宫产。可类似这种剖宫产每天需要上万元的高额医疗费，让这个刚刚失去顶梁柱的家庭无法承受。马鹏飞的母亲终日以泪洗面。刚走了儿子，儿媳又要走，还要带走两个没见面的孙子。怎么不让人肝肠寸断！这年，重庆市人体器官捐献条例刚刚出台，人体器官捐献救助机制还没有完善。重庆市红十字会便想到"众筹"。没想到新闻播出后，原本计划16天筹25万元的目标筹款，在短短7天就筹齐了。因为有了这笔救命钱，钟驰母子三人转危为安！剖宫产之后，一个宝宝1990克，一个1230克。宝宝出现脏器发育不良和肺部感染症状，但情况比预期要好。筹款平台"轻松筹"也被钟驰一家感动了，将本应收取的筹款手续费也捐了出来，用于孩子的康复治疗。钟驰有感于大家的一片真情，将剩余的五千多元又返捐给重庆市儿童医疗救助基金会。正是这笔不起眼的捐款撬动了重庆市儿童医疗救助基金会"器官捐献者家庭儿童大病救助基金"的建立。2016年9月8日，应邀参加重庆市人体器官捐献工作推进会的中国人体器官捐献管理中心领导侯峰忠闻听此事，当即个人向该基金捐款2000元。侯峰忠说："通过一个救助器官捐献者家庭个案，促成了一个救助机制的建立，为国家器官捐献救助机制的建立和完善做出了很好的探索。"

2021 年 1 月 16 日，湖南省宁乡市黄材镇井冲村 57 岁的张芬兰突发心脏病走到了生命终点。张芬兰在宁乡市红十字会领了遗体和人体器官捐献登记证已是公开的秘密。家人按照他生前遗愿，捐献了他的遗体和眼角膜。为张芬兰送别的仪式没有纷繁的丧葬礼节，也没有喧闹的鞭炮、哀乐声声，一切程序都在肃穆的气氛中悄悄进行。村里一百多个村民敬重张芬兰的壮举，都自发赶来送他最后一程。

中央司法警官学院在读法律硕士研究生安佳鑫经与农村的父母商量，作出了一个决定，签订人体器官捐献志愿登记书，成了第 3875380 位人体器官捐献志愿登记者。这位尚处于人生初始阶段踌躇满志的年轻人却语出惊人："生命的尽头并非归于尘埃，而是美好的遇见。"

2022 年 5 月 28 日，在天津工作的 90 后楷楷突然遭遇车祸。在昏迷前很短暂的时间里，他第一个电话打给公司，用最简明扼要的语言先向公司同事交代了自己手中的工作。第二个电话是打给妈妈，告诉妈妈最近很忙，就不打电话了，让妈妈照顾好自己。楷楷因为重度颅脑损伤而离开人世，在生命终点，他将一肝两肾一肺一心和胰腺、眼角膜捐献给了他工作过的城市，救治了 10 名危重患者，用他的善意温暖了一座城市。

人之初，性本善或本恶是一个争论不休的话题。然而，在儒教文化浸淫了两千多年的中国这块土壤上，我看到了遍地善良。

生命的维度

佛曰：一花一世界，一叶一菩提。

世界有多个维度，生命同样有多个维度。我们每一个人活在同一个世界，精神却未必在同一个维度。死看似都是去了同一个未知世界，也未必是去了同一个维度。在人生的尽头，归于尘土仅仅是在多个维度世界中一种生命选择。生命进入零维度世界，归于一个无限小的点，没有长度，没有宽度，没有高度，更没有时间维度，所谓"人死如灯灭"。

人体器官捐献开启了又一个生命的维度。它宣告了一个人的死亡，却意味着更多人的重生或提供了一个新的生命科学诞生的可能。

2022 年 5 月 27 日 12 点 46 分，海田老人在浙江省中山医院安静离世。按照生前遗愿，子女将他的遗体捐献给杭州师范大学，成为杭师大最高龄的"大体老师"。海田老人有这样一句遗言："就是因为年纪大了才要这么做。我要供医学研究研究，我为什么能活得这么久，活得这么健康……"

102 岁的海田老人一生与世无争，唯独一件事让他"争"了三次。

海田原名颜振新，1921 年 2 月 19 日出生于江苏镇江。20 岁那年，他从上海麦伦中学高中毕业，怀着一颗拳拳之心，奔赴抗日前线，投身革命。同年，他加入了中国共产党。海田是他参加革命后改的名字。按老人的说法，这是他参加革命后用的化名。然而，据他的女儿海燕说，父亲档案里所有的名字用的都是海田，她们姐妹也都是以海为姓。海燕回忆，之前，儿女们只知道父亲参加过渡江战役和宁波解放战役，1953 年初入朝参战，1959 年以少校军官转业到地方。先后荣获中华人民共和国三级解放勋章，光荣在党 50 年、抗日战争胜利 70 周年、庆祝中华人民共和国成立 70 周年纪念章。父亲去世后，儿女们查阅父亲的档案才知道，父亲还曾经是一名地下工作者，在隐蔽战线出生入死。

70 岁的大女儿海燕对父亲取名海田有一番自己的阐述，父亲参加革命时已经是一名难得的高中毕业生。父亲爱读书，直到去世前一个月，仍坚持读报纸。他既有儒雅气质，又朴实简单。从不打骂子女，只是讲道理。子女顶撞奶奶，父亲哪怕是气得手发抖，也不会对子女动一指头。无论是战争年代还是和平年代，父亲于公可以为人类解放而争，为革命事业而争，于私却是与世无争，都说他是一个老实人，好人。父亲给自己取名海田，既有沧海桑田之意，也想在革命成功之后，在浩瀚如海的祖国大地上找一块属于自己田地，日出而作，日落而息。

海田从部队转业后先后在杭州市文化局、杭州图书馆、西泠印社等单位工作。海田有多次涨工资的机会，都被他拒绝了。他选择了把名额让给家庭更困难的人。在图书馆工作时，他又把分到手的 30 平方米的房子让给了同事，自己一家五口挤在 9 平方米的斗室里。那年，海燕结婚，按照当地习俗，男方家里要新添置手表、缝纫机、自行车、大木床、五斗橱、大衣柜、梳妆台等用具，俗称"三大件 36 条腿"。海田说，这些东西用不上就别乱花钱，一张床、一张桌子、两个箱子就够了。女儿们都下乡插队当了知青，回城安排都想父亲找关系安排一个合适的工作单位。海田一口拒绝了，组织安排到哪就到哪，你们不要脸，我还要脸。2004 年，83 岁的海田突然遭遇了一场车祸，导致瘫痪。按照交通事故赔偿，他应该能拿到一笔数额不菲的赔偿金。然而，他却叮嘱子女们："不要经济赔偿，保险能赔多少就赔多少。"最后只获赔了 7 万多元的保险赔偿。

海田的小女婿现在都是年事已高的老人了。他回忆当年第一次见岳父的情景，仍不觉哑然失笑。他原以为岳父是革命军人出身，一定很严厉，见面时不敢正眼看岳父。哪知见面后，岳父笑呵呵只说了一句话："好，好。男人千万不好欺负女人哦。"

海田一辈子与世无争，却为一个执念争了三次。80 多岁的时候，海田从报纸上看到一则遗体捐献的新闻，便将女儿们召集在一起，说出了自己想捐献遗体的想法。女儿们觉得父亲年纪大了，糊涂了，一时心血来潮，说说而已，都没当回事儿。海田 90 多岁的时候，或许是感觉到年纪越来越大，捐献遗体的愿望也越来越迫切，再一次催促儿女尽快给他办理遗体捐献登记手续。儿女们或许是害怕一种社会舆论谴责，也或许是不愿意父亲被解剖得支离破碎，又或许是真不知道遗体捐献登记的办理流程，反正是一直拖着。

2017年，海田在浙江省中山医院住院，其间他直接跟主治医生提出了捐献遗体的想法。医生将这一信息反馈给海田的儿女们，儿女们这才引起重视。儿女们在一起商量，父亲是一个坚定的无神论者，从不信邪，认定的事就不会改变。别看父亲从不发脾气，这次他宁愿跟医生说捐献遗体的事，也不愿再跟子女提，说明父亲对我们失望了。父亲要离开，他最后一个愿望，我们能让他失望吗！大姐海燕最懂父亲的心事，她最后一锤定音，按父亲的意思办，不议论，不争论！她拨打了杭州市西湖区红十字会的电话，在红十字会工作人员的指导下完成了父亲的遗体捐献申请登记手续。

在海田老人的追思会上，西泠印社集团领导这样为海田的人生维度定位："海田同志一生忠厚诚实，正派做人，不谋权不图利，任劳任怨，始终保持共产党员和革命军人的政治本色，发扬我党我军的优良传统。老先生一辈子光明磊落，平和待人，吃苦在前，享受在后，在文化战线为繁荣新中国的文艺事业、文化产业，弘扬西泠印社品牌、传播印学文化做出了巨大贡献……"

我想，杭州师范大学真能从海田老人的遗体中探寻到人类长寿的秘诀，无论是在生的多维度还是死的多维度，都将任由其遨游。

2021年，参加过长津湖战役的抗美援朝老兵余志光就在病榻上写下遗书，让儿子转交给宁夏红十字会："党教育我们要始终为人民服务，现在我就打算把自己捐给国家，尽最后一点力量。"

在余志光签署的《遗体捐献志愿登记表》中，夹着一张他亲手书写的关于他相濡以沫的老伴志愿捐献遗体的文件："李月仙同志是我的老伴，我们结婚已经60年。她在10年前患了老年痴呆，现已失去意识。我决定捐献遗体，并将她的遗体一同捐献，特写此书面材料。"

2022年6月10日，这位有着71年党龄的老党员逝世，享年90岁。家人按照老人生前嘱托，通过宁夏红十字会将遗体捐给了医学教育事业。

老人当初提出捐献遗体时，家人第一反应都是反对，希望老人百年之后能落叶归根，入土为安。老人的长孙余瑒说出了实情："爷爷给我们做思想工作。他说，人活一世，来的时候什么都没有带来，走的时候也什么都不带走，把遗体捐献出去，可以为祖国医学发展尽绵薄之力。这也是他能为党、为国家、为社会做的最后一点贡献。达成爷爷的心愿，我和家人也完成了一次成长。"

余志光老人是河南永城人，1932年出生。1949年，他加入中国人民解放军华东野战军，1950年参加抗美援朝，编入26军。他曾参加过著名的长津湖战役、黄草岭追击战、铁原拉锯战、金刚山阻击战、五次反击战、五圣山守卫战。在战场上，他多次负伤，获得多枚军功章。1953年他换防回国，1955年进入南京军事学院学习，1960年转业到宁夏支援建设，1987年离休。余志光的一生荣获过十多枚奖章，在他人生的每一个里程碑上都闪耀着奖章的光芒。遗体捐献荣誉证书将他的人生画上了一个圆满的句号。一道美丽的人生轨迹展示了一位时代英雄完美的人生。

上海市老弄堂人民路580号，曹惠英和姚定莘夫妇曾在这里住了整整40年。2021年9月29日，98岁的老党员曹惠英老人心满意足地走了，将遗体捐献给了医学院。就在3个月前的7月1日，曹惠英领到了党中央首次颁发的"光荣在党50年"纪念章最高荣誉。

曹惠英从小家境贫寒，又逢战乱，吃尽了苦头。17岁那年，她相中了大她10岁为人实在而又好学的姚定莘，嫁给了他。曹惠英没读过什么书，却将5个子女全部培养成了大学生，有教师，有工程师，有建筑师，无一不是行业内的佼佼者。曹惠英也在夜校读完了中学。1953年，曹惠英在居委会参加了工作，先后在黄浦区永胜居委会、江西南路居委会、泗泾居委会担任居委会主任、书记等职务，还先后担任过多届黄浦区人大代表、政协委员，荣获过"三八红旗手"、先进工作者、精神文明先进个人等多项荣誉。1991年正式退休。

曹惠英还是家庭的"政治辅导员"。在她的影响下，一家四代都传承着正直、善良、认真、负责的优秀品质。曹惠英和姚定莘夫妇一辈子扎根在城市基层为人民服务，并相约在百年之后，将自己的全部都献给党和人民。

2001年，88岁的姚定莘因病逝世，成为家庭遗体捐献的"第一人"。这一家人都是受过高等教育的"唯物主义者"，对两位老人的决定没有更多的异议，没有留骨灰，甚至没有开追悼会，只留下了一本供后世瞻仰的"遗体（角膜）捐献荣誉证书"。

2012年，97岁的姚定莘妹妹姚华成为大家庭第二个遗体捐献的老党员。1957年，姚华去了湖南，从事护理工作直至退休。她一生未婚。

曹惠英是大家庭第三位遗体捐献者。她早在2007年就通过上海红十字会进行了遗体捐献登记。这是她最后的奉献，也是最彻底的奉献！

在人体器官捐献者里，也还有这样一群人，他们天生就具有舍身饲虎的"佛性"，用生命作为礼物，去挽救危难中的生命。

2022年6月9日，青岛男子姜兴华病故，捐献了身上所有的可用器官，挽救了多名重症患者。6月11日，第六个"中国人体器官捐献日"，姜兴华的儿子姜立川和女儿姜立梅也签订人体器官志愿捐献登记书。

早在5月底，姜兴华跟孩子们一起吃饭，突然倒地，被送往西海岸医院救治，晚上八点多，手术结束，姜兴华脑梗死达到60%，人已救不回来，一家人如五雷轰顶。姜兴华生前是一个善良而又敢担当的农民，尽管日子过得很拮据，但凡遇见乞讨之人，总要尽囊中所有帮人一把。姜兴华好不容易将子女抚养长大，本该到了享清福的年纪，妻子胡秀芹却突发脑梗，半身不遂，全靠姜兴华守在身边照顾。

在父亲的熏陶下，姜立川和姜立梅也都很有爱心。他俩甚至包括妹夫都加入了捐献的队伍，姜立川还捐献过血小板。兄妹俩也曾私下议论过，有一天要离开这个世界，就把有用的器官捐献出去。没想到父亲先践行了他俩的诺言。

父亲去世时，心里已千疮百孔的姜立川成了家里的顶梁柱。姜立川听说父亲符合人体器官捐献条件，想起父亲生前乐善好施，便和家人商量，决定将父亲的角膜和器官捐献出来。姜立川联系了青岛市红十字会。然而，为了不让母亲伤心，姜立川又和姜立梅赶往家里征求母亲的意见。饱受病痛折磨的母亲流着眼泪说："你爹一辈子好事做尽，最后一件好事你们替他做了，他该含笑九泉了！"姜立川也流着眼泪说："我们共同替他做。"最后的捐献同意书是母亲和兄妹共同签署的。

生命原本都是一座座孤岛，因为大海一样的爱才将一个个孤岛连接在一起。因为替父亲做出了这样的决定，姜立川和姜立梅也经受了一次精神上的洗礼。他们选择了一个特殊的日子，签订器官捐献志愿书。

也是在 6 月 11 日这一天，青岛市红十字会系统与青岛大学附属医院、青岛大学医学部、青岛眼科医院等单位密切配合，通过创建"大爱无疆"捐献者信息平台，开通了捐献登记网上通道，在各大医疗机构设置"九月爱心岗"，极大地方便了市民办理捐献手续。"九月天使"公益品牌成为青岛人体器官捐献事业的新起点，青岛的人体器官捐献跃居国内前列。

2021 年 7 月 9 日，年仅 16 岁身患"唐氏综合征"的韦薇走完了一生。韦薇的父亲通过湖南省红十字会将女儿的眼角膜、遗体捐献给长沙爱尔眼科医院和中南大学湘雅医学院。中南大学湘雅医学院人体解剖学教授严小新介绍，唐氏综合征即 21—三体综合征，又称先天愚型或 Down 综合征，是由染色体异常（多了一条 21 号染色体）而导致的疾病。韦薇的脑组织成为中南地区人脑组织库中唐氏综合征的第一个标本，对这类脑的结构与功能研究意义重大。

韦薇的不幸与生俱来。她一出生便有明显的智能落后、特殊面容、生长发育障碍和多发畸形，最后通过染色体核型分析确诊为唐氏综合征，兼有先天性心脏病。父亲为她在求医路上奔走了16年。

韦薇的爷爷韦盛原是水电水利部中南勘测设计院的一位非常有正义感的老共产党员。韦盛生前曾签订捐献角膜和遗体志愿书。2017年1月20日，90岁的韦盛去世，捐献了角膜和遗体。受尽磨难的父亲韦华苏在女儿去世后，也是毫不犹豫地替女儿做主，捐献了角膜和遗体。与此同时，韦华苏也将自己早已填好的人体器官捐献志愿书交给了湖南省红十字会。他们将在医学院实现"三代同堂"。

2020年的最后一天，在甘肃省红十字会，22名来自警察、铁路职工、公务员、退休工人等不同的年龄、不同的性别、不同的职业的人体器官捐献志愿者相聚一堂，共同在中国人体器官捐献志愿登记表上郑重签名，正式登记成了中国人体器官捐献志愿者。他们经历了一轮新冠疫情，深刻体会到，只有人类的大健康和医学的进步，才能更好地保护每一个人的生命和健康。他们都将会在不同的时间、不同的地点，以不同的方式离开这个世界。既然已经离开了这个世界，为什么还要留恋这无用之躯，而不让医学"变废为宝"！

2021年12月28日，在乌鲁木齐一家工地上，来自河南的水电安装工小李突发急性脑干出血被送进医院。12月31日，小李的妻子和亲戚得知消息从河南赶来，小李已经脑死亡。2022年1月1日，在新疆维吾尔自治区红十字会人体器官捐献协调员的见证下，小李捐献了一肝两肾、心脏和一对眼角膜。

小李的姐夫说："我们来新疆两年了，小李特别喜欢这里。说这里的人好，风景美，水果好吃。还说过完年就把妻子和孩子接过来，要在新疆定居。"小李现在不仅"定居"下来了，还融入了新疆人的血脉。姐夫还说："小李在新疆得到了很多人的帮助，常说今后有能力一定要回报。"小李的家人正是用这种方式兑现了他的诺言。

2021 年 9 月,广西一对夫妻接连发生意外。在救治无效之后,家属捐献了夫妻二人人体器官,让 6 名器官衰竭患者重获新生,2 名失明患者重见光明。

时间回放到 8 月下旬,在家中劳作的妻子钟女士因脑膜瘤突然昏迷,紧急送往医院。丈夫宋先生为了筹集巨额医疗费用,不慎从高空坠落。夫妻俩经国家脑损伤指控中心广西分中心专家组临床判定为脑死亡。这对 20 多年的夫妻共同育有 3 个子女,最大的 19 岁,最小的 13 岁。提出双亲器官捐献的正是他们 19 岁的儿子。

2021 年 5 月 11 日,北京交通台 1039 都市调查组对两千多位受访者进行了人体器官捐献调研,针对调研中公众关注的问题,邀请中国人体器官捐献管理中心主任侯峰忠给予解答。与此同时,通过节目与大众共同探讨生命的意义。

在 2053 位受访者中,男性占比 48%,女性占比 52%。对器官捐献和遗体捐献的知晓率,选择知道的占 75%,选择完全不知道的占 14%,选择非常清楚的占 10%。

调查时,中国人体器官捐献管理中心志愿登记者为 326 万多,成功捐献者将近 34000 人。受访者针对"身边有没有器官捐献的志愿者"问题的回答是,六成选择没有,四成选择有。按照中国的人口基数,这样一个捐献比例和志愿登记比例似乎不是那么高。对此侯峰忠主任说,咱们调查的对象都是 70 后,而在 300 多万登记者中,大部分是 20 至 30 岁的年轻人。如果选择在这个年龄段调查,比例肯定会高一些。另外在学生群里的比例也比较高。

针对中国目前成功捐献人数相对比较低,侯峰忠主任从制度设计上做了说明,如果直系亲属如父母配偶成年子女有一方反对,目前来讲捐献是不能进行的，即便他本人生前表达过意愿也不能进行。

针对捐献动力的调查，认为死了还能救别人、这是一件有价值有意义的事儿排名第一，超过半数；认为只要力所能及就尽量去帮助别人排名第二；认为身死灯灭尸体留着也没用排名第三；自己或者家里人受到过社会的救助或者帮扶，出于感恩排名第四。对此，侯峰忠主任深有感触。他说，最让我们感动的是志愿者。一方面是接受了器官移植的志愿者，他们在大力推动器官捐献。最典型的有一个女孩叫吴玥，两次接受双肺移植，九死一生，一路走来，成了一个很有影响力的志愿者。另外一方面，器官捐献者家属，他们中很多人成了我们的志愿者。前两年，北京有一个小孩小宇泽，在外出途中发生车祸，全程跨省救援到北京，最后没有救过来，他捐献了角膜。小宇泽的母亲因为失去孩子，义无反顾地成了一位出色的志愿者。

中国人体器官捐献已经进入了一个快车道。2016 年底，中国志愿登记人数才突破 10 万，2020 年仅一年的登记量就突破了 100 万，至 2021 年前 4 个月登记增量就是 50 万，至 2022 年上半年，全国志愿登记人数已近 500 万。总体上看，这个基数与人口基数比貌似较低，但这种几何级数的增长还不够吗？

北京交通台 1039 都市调查组这次的随机调查与我深入采访有着惊人的相似。中国从 2010 年才真正在全国启动人体器官捐献。十多年来，各级卫健部门、红十字会和医疗机构以及广大志愿者在探索中前进，在前进中探索，从破冰到走出一条具有中国特色的人体器官捐献之路，他们的成就绝对不是我们眼前看到的这些数据，而是引领中国人走进了一个具有更高文明程度的生命维度，不仅让中国人看到了一个建设中的健康中国全景图，而且给日渐焦虑和荒漠化的内心带来了一股和煦的春风。

尾 声 细胞记忆

中国武汉，协和医院心外科 ICU 外。一个戴着口罩的年轻女人站在走廊一侧，眼睛盯着 ICU 的大门，视线不敢有一刻离开。一个年轻男子在走廊来回踱步，偶尔还站在 ICU 的大门玻璃窗口往里张望，神情焦急。

上午 10 时 53 分，ICU 门被推开，插满管子的萌萌（化名）躺在移动病床上，被几名护士推出来。年轻男女连忙迎上去。女人扶着病床声音哽咽地呼唤，萌萌，萌萌。

才 10 个月的小男孩，或许是听到熟悉的声音，原本闭着的眼睛突然睁开了，转动着一对乌黑的眼珠子，似是在寻找声音的来处。当被口罩遮去大半个脸的女人伸手轻轻抚摸他的额头时，他的表情仍然有些疑惑，似乎认出了女人，又似乎不太确定，两个眼睛紧紧盯着女人……

萌萌从 ICU 转到了普通隔离病房。这是来自天门的一家三口短暂团聚的画面。

22 天前，萌萌接受了一颗来自江西 3 岁女孩的心脏，重新开启了第二次人生，成为全国心脏移植手术年龄最小、体重最轻的幸运儿。

时间再往前，该追溯到萌萌去年出生的时候，他曾感染过肺炎，反复发烧。8 月，父母带他到武汉协和医院检查，诊断为致密化不全性心肌病，随时可能突发心衰，甚至猝死，唯一生机是心脏移植。

这么小的孩子怎么可能做心脏移植？有这样疑问的不仅仅是孩子的父母，医院专家也有。但救救孩子的念头最终战胜了所有的担忧，有机会就和命运搏一把。

可是，机会在哪？心脏移植供体本就十分稀少，而适宜8个多月孩子的心脏获得机会更是渺茫。

湖北和江西这两个邻居还真是有缘。40多天后，从300多公里外的南昌传来好消息，一个3岁小女孩的心脏与萌萌匹配成功。接到通知的武汉协和医院心外科专家深夜赶到江西省南昌市省人民医院。次日凌晨，专家获取了小女孩捐献的心脏。小女孩捐献心脏是她有清醒意识时答应妈妈的。与此同时，武汉的移植专家也做好了手术前的准备。

萌萌年龄太小，体重仅7公斤，心脏还没有鸡蛋大，血管太细。像这样的手术，武汉专家没有成功经验可以借鉴，全部需要自己摸索。整台手术历时3个小时，全程在显微镜下进行。血管吻合共缝了数百针，每一针针距不超过2毫米。手术结束转到ICU后，萌萌多次发生险情，陆续出现肺动脉高压、右心功能不全、肾功能不全、严重高钠血症等症状。专家使用了国际上最先进的"体外膜肺氧合装置"，代替心肺工作了5天，通过腹膜透析排出体内多余的钠，让肾脏"休息"了3天，经过20多天的精心治疗和护理，萌萌成功闯过循环、呼吸、营养和排异等险关，心脏移植成功了！

萌萌的爸爸和妈妈念念不忘的是提供心脏的人。萌萌接受移植手术的第二天，萌萌的父亲在网上读到江西媒体关于3岁小女孩捐献心脏的新闻报道，捐献的时间和地点都对上了，关键是这样的心脏正是萌萌需要的心脏。他当时就有一个判断，小女孩一定是救萌萌的恩人！萌萌的父亲边看新闻边流泪，都是为人父母，谁不心疼自己的孩子！他把这则新闻给妻子看，两个人都久久无语，眼泪直流。夫妻俩不约而同将新闻报道中小女孩的照片下载保存到自己手机里，希望在将来的某一天，把这个凄美的故事告诉萌萌，让萌萌永远记住这个小女孩。

妻子似乎想起了什么，对丈夫说，你有没有觉得，儿子的眼神变了？

丈夫问，咋变了？

妻子说，变得既熟悉，又陌生。

丈夫说，胡说。儿子经此大难，迟钝一些很正常，怎么会陌生？

妻子说，我听说细胞有记忆，儿子是不是携带了小女孩的记忆，所以才有陌生感？

丈夫说，瞎说。倒真希望小女孩有记忆，我多养一个女儿，就不用愧疚了。

……

器官移植领域的确有人体主要器官拥有某种"细胞记忆"功能的说法，甚至可随器官将记忆转移到受者身上。我在人体器官捐献的故事里沉醉了太久，满怀忧伤和不甘，真希望在这里找到一个情感出口。

人类自从产生了复杂的情感之后，却丢掉了一个最可贵的功能——"天人感应"。或许在"生命接力"中真的存贮有捐献的记忆！

美国亚利桑那大学心理学家加里·施瓦茨（Gary Schwartz）曾提出过一个假说。把器官移植后的改变现象称之为"细胞记忆"。他有一个理论，由于细胞囊括了人体整套基因"材料"，因而接受器官移植的患者必将从器官捐献者身体上"继承"某些基因，类似于形成记忆的细胞条件反射。诸多事件证明细胞可能存在记忆现象。其中一些基因决定了人的思维方式、行为方式甚至是口味的偏好。他曾宣称，至少有10%的人体主要器官移植患者，包括心、肺、肾和肝脏移植患者，都会或多或少"继承"器官捐献者的性格和爱好，一些人甚至继承了器官捐献者的智慧和"天分"。

这种假说无法在临床上得到证明。

澳大利亚一些专家也持这样的观点,大脑不是唯一有记忆功能的器官,心脏也能存储记忆。他们甚至搜寻到一些例证,如一名接受心脏移植手术的男子术后食性大变,喜欢吃汉堡和薯条。而这颗心脏的原主人就是一名爱吃汉堡和薯条的少年。加里·施瓦茨研究后还认为,人体的所有主要器官都拥有某种"细胞记忆"功能。英国《每日邮报》《每日明星报》曾报道,1988 年,美国前芭蕾舞蹈家克莱尔·西尔维亚 47 岁时接受心脏和肺脏移植手术。手术前,她性格温和。手术后,她开始变得非常冲动和富有攻击性,并且爱喝啤酒,吃原来并不喜欢的肯德基炸鸡块。个性发生巨变的西尔维亚开始查找给她心肺的捐献者,最终发现捐献者是一个 18 岁男孩,死于交通事故。捐献者生前不仅富有攻击性,并且最爱吃肯德基炸鸡块。

美国马萨诸塞州赫尔市克莱尔·希尔维亚在她的自传《心脏的改变》中讲述,她移植了一名男孩的心脏后,竟变得十分像男孩。她还在梦中和 18 岁的心脏捐献人"相遇",并获知他的名字叫蒂姆·拉米兰德。克莱尔根据梦中信息,成功找到了"捐心人"的家人。

《扬子晚报》也曾报道过中国一个案例。哈尔滨有一位老人,八年前曾在哈尔滨医科大学第二附属医院成功接受了心脏移植手术,成为国内医学史上年龄最大的换心人。令人意想不到,老人自从换了一颗年轻的心脏之后,身上出现了很多变化,性格变得敏感暴躁,人也感觉自己很年轻。老伴因为受不了丈夫变"小"后的脾气性格,与他提出离婚。专家都感到很惊讶,但又表示,这种情况纯属"个案",心脏是否有记忆功能,目前世界科技水平还无法解释。

"细胞记忆"是很多人的美好愿望。很多人无法理解一个拥有两条生命体的移植人的情感。

一位悲痛不已的母亲将七岁的女儿眼角膜捐献出去了。沉静下来后,她一直无法排解对女儿的思念，便想起了女儿的眼角膜。她多方打听，才从闪烁其词中知道女儿的一对眼角膜进了北京。

母亲忍不住在微信朋友圈上发了一组女儿的照片，并留言说，孩子，不知道你现在过得好不好？北京冷不冷？妈妈好想你！

没想到她留言栏里很快便收到了一条信息，女儿在北京很好。北京冬天有暖气，一点也不冷。

在一个肝移植康复俱乐部里，所有人都有两个生日，一个是出生日，另一个是重生日。

一位成员流着眼泪说，我的第一年龄60岁，是一个老人。第二年龄才14岁，还是少年，生命才刚刚扬帆起航。我要站在另一个"我"的起点上重新活一遍，还要与未来的生命缔结盟约，待到身体寂灭时，将我生命的一部分植入另一个生命，如此循环往复。

一个肾移植的小女孩说，以前我就像一棵枯萎的小草，现在我能感受到有一个生命在我身体里慢慢长大。以后，我要带着他一起去看大海，一起去旅行，让他感受人世间一切美好。

还有很多像小女孩一样的孩子，当新的生命注入那一刻，突然长大了，成熟了，因为与一个善良的生命相遇而变得更加善良。

一位心脏移植受者在沉睡中将血液注入另一个心脏，一副饱受摧残的躯体在外来"引擎"驱动下重新运转起来。然而，"小家伙"经常会闹点小情绪。

他被折腾得筋疲力尽，便尝试着与小家伙对话，别闹了，我不知道你以前的主人是谁，然而我知道你们一定有过相伴一生的誓言。不知是何变故，让你的主人不得不中途抛弃誓言。但在他离开这个世界的时候，肯定希望你承载他生命的火种继续燃烧下去。我很幸运接过了火种。现在拥有火种的生命不只属于我，也属于你、他和他的家人。我们不再是为自己活，还要为关心的人活！

小家伙开始"房颤"，你是谁？

受者说，我是住在天堂里的人。

小家伙又问，我是谁？

受者说，你是我的天堂。

小家伙沉默了。

无数次这样的对话之后，小家伙再也不闹情绪了。

生命就是这样奇妙。每一个人体都有一个管理者，仇视外来者是天性。"话"说到心里去了，就成了"朋友"。

2013 年 1 月 31 日的《江西日报》曾报道过江西第一批 5 例心脏移植患者中唯一幸存者姚宏良。当年，4 名心脏移植患者手术都只延续了一年的生命，而姚宏良整整活过了 10 年。他每活一天，都是在刷新江西省心脏移植存活新纪录。

2002 年，58 岁的姚宏良因冠心病造成冠状动脉弥漫性病变，左心室形成了巨大室壁瘤，走遍省内外多家医院，确认无法治愈。老姚幸运地得到了供体，选择了心脏移植。植入的心脏与姚宏良相处非常"和谐"，没有发生过排斥反应，也没有发生过任何感染。姚宏良的身体状态和同龄老人没有差别，根本看不出是做过心脏移植手术的人。他手术之后，一直过得非常开心，每天早上 7 点起床，先做早操，再出门散步。一个小时后回家洗澡，吃早饭。然后，他还要到活动中心打 5 个小时左右的台球。双休日，就在家练练书法，或出去逛逛花鸟市场。他定期到医院复查，各项指标均无异常，看上去红光满面，比同龄老人都显得年轻。

另一篇通讯还记录了姚宏良一个习惯，十多年来，他每年必须过两次生日，一次是自己的生日，一次是心脏的"生日"。

我无法探寻这位老人的心理和情感，但我感受到他有很多移植人共有的特性，既把外来的生命当成自己生命的一部分，又彼此"尊重"，荣辱与共，肝胆相照。

2016年6月，中央电视台邀请原国家卫计委、中国人体器官捐献管理中心、器官移植医生、协调员等多方的专家召开了一个主题策划会，策划制作了一条《妈妈的心跳》公益广告。

一个哭闹不安的婴儿，无论是阳光的叔叔、慈祥的奶奶，还是温柔的阿姨、可爱的姐姐，都无法让他止住哭声。最后却因为一个陌生大叔的抱抱，停止了哭泣，展露出天真烂漫的欢笑。因为妈妈的心脏，数月前移植给了他。这条公益广告震撼了很多人，因为大家都相信了婴儿能识别妈妈的心跳，又或是妈妈心脏的"记忆"以一种特殊的方式逗乐了宝宝。

一个叫叶沙的16岁男孩，品学兼优，酷爱篮球，一米八多的个子，是学校的数学王、化学王、物理王。2017年4月26日，叶沙突发脑血管破裂，颅内大出血，经抢救无效离去。在儿子弥留之际，叶沙的父母将他的器官捐献给七位急需治疗的病人，七人重获新生。

2018年6月，中国人体器官捐献管理中心通过湖南省人体器官捐献管理中心联系到五位移植受者。8月19日，五位受者齐聚北京，组建了"一个人的球队"。9月12日，"一个人的球队"开始在腾讯公益平台推广。11月20日，"一个人的球队"在腾讯上发出《致篮球界的一封求助信》，呼吁国内外专业篮球队与"叶沙队"进行一场友谊赛。12月24日，中央电视台社会与法频道《热线12》《暖春行动》启动圆梦，湖南、广西、内蒙古红十字会接力助力，"一个人的球队"圆梦WCBA全明星赛。

2019年2月14日，央视《暖春行动》播出新春特别节目"叶沙队，加油！"。自此，"一个人的球队"得到社会广泛关注。1月27日，"一个人的球队"终于站在WCBA全明星赛场上，为叶沙圆梦。8月30日，"一个人的球队"登上了"篮球世界杯"开幕式的舞台，讲述"一个人的球队"的感人故事，深情演唱《壮志在我胸》，让全世界都知道发生在中国器官捐献的感人故事。11 月 20 日，2019—2020 赛季 WCBA 联赛新闻发布会在北京举行，中国女子篮球联赛与中国人体器官捐献管理中心达成公益合作伙伴关系，因叶沙结缘，借助篮球运动的魅力，让生命体相亲相爱的真情洒遍中华大地。

中国人体器官捐献管理中心策划的这个活动取得了巨大成功。其中，固然有叶沙故事的魅力，或许还有叶沙生命体之间的默契。

2018 年 5 月 9 日，27 岁的重庆西南大学澳大利亚籍教师菲利普·汉考克因病抢救无效去世，菲利普的父母尊重儿子的生前意愿，捐献了菲利普一肝两肾和一对眼角膜，拯救了 3 个人的生命，让 2 人重见光明。菲利普是重庆市首例外籍人士器官捐献者，也是第七例外国友人在中国成功实现器官捐献者。在五位受捐者中，有医生、农妇、销售员和司机。

菲利普生前酷爱摇滚乐。为了圆菲利普的音乐梦，重庆市红十字会有意请五位受捐者组建一个临时乐队，为纪念菲利普进行一次演出。重庆市红十字会的提议很快得到了五位受捐者的响应，他们第一次在重庆机场相遇了。

五人中，陈贤军是渣土车司机，伍俊是成都一家小医院的外科医生，谭到碧是一字不识的农妇，另外两个人陈景钟和茉莉也从来没有接触过乐器。录音棚里，从没摸过吉他的陈贤军和伍俊选择了吉他，陈景钟拿着手铃，茉莉和谭到碧选择了沙锤，一支"一个人的乐队"算是组成了。这是一支靠信念组成的乐队，他们就是为了告诉世界，生命不因死亡而终结。他们相信，爱能弥补音乐的先天不足，能填平前进道路上一切沟壑。他们用了 9 个月的时间完成了《感受生命》的排练演唱。

2019 年，中国人体器官捐献管理中心闻讯也给予了大力支持。同年 12 月 29 日"一个人的乐队"首次亮相于《一个人的乐队》H5 互动视频，向公众讲述菲利普的故事。同时，在"我是创益人"大赛主办方腾讯广告的协助下，"一个人的乐队"借助黑龙江卫视与腾讯视频，作为"一个人的球队"的延续在创益计划平台及《见字如面》第四季公益先导片出现，引发大批媒体关注。

2020年11月10日晚，第二届北京国际公益广告大会公益盛典在国家会议中心举行。作为热门公益广告"一个人的球队"的姊妹篇"一个人的乐队"受邀出席盛典晚会并与知名音乐人同台演出。菲利普父母通过视频观看演出后，激动地说，我们又多了五个菲利普！

2021年3月，由国务院新闻办公室指导，中国外文局主办，当代中国与世界研究院、中国互联网新闻中心承办的2020"讲好中国故事"创意传播大赛，在"一个人的乐队"基础上制作的"五个人的乐队'一个人'的演出"从全国各地13146件参赛作品中脱颖而出，荣获特等奖。

人体器官跨国界捐献正是中华民族崛起的象征，同时也是不同种族大爱通过生命进行的一次大融合。

"一个人的球队""一个人的乐队"是中国人体器官捐献史上捐者与受者的一次大联动，她让捐者切实感受到重生后的生命律动，也让受者体味到了爱的温度、爱的力量和爱的奇迹。

人体内的确有一种细胞叫记忆细胞。记忆细胞是体液免疫中由B细胞分化而来的一种免疫细胞。在体液免疫中，吞噬细胞对侵入机体的抗原进行摄取和处理，呈递给T淋巴细胞。T淋巴细胞再分泌淋巴因子刺激B细胞增殖、分化产生浆细胞和记忆B细胞。记忆细胞对抗原具有特异性的识别能力。当抗原二次感染机体时，记忆细胞可直接增殖、分化产生浆细胞，并产生抗体，与抗原结合。记忆细胞可在人体内存在数月，甚至几十年，使人体避免受到相应病原体的二次侵入。

生命在战争、灾难和疫情面前是何其脆弱，而在岁月长河中为了给人类争得一席之地，进化又是何其顽强。生老病死虽然是人类目前还无法打破的一条定律，但我们都在努力做到极限。

罗曼·罗兰说："除了善良，我不承认世上还有其他高人一等的标志。"

2022年4月4日，浙江省红十字会收到两封信和一段不久前录制的心跳音频。送信的人叫蒋惠君，今年48岁。4年前，她接受心脏移植手术重获新生。清明节到了，她想通过这种方式，向心脏捐献者家属表达感激之情。红十字会将心跳的音频转给了捐献者家属。捐献者的妈妈听到心跳的那一刻，情不自禁泪流满面，恍如久别重逢。

我采访即将结束时，夏晓雯告诉我，宜春市袁州区捐献者钱文博的妈妈袁娟怀孕了，今年四月份的预产期。钱绍云夫妇现在不仅是人体器官捐献的志愿者，还是袁州区交通安全志愿者。

现代医学可以让生命"重生"，爱却可以让生命永恒。所有的善良，都会以另外一种方式归来。爱是一种循环的善良，就像赠人鲜花，能芬芳别人，也能愉悦自己。

2022年5月8日（母亲节）于鄱阳湖北岸第一稿

2022年6月22日第二稿